書下ろし

新宿《しんじゅく》花園《はなぞの》裏《うら》交番 街の灯《あか》り

香納諒一

祥伝社文庫

目次

一斉捜索 5
職務を離れて 53
儀式 118
襲撃 173
汚名 233
街の灯《あか》り 292

一斉捜索

1

「だから、絶対におかしいって言ってるでしょ！」

担当区域の巡回を終えて交番へと戻った坂下浩介《さかしたこうすけ》は、女の喚《わめ》く声に驚いた。二十代の前半、たぶん二十歳《はたち》ちょっと過ぎぐらいのけばけばしい女が、見張所の椅子《いす》から腰を浮かすようにして体を乗り出し、スチール机の向こう側にいる武藤《むとう》と山口《やまぐち》のふたりを睨《にら》んでいた。

「まあまあ、そんなに大きな声を出さずに落ち着いて」

武藤丈範《たけのり》が、両手を体の前に突き出し、彼女をなだめるように上下に振る。顔の左右にたっぷりと大きな耳たぶをぶら下げた、いわゆる福耳の男だった。しかし、真ん中に居坐《いすわ》った巨大な鼻のほうが、耳たぶよりもよほど目立つ。笑うと両目がへの字になり、しかも誰かと話しているときは、たいがいそうして笑っている。

「落ち着けるわけがないでしょ。絶対におかしいのよ。あの男、絶対、アカネに何かしたんだわ。お願い、おまわりさん、すぐに調べてったら。お願いよ！」

「こっちの言うことも聞いてくれ。決して、調べないなんて言ってないだろ。だけど、調べるには、まずはきみの話をよく聞く必要がある。だから、もう一度最初から話してほしいと頼んでるんじゃないか」

「そうやって、いったい何度話したらいいのよ。もう、そっちのおまわりさんにも話してるのよ。こうしてる間にだって、あの子はどっかでひどいことをされてるかもしれないわ」

「わかったから、さあ、坐って。大丈夫だから、ね、お嬢さん」

武藤に重ねて促《うなが》されて、彼女はしぶしぶと坐り直した。

見張所の隅《すみ》っこに立つ後輩の内藤章助《ないとうしようすけ》が、目立たないようにそっと浩介に目配《めくば》せしていた。内藤はさっき浩介と同じ時間に巡回に出たので、やはり戻ったばかりらしい。

何があったのかを訊《き》きたい浩介が近づくと、先回りするように小さく肩をすくめて首を振った。

壁際《かべぎわ》に並んで立つことになった浩介と内藤のふたりに、武藤が笑顔を向けてきた。

「ああ、御苦労さん。ここは我々で大丈夫だから」

と、奥の休憩室で休むようにと手振りで示す。

「それじゃあ、よろしくお願いします」

内藤がぺこりと頭を下げて奥に向かう。浩介も、一緒にその場を離れた。

「何があったんだろうな――？」

奥の休憩室のロッカーに警邏《けいら》時の装備品を入れながら、浩介は内藤に顔を寄せて訊いてみた。ちょっと前に戻っていたのだから、自分よりは何か知っているにちがいない。

「はっきりはわからないんですけど、どうやら一緒に遊んでた友人が、男に無理やり連れ去られたってことみたいですよ」

「連れ去られた、だって――？」

「ええ」

「いつ？」

「たぶん、昨夜でしょ。今日になってもまだ連絡が取れないから、すぐに調べてほしいって言ってたみたいだから」

「それがほんとなら、まずいじゃないか」

「そりゃあ、ほんとに誰かに連れ去られたのならば大変ですけど、まずいのは、あの娘自身みたいですよ。息が酒臭いし、もしかして、何かクスリもやってるんじゃないのかな」

浩介は半信半疑のまま、ロッカーのドアを閉めて冷蔵庫に歩み寄る。九月も終わりに近づいてはいるが、残暑が厳《きび》しく、表の勤務から戻るとびっしょりと汗をかいてしまっていた。日暮れ近い今でもなお、煮詰めたみたいな西日がねっとりと新宿《しんじゅく》の街に照りつけ、高層ビルの影を地面に長く焼きつけている。

浩介は麦茶を冷やしたピッチャーを取り出してグラスに注ぎ、ひとつを内藤に渡してやった。ふたりそろって、喉《のど》を鳴らした。

そろって唇を手の甲で拭《ぬぐ》う。

「それにしても、武藤さんちょっと、ヤバいっすよね」

内藤は底のほうに少しだけ麦茶が残ったグラスを胸の前で軽く左右に振りながら、表の見張所のほうにそっと顎《あご》をしゃくった。

「何が――？」

「何がって、だって、あの人、ただの『相談員』じゃないですか。それなのに、山口さんを差し置いて自分が率先《そっせん》して話を聞いてるし、今だって、俺たちに『ああ、御苦労さん』って。あれじゃ、何だかあの人がここを仕切ってるみたいだ」

「あれは、ただの『御苦労さん』だろ」

浩介は麦茶を飲み干し、流しへと歩いた。水道の水でグラスをすすぎ、水切りに入れる。

口ではそう言ったものの、実をいえば、浩介もどこか内藤と同じように感じているのは事実だった。ここ数年、警察官の人手不足を解消するために、元警察官のOBを『相談員』として交番や各所轄《しょかつ》署の相談窓口などに配していた。彼らはみな、優秀な警察官として勤《つと》め上げた人たちだった。今は正式な警察官ではないので拳銃は携帯できないが、よく似《に》た制服を着て、特殊警棒を携帯している。立場は、「地方公務員特別職」、すなわち嘱《しょく》託《たく》だ。

しかし、坂下浩介や内藤章助のような若手の警察官にとっては、なんとなく「お目付け役」が増えたように感じられることもあった。

いや、それは山口勉《つとむ》とて、同様かもしれない。山口は主任であり、この花園裏《はなぞのうら》交番のシフトにおいては、班長（所長）である重森周作《しげもりしゅうさく》に次ぐナンバー2だ。それなのに、内気で何事にもあまり積極的になれない性格のせいもあるのだろうが、どうも武藤がいる前では、相手を立てるあまりに、まるで部下のような振る舞いになってしまっている。

特に班長の重森周作がいない今は、その傾向がいっそう強まっていると感じられてならなかった。

重森周作は、浩介たちの班の長であるだけではなく、この新宿花園裏交番の顔のような存在だった。たいがいの警察官が二、三年から長くとも五、六年ぐらいの間には次の交番に赴任《ふにん》したり、私服警官に異動するのが普通だが、この重森だけは、長年ずっと花園裏交番に留《とど》まっていた。若いときには別の交番勤務になったこともあるが、本人の強い希望でここに舞い戻った。そして、一定の年齢になって以降は、ずっと出世も異動もないままで、この花園裏交番を守りつづけているのである。

その重森が、盲腸《もうちょう》の手術で入院してしまい、今回のシフトは欠勤していた。交番勤務はシフトごとに動くので、別班の班長に代理を頼むわけにはいかなかった。

昼過ぎに一度、交番所長の栄田英治《さかえだえいじ》が様子を見に来たが、この「交番所長」という役職の人間は、複数の交番の管理監督を兼ねているので、ひとつの交番に留まっているわけにはいかない。したがって、重森が不在の間は、主任の山口がこのシフトのトップなのだ。

一方、武藤丈範は、あちこちの所轄を転々としながら定年まで勤め上げたベテランで、最後はある署の副署長を務《つと》めた経験の持ち主だった。ノンキャリアの警察官として、出世頭《がしら》であったことは間違いない。

しかし、本人がそれ以上に吹聴《ふいちょう》しているのは、ひとり息子が国家試験に合格したキャリアだという点だった。

キャリアの警察官は、入庁時にすでに警部補だ。武藤の息子は、宮城《みやぎ》県で一年半、愛知《あいち》県で一年半、所轄の署長として勤務したのち、東京《とうきょう》に呼び戻され、現在は警察庁の刑事局に勤務している。浩介たちがこの息子の動向を詳《くわ》しく知っているのは、父親の武藤丈範が「相談員」としてやって来て以来、折に触《ふ》れては何度となく聞かされたからに他ならない。

濡《ぬ》らしたタオルで首筋やシャツの中などの汗を拭い、浩介たちが軽く休憩を取らせてもらってから見張所へ戻ると、さっきの娘はもういなくなっていた。

山口が書類仕事をしており、武藤のほうは服の一番ボタンを外して手を突っ込み、首や鎖骨《さこつ》周辺の汗をしきりとハンカチで拭っているところだった。

「さっきの訴えは、何だったのですか？」

浩介が訊いた。あれから、まだ十分と経《た》っていない。さっき武藤が「ちゃんと話を聞く」と言ったのにもかかわらず、彼女がもう帰ってしまったのは早すぎやしないか。

浩介は主任の山口に尋《たず》ねたつもりだったが、山口が書類から顔を上げたときにはもう、武藤のほうが答え始めていた。

「なあに、大したことはないよ。届け出は届け出だからね。山口主任が、今、きちんと処理してくれているが、私の勘《かん》からすると、事件性には乏《とぼ》しいだろうね。あの娘を見たろ。あんなに肌をむき出しにして、あれじゃあ、自分たちから男を誘ってるようなもんだ。見せてもらった写真によると、友人のほうもやっぱり毛を染めて、似たり寄ったりの格好だった。男に連れ去られたなんて言ってたが、ただの痴話喧嘩《ちわげんか》とか、あるいは女同士の妬《ねた》みとか、そんな類《たぐい》のものだろうさ」

「ほんとに事件性はないんでしょうか――？」

聞き咎《とが》めた浩介に、武藤は余裕の眼差《まなざ》しを向けた。それは浩介が警官になりたてだった頃に、よく出くわした眼差しと同じものだった。少し時間が経過するうちにわかるようになった。そこには、相手を半人前として見下《みくだ》す意味合いが含まれている。

「それは、今の娘がそう言ってたというだけの話だよ」

「友達の名前は？」

「戸田《とだ》明音《あかね》。明るい音、と書いて『あかね』だ。まったく、最近の名前は……。ま、これなんぞまだマシなほうか……」

「何をしてる子なんです？　勤めは？」

「いや、ふたりともまだ学生さ。十九だよ」

武藤はさり気《げ》なく答えたが、「十九」というのが法律的に見て重要であることは言うまでもなかった。淫行《いんこう》条例が適用されるのも、児童福祉法で「児童」と定義されるのも、ともに十八歳未満までだ。

「それに、相手だって、見も知らぬ初対面の男ってわけじゃない。新宿で何度か飲んだことがあるって言うし、本人の意思で、一緒のタクシーに乗ったんだ。たぶん、どっかで酔い潰《つぶ》れてるんだろ。あるいは、まだ、その男とよろしくやってるだけかもしれない。一晩経っても連絡がないって言ってもね。子供じゃないんだ。暗くなるまでには、何か言ってくるさ。こまめに携帯に連絡をしてみればいい、と言って聞かせたら、最後は落ち着いて引き上げたよ」

「見も知らぬ男じゃないなら、名前はわかってるんですね？」

浩介が食い下がると、

「ニックネームがね。ええと、トミーだったか」

「そうです。トミーと呼ばれてたそうです」

山口が、手元の書類仕事から顔を上げて応じた。

「どんな男なんです？」

浩介は山口を見て訊いたのだが、またもや答えたのは武藤だった。

「年齢は三十過ぎ。身長一七〇ぐらいで、やや小太り。顔は冴《さ》えないが、身に着けているものは、服装からアクセサリーの類に至るまで一流品ばかりで、どこかの御曹司《おんぞうし》という感じ。さっきのミミって娘の証言をつなげると、そんなとこだったかな」

「あの子は、ミミっていうんですか？　それもニックネーム？」

今度は内藤が訊き、武藤が笑った。

「本名だよ。美しいに見るで、美見《みみ》だ。ええと、苗字《みようじ》は駒谷《こまたに》だったな。キラキラネームって言うのかい。何を思ってつけたのか、親の顔が見たいよ」

内藤が調子を合わせて笑うが、浩介にはそういう真似《まね》ができなかった。主任の山口が事務机に向かって黙々《もくもく》と書類仕事をしているのは、武藤と目を合わせたくないからではないかという気がした。

「それより、みんなどうだね、終わったら一杯。この前言ってた店に、連れて行ってやるよ」

「え、ほんとですか⁉　やったな」

内藤章助が嬉《うれ》しそうに声を上げ、おどけて小さく万歳《ばんざい》をした。二十一歳になったばかりで、浩介からすると弟分みたいな存在の男だった。

とはいえ、大学を出たあと二年間、一般企業に勤めてから警察官採用試験を受けた浩介とは、年次にするとわずか一年しか違わなかった。ひとつ間違えば、同じ年次か、最悪のめぐり合わせとしては、内藤のほうが一期上だった可能性もあるのだ。警察は徹底した縦社会なので、たとえ年下のお調子者ではあっても、年次が上の先輩のことは必ず立てなければならない。

「肇《はじめ》君も、どうだい。どうせ、寮暮らしの間は、真《ま》っ直《す》ぐに帰るぐらいしかやることがないだろ」

武藤は交番の出口のほうに歩き、表で立番《りつばん》をしている庄司《しょうじ》肇に声をかけた。浩介と内藤と庄司の三人は、まだ独身で警察寮暮らしだ。

庄司が顔だけこちらに向け、

「そうですね。どうしようかな……」

つぶやき声で応じた。班長の重森はさばけた性格だが、決まり事には非常にきっちりしていて、立番の間は無駄話をしてはならないと命じられている。

「どうしようも、こうしようもないぞ。警官ってのは、先輩に誘われたら、大人しくついて行くもんなんだ。あとで、新一郎《しんいちろう》君も呼ぼう。ほら、前に話したろ。そこは猛烈に刺身が美味《うま》い店なのさ。日本酒がまた、いいのがそろってる。なあに、払いは、俺に任《まか》せとけ。こちとら、余裕の退職警官さ。現役のおまえさん方のようにローンもなけりゃ、未来のための積立金もなしだ。悔しけりゃ、きみらも早く定年になることだな」

武藤は軽口を叩《たた》きながら、裏手の休憩室へと消えた。新一郎とは、やはりこの花園裏交番で同じシフトを勤める、藤波《ふじなみ》新一郎のことだった。武藤は重森以外の全員を、苗字ではなくこうして名前で呼ぶのだ。

浩介は、椅子を山口の横にずらして坐った。

「何だよ……？　何か用か？」

口を開こうとすると、山口のほうから訊いてきた。顔を少し遠ざけ、警戒するような目をしていた。

後輩たちがこの主任のことを事なかれ主義だとか、サラリーマン主任だとか感じていることを、薄々感じているのかもしれない。浩介自身はそういった陰口を叩いたことはないが、最若手のくせに遠慮のない内藤などは、酔うと時々、所構《ところかま》わずにそんなことを言い立てるのだ。

「いいえ……、ただ、山口さんはあの娘の訴えを、どう思ってるのかと思いまして」

「別に、どうも思ってないさ……。事件性があると判断すれば適切な処理をするし、ないなら様子を見る。それが、俺たちの仕事だろ。武藤さんが言ったとおり、友人が男とタクシーで消えて、連絡が取れないってだけじゃあな……。まだ、二十四時間も経ってないんだぜ。一応、話を聞いたし、それをこうして記録にも残してる。もう少し様子を見てくれ、といったん引き取ってもらったのは、当然の処置だろ。違うか？」

失踪人《しっそうにん》が十八歳以上の場合、居場所がわからなくなってから四十八時間、つまり丸二日が経過していないうちは、様子を見るのが普通なのだ。

「それはそうですが……、なんとなくヤマさんが、何か気になってるように見えたものですから」

「――まあ、ちょっとだけな」

山口が声をひそめたので、浩介は浮かせかけた腰を戻した。

「何です……？」

「二軒目の店を出るときになって急にふらふらし出し、喋《しゃべ》り方もたどたどしくなって、何を言ってるのかわからなかったらしい」

「それじゃ、変じゃないですか――」

浩介は訴えを取り上げようとしなかった武藤への憤懣《ふんまん》を込めて言ったつもりだったが、

山口は、それを自分に向けられたものと取ったらしかった。

「そんなことを、今、俺に言われたって困るじゃないか。俺は対応マニュアルどおりにしたぞ。その友人は、男とタクシーで消えたんだ。もしも、無理やり連れ去られそうになったのなら、その時点で、大声で助けを求めるはずだろ。違うか？」

「――――」

トイレを流す音が聞こえ、そこで会話が中断した。

「ああ、そういえば、うっかり勉君の都合《つごう》を訊き忘れてたが、ＯＫってことでいいよな。職場の親睦会《しんぼくかい》に、主任が出ないんじゃあ話にならん」

手を拭《ふ》きながら戻ってきた武藤が言うのを聞き、浩介も内藤も、表で立番をしている庄司も、さすがに全員が眉《まゆ》をひそめた。ヒラの巡査を名前で呼ぶのは普通としても、山口のことまで堂々と「勉君」呼ばわりするなんて……。山口はこの班の主任だし、家には奥さんも子供もいる。

「いや、俺は……」

山口が言いかけ、力なく語尾を途切《とぎ》れさせた。

「まさか、何か都合が悪いのかい？」

「いえ、そういうわけでは……」

「それじゃ決まりだ。さて、店に連絡して、席だけ確保しておいてもらうとするか。巡回に出てる新一郎君だけは保留としても、あとは全員、参加でいいな」

武藤丈範は、やけに楽しそうだった。

2

四谷《よつや》中央署の大会議室に、総勢四十名ほどの制服警官が集められたのは、浩介たち《重森班》の人間が次の深夜勤務となった日の夕刻のことだった。

重森班からは、山口勉、坂下浩介、内藤章助の三人が参加した。組対課の課長および係長のふたりが壇上に坐り、同じく組対課の私服刑事たち数名が、壇上に近い隅の椅子にまとまって陣取っていた。さらには、かなりの数の女性警官も動員されていた。

――ドラッグの取引が頻発《ひんぱつ》している歌舞伎町《かぶきちょう》のクラブ二軒とホストクラブ一軒に、一斉捜索をかける。

――捜索開始時刻は、夜十時ちょうど。

課長の口からそう発表がなされ、部屋の空気が張りつめた。

少なくとも新宿等の大都会で何年か制服勤務をしたことがある警官ならば、この捜索がどんなものになるか、すぐに察せられたためだった。

捜索が開始される午後十時は、歓楽街の店にとって稼《かせ》ぎどきだ。客の入りはピークを迎え、店は忙しいさなかにある。わざわざそこを狙《ねら》って家宅捜索をかけるのだ。息を合わせて臨《のぞ》まなければ、大混乱に陥《おちい》る。

ここ数カ月、違法ドラッグ絡《がら》みのもめ事が頻発していた。

花園裏交番でも、つい最近、いわゆる「バッド・トリップ」の状態になって倒れている若い娘を病院に搬送したり、喧嘩している連中を逮捕したら、ドラッグを隠し持っているのが発覚したり、何かとトラブルが絶えなかった。

今回の摘発は、売人を挙《あ》げることを目的としているが、もうひとつには、ドラッグの売買を黙認する店と、簡単な気持ちでドラッグを入手する客たちへの見せしめの意味もあるのだ。

その証拠に、課長はこう釘《くぎ》を刺すことを忘れなかった。

「今回はガサ入れと同時に、お客、従業員、全員の身体検査を行なうぞ。店から逃げようとする者は、容赦《ようしゃ》なく公務執行妨害で引っくくれ。身体検査に抵抗する者も同様だ」

いつにない数の女性警官が招集されているのは、そのためだった。店の性質からして、女性客も多いにちがいない。

課長は説明を終え、何も質問がないことを確かめると、

「街を綺麗《きれい》にするぞ！」

と、檄を飛ばした。

——そして、午後十時きっかり。

坂下浩介は前を行く先輩警官の背中につづき、ビルの地下への階段を駆け下りていた。この地下には目当てのクラブの他に、中華料理とタイ料理、さらにはタイ式マッサージの三店舗が入っていることは、打ち合わせ時に見せられた見取り図でもう頭に入っていた。

目指《めざ》すクラブのドアは、ステンレス製の不愛想《ぶあいそう》で味気ないものだった。その胸ぐらいの高さに、小さく《ワイルド・オーク》と英語で書かれている。

浩介が属するグループの責任者は、四谷中央署組対課の班長である中谷《なかたに》という男だった。中谷の引き連れた私服刑事たちが、そのドアを取り囲んで立つと、ひとりがドアに耳を寄せた。中谷の合図を受け、一斉に室内へと突入した。

刑事たちがドアを開けた途端、ビートの利《き》いたハウス・ミュージックが、大音量で流れ出てきた。

「四谷中央署の者です。全員、その場を動かないで！」

中谷が警察のＩＤを頭上に掲《かか》げて、店内に入る。私服警官がそれを取り囲んでいる。その一団につづき、浩介たち制服警官たちが店内に足を踏み入れると、ひとりが店の入り口を押さえ、他の者は左右に素早く展開した。

フロアには、かなりの数の客がいた。ほとんどが二十歳前後ぐらいの若者たちだが、ネクタイを緩《ゆる》めたり外したりしたスーツ姿の中年男や、化粧で年齢を誤魔化《ごまか》しているのが明らかな高校生や、中学生らしき女子まで交じっていた。

「音楽をとめて！　それから、店の責任者はどこですか？　すぐ、名乗り出てください」

中谷は四十代の大柄な男で、よく通る野太《のぶと》い声をしていた。大勢の客たちの間を抜けて、奥へと進む。部下のひとりがミキサーとターンテーブルを操《あやつ》るＤＪのもとへと走り、両手を振って音楽をやめさせる。

フロアの奥にあるドアから、三十代の男がひとり現われ、中谷はそちらへ近づいた。

「あなたが、ここの責任者ですね？」

「そうですけれど……。いったい、これは何の騒ぎですか？」

「お名前をお聞かせください」

「加藤木《かとうぎ》です……。加藤木匡《ただし》」

「では、加藤木さん。これが捜索令状です。お宅の店舗内で、違法ドラッグの売買が行なわれている疑いがあります」

「そんなことは……」

「令状を確認ください」

有無《うむ》を言わせぬ口調で告げ、捜索令状を提示すると、店長の男は真っ青《まさお》になった。こういった店の場合、店長自身がドラッグの取引に直接関与まではしていなくても、何らかの理由で見て見ぬ振りをしている場合が多いのだ。

音楽がとまったので、ふたりのやりとりはフロア中に聞こえた。ざわめきが広がり、何人かが身じろぎする。

「動かないで！　これは警察の捜査です。その場を動かず、協力してください」

中谷の背後に控えていた軍曹《ぐんそう》役の刑事がフロアを見回して、呼びかける。年配の制服警官たちが、同じ言葉をもう少し落とした声で周囲の人間たちに言って回る。

そのときだった――。

壁際に溜《た》まっていた人込みの間を、するすると縫《ぬ》って移動する人影があった。

「ちょっと、あんた――」

見咎めた浩介が声をかけると、男はぎょっとして、小走りになった。イタチみたいな印象の小男だった。進行方向にいる人間たちを肩で押しのけ、出口を目指す。

「逃がすな！　そいつを取り押さえろ！」

中谷が怒鳴《どな》った。

一番下っ端《したっぱ》として店の出入り口を守っていたのは、花園裏交番の内藤章助だった。経験が浅い者が下から順に、店の外を見張る担当に回されていた。辛《かろ》うじて店の出入り口担当に滑《すべ》り込んだのだ。

迫り来る男にぎょっとした内藤は、すぐに闘志をむき出しにした。

体当たりして撥《は》ね飛ばそうとする男の肩をかわしつつ、その足を払い、バランスを崩《くず》した男を力任せに投げ飛ばした。

「でや！」

と、威勢のいい掛け声を出したが、付近のテーブルと椅子を巻き添えにして盛大に転がった男を見て、内藤は一瞬、ぽかんとした。たぶん、こんなふうに上手《うま》く投げられるとは、当人も想像していなかったのだ。

だが、すぐにフロアを蹴《け》って男に跳《と》びつき、その右腕をねじ上げた。他の警官たちも協力し、私服刑事が男に手錠をかけた。ひとりが背後に回って男の体を引きずり上げ、もうひとりが上着のポケットを漁《あさ》る。

セロファンに包んだ粉や錠剤をつまみ出し、顔の横に掲げて中谷に示した。

「班長、出ました」

「よし、連行しろ！」

中谷が応じ、

「これから、警官が順番にうかがいますので、全員、ポケット等の中身を、包み隠さず出してください。協力をお願いします」

軍曹役の刑事が、全体に向かって呼びかけたとき、ヒステリックな女の泣き声が聞こえた。周囲の人がよけてむき出しになったフロアに、若い女がしゃがみ込んでいた。真《ま》っ赤《か》なロングスカートにフリルのついたシャツという格好は、いかにも慣れないおめかしをしている感じがする。

刑事たちとともに、ベテランの女性警官が動いた。泣きじゃくる彼女の周《まわ》りには、その連れと思《おぼ》しき若者が三人、居心地《いごこち》悪そうに立っていた。

みな、それぞれにやはりめかし込んではいるが、どこか野暮《やぼ》ったい印象だった。遊びまくるつもりで繰り出してきたクラブで、面白半分にドラッグを買ってしまった口らしい。

ドラッグ汚染は、そうやって静かに拡《ひろ》がっていくのだ。

「おい、きみはスタッフルームを、きみのほうはトイレを確認してくれ。すぐに女性警官をひとりやるから、女子トイレは決して自分じゃ開けるなよ」

中谷が手早く命じ、自身は加藤木という店長を促して周囲に人がいない壁際に寄った。そこで、聴取を行なうつもりなのだ。

トイレを点検するようにと命じられたのは、浩介だった。店の奥に短い廊下があり、その廊下の両側が男女トイレになっていた。

浩介がその廊下の入り口に立つと、突き当たりにある洗面台の前で、若い女がひとりそわそわしていた。制服警官の姿に気づくとあわててポケットから何かを出し、洗面台の蛇《じゃ》口《ぐち》をひねろうとした。

「こら、何をするんだ⁉」

走り寄った浩介は、彼女の手首を押さえた。

「これは何だ？」

彼女が握ったピンク色の錠剤を見つけて、鋭く問いつめた。

それは安価で入手しやすいために、一年ほど前から急激に街に広まった《ラヴ・アフェア》というドラッグだった。《エクスタシー》と呼ばれる合成ドラッグ《MDMA》の一種で、色や音への知覚を鋭敏《えいびん》にして、セックスの快感を高める作用がある。

だが、この《ラヴ・アフェア》には不純物が多く、濃度もまちまちなため、過剰摂取《せっしゅ》による事故が頻発していた。浩介たち制服警官も、朝礼で何度か「使用者に注意すべし」との訓告を受けていた。

「違うのよ、これは違うの！」

身をよじる女の手から、浩介はその錠剤を奪い取った。

「何が違うんだ。あの売人から買ったんだろ」

「違うの……。お願い、信じて、おまわりさん。これは、話を聞くためなのよ。買えば、話を聞かせてくれるって言ったの」

必死で言い立てる娘と目が合い、浩介は「あ」と声を漏《も》らした。

「きみは……」

浩介たちが第一シフトだった日だから、三日前のこと。交番で、武藤と山口を相手に、友達を捜《さが》してほしいと懇願《こんがん》していたあの娘だった。

彼女のほうでは、初めは浩介がわからなかったらしいが、「きみは……」と問われたことで、はっと思いついた。

「——あのとき、あの交番にいたおまわりさんね。結局、警察は何もやってくれないじゃないの！　あのあと、私、明音のお母さんと一緒に、もう一度交番に行ったのよ。だけど、またあの同じ親爺《おやじ》が応対して……。結局、埒《らち》が明かなかった」

「じゃあ、友達はまだ戻らないのか……？」

「戻らないから、こうして捜しに来たんじゃないのさ。ねえ、おまわりさん。トミーっていう男の正体がわかりそうなのよ。私と一緒に来てくれない」

「——どこへだ？」

「あいつが行きつけにしてる店が、わかったの。売人の男が教えてくれたのよ。西武《せいぶ》新宿駅の傍《そば》のパブで、何度か見かけたことがあるんですって。そこって、明け方近くまでやってる店で、あいつはいつでもたいがい女の子を連れてたそうよ。ねえ、お願いよ」

「——それじゃあ、それを訊き出すために、クスリを買ったと言うのか？」

「そうよ。嘘《うそ》じゃないわ。私、お酒は大好きだけど、クスリなんか興味ないもの」

「——」

「ねえ、嘘じゃないったら。これが明音の写真よ。私、行方《ゆくえ》を捜すのに必要と思って、プリントして持ってきたの。ほら、見て、おまわりさん」

娘は言い、プリントされた写真を浩介に押しつけようとした。

判断に困った浩介がフロアを見回すと、同じ花園裏交番で主任を務める山口勉の姿が見えた。

そっと合図を送った浩介に気づき、その場を別の警官に任せて近づいてきた山口は、娘を見て目を丸くした。

「あれ、きみは……」

「ミミよ。駒谷美見」

「まさか、きみは――」

「違うったら、こっちのおまわりさんにも話してたんだけど、私、明音のことを訊きに来たのよ。クスリを買ったら教えてやるって言うんで、しょうがなく買わされただけ。それに、これは違法なクスリじゃないって言ってたわ。そうなんでしょ」

「それはもう何年も前の話で、法律が改正されたんだ。完全な違法だよ」

山口の声は、冷たかった。

「そんな……。だって、私、何も知らなかったから……。お願いよ、おまわりさん。ほら、見て、これが明音の写真。トミーは、『とみお』っていうらしいわ。それに、あいつが行きつけにしてる店がわかったのよ」

美見はそうまくし立て、戸田明音の写真を山口の顔の前でも振って見せた。

「明音という子は、まだ自宅に帰らないらしいんです」

浩介がそう言い添《そ》えたのは、心のどこかに、山口の背中を押す気持ちがあったからだった。だが、どうせ日和見《ひよりみ》を決め込み、何もしない可能性が高いだろう……。この人は、そういう人なのだから……。

「ねえ、トミーって男は、絶対に危ないやつよ。この新宿のあっちこっちで、女の子をナンパして回ってるんですって。きっと、あいつ、何も知らない相手に、こっそりクスリを使って悪いことをしてるんだわ。お願い、すぐにあいつを捕まえて。私、明音が心配なの。お母さんも心配してる。もしもあの子に何かあったら、あのお母さん、きっとどうにかなっちゃうわ」

「——誰も、本当に彼女の行方を知らないのか?」

山口が、気弱げに訊く。

「どうした、おまえら——?」

声をかけられて振り返ると、あの軍曹役の刑事が立っていた。班長の中谷より年齢がちょっと下の原田《はらだ》というデカ長で、中谷以上にごつくて筋肉質の男だった。

実は浩介たちにとっては、顔馴染《かおなじ》みの男だった。この原田はかつて、重森の下で働いていたことがあり、前に一度、非番の日に、妻とふたりの息子たちを連れて花園裏交番に立ち寄ったことがあった。新宿御苑《ぎょえん》に遊びに来た帰りだそうだったが、家族を重森に見せるのが目的で立ち寄ったらしく、重森は原田の息子たちを愛《いと》おしげに眺《なが》め回しては、「ふたりとも大きくなったな」「お兄ちゃんはもう五年生か」などと言って微笑《ほほえ》んでいた。重森夫婦が原田たちの仲人《なこうど》を務めたのだった。

だが、無論のこと、今はその日の穏《おだ》やかな表情は微塵《みじん》もなく、原田はいかにもデカらしい目つきで美見を睨《ね》めつけた。

「ちょっと挙動が不審だったので、話を聞いているところです。何かありましたら、すぐに報告します」

山口はぴんと背筋を伸ばし、従順な犬のような顔で報告した。

「身体検査には、必ず女性警官を呼べよ」

「了解しました」

デカ長が遠ざかると、山口は娘に向き直った。

「きみは、どうやってこの店を見つけたんだ?」

美見は苛立《いらだ》たしそうに体を揺すった。

「そんなこと訊いて、どうするのよ?」

「いいから、答えるんだ」

「あの夜、ここに来たのよ。そのとき、トミーってやつは、私と明音を席に残してちょっと離れたのね。そして、店の隅っこでさっきの売人と何かこそこそやりとりしてるのを、私、たまたまおトイレに行く途中で目撃したの。だからさ、今夜はずっとここであいつが来るのを見張ってたのよ」

「この店を出たあと、トミーは明音さんを送ると言ったのか？」

「そうよ。あの子、急におかしくなっちゃって……。私、何か雰囲気が変だったから、引き留《と》めようとしたのだけれど、トミーがタクシーに乗せて連れてっちゃったの。もう、これは交番で全部、話したでしょ」

「どこのタクシー会社か、わかるかな？」

山口が訊いた。思案顔《しあんがお》のままだった。

「わからないわ。——でも、オレンジと黄色の車体だった」

「トミーについて、他には何かわかったことは？　どの辺に住んでるとか？」

「いいえ、そんなのわからないわよ」

「トミーが出入りしているというパブの名は？」

「言えば、一緒に行ってくれるっていうの？」

「いいから、言いたまえ」

「《ピッコラ・フェリチタ》」

「なに——？」

「《ピッコラ・フェリチタ》よ」

娘は、スマホを出して操作した。

「ほら、この店よ。西武新宿駅の近く」

「わかった。じゃ、行ってみる」

「それじゃあ、私も連れてって」

「だめだ。きみはまだ学生だろ。家に帰りなさい」

「え、いいの――？」

山口は唇を引き結び、美見と視線を合わせないようにして浩介を見た。

「彼女が捨てようとしてたドラッグは、どれだ？」

「これです」

浩介が差し出す包みを、山口は右手の指先でつまんだ。汚いものを、嫌々《いやいや》つまむような動きだった。

「これは証拠品だ」

山口は、それを顔の横まで上げて浩介を見た。

「わかってます」

「俺とおまえは、これをこの洗面所で見つけた。誰かが捨てたんだ。いいな」

「――」

驚いて見つめ返す浩介の前で、山口は美見のほうに視線を転じた。

「二度とこんなものを買うんじゃないぞ。いいね、わかったね」

「それじゃあ……」

「さあ、もう行きたまえ。ここが済んだら、俺たちでそのパブに行ってみるよ」

「ありがとう、おまわりさん。感謝するわ」

「さあ、もう行きなさい」

彼女が遠ざかると、山口は隣に立つ浩介に照れ臭そうな顔を向けた。

「おまえ、俺のことを、融通《ゆうづう》の利かないサラリーマン巡査長だと思ってきたんだろ」

「いや、俺は……」

「いいんだよ。そのとおりだからな」

3

結局、売人をふたりと、その売人たちからクスリを買った人間たちを五人逮捕した。それに加えて、店の事務所のロッカーからクスリが見つかったために、店長の加藤木匡や店員たちも拘束《こうそく》した。

《ピッコラ・フェリチタ》は、西武新宿駅前の細い路地を少し入ったところにあった。浩介たちがそこを訪ねたときには日付が変わりかけており、終電の時間を気にする人たちが、駅へ駅へと急いでいた。正面がバイクのヘルメットのように丸みを帯びたペンシルビルの前に立って見上げると、濃い色つきガラスの二階の窓に店名が描かれていた。

ふたりは階段で二階へと上がった。縦長の店のちょうど真ん中辺《あた》りがエントランスで、入ると右側には長いカウンターが伸び、左にはテーブルが配されていた。

終電が近づいても、この店はむしろ混む時間帯になってきたらしく、カウンターは八割方が埋まり、テーブル席のほうにも、グループ客や親しげなカップルたちが陣取っていた。

口ひげを生《は》やしたマスターらしき男が、浩介たちに近づいてきた。カウンターからわざわざこうして出てきたのは、積極的に市民の義務を果たすためよりもむしろ、周りに客がいる中で制服警官とやりとりをしたくなかったためだろう。いきなり現われた制服警官に驚き、入り口付近の客たちがちらちらとこっちを見ていた。

「御苦労様です。どういった御用でしょう?」

と小声で訊くのに、山口が返した。

「お忙しいところを、すみません。トミーと呼ばれてる客が、こちらの常連だと思うのですが、御存じありませんか？　苗字はわからないのですが、とみおという名前らしいのですが」

「ああ。それなら、今、窓際にいますよ」

マスターの答えを聞き、浩介たちは驚いて身構えた。

ちょうどラグビーボールを真ん中から縦に割ったような形で張り出した窓の前には、そこだけ七、八人は坐れそうな大きさのテーブルが置かれていた。そのテーブルを、女ふたりと男ひとりで占領して坐る三人組がいる。女性たちのほうはともにまだ若く、二十歳そこそこぐらいの感じだが、男は三十過ぎぐらい。先日、交番で美見が話したように顔は冴えないが、いかにも高級そうなスーツに色つきシャツを着ていた。

「ここの常連でトミーって呼ばれてるのは、彼だけですよ」

「フルネームは?」

「大津富雄《おおつとみお》。滋賀《しが》の大津に、富雄は富士山《ふじさん》の富《ふ》に雄《おす》だったかな」

「よく来るんですか?」

「ええ、毎週一、二度は」

「何をしてる人なんです?」

「いわゆる青年実業家です。もっとも、親の七光りの面が多分にあって、彼の親父《おやじ》さんは、あの大津エステートの創業者ですよ。ほら、あちこちにビルを建てて、六本木《ろっぽんぎ》とか青山《あおやま》を再開発してるでしょ。彼も親父さんから子会社を任されて、自分で人を使って切り盛りしてるらしいです。あっちの土地でいくら、こっちの土地でいくらと、いつもああして女の子たちを相手に景気のいい話をしてますよ」

マスターがすらすらと答える口調には、何の悪意もなさそうだったが、それは商売柄、隠すことが巧《たく》みなだけだろう。あまりいい感情は持っていない感じがした。

浩介たちは礼を述《の》べると、ふたりして窓辺の大津へと近づいた。制服警官の姿に気づかぬはずはないのに、大津富雄は連れの女性たちとのお喋りに興《きょう》じる素振《そぶ》りを崩さず、顔を動かそうとはしなかった。

「大津富雄さんですね。少しお話をうかがいたいのですが、御協力をお願いします」

テーブルの脇に並んで立って山口が言うと、いかにも今気づいたというように、初めて顔を上げてきた。

「確かに大津ですが。何の用です？」

「できれば、大津さんおひとりとお話をしたいのですが、ちょっと外によろしいでしょうか」

「いったい、何なんですか？」

不快そうに顔をしかめた大津は、それでも渋々と腰を上げた。

「すぐに戻るから、待っててくれよな。そうだ、ドリンクを何か追加したらいいさ」

ソファの女性たちにそんな猫なで声を使い、

「マスター、俺の連れに、何か追加のドリンクを訊いてくれ」

と口ひげのマスターに声をかけ、

「なあ、さっさと済ませてくれよ。いったい、おまわりが何の用なんだ？」

表に出るとともに態度を豹変《ひょうへん》させた。

「免許証などで結構ですが、何か身分証明になるものをお持ちですか？」

山口は、淡々と訊いた。

「なぜそんなものを見せなけりゃならないんだよ」

と、あくまでぞんざいである。

「御協力いただけませんか」

「そう願うなら、まずは自分から名乗ったらどうだ？」

と、にやにやする。

「新宿花園裏交番所属の山口といいます」

「同じく、坂下です」

淡々と名乗る警察官たちの前で、大津は相変わらずにやにやしていた。

「花園裏交番っていうと、新宿署の管轄かな？」

「四谷中央署です。さあ、これでいいでしょ。それでは、御協力ください。免許証をお願いします」

山口が丁寧《ていねい》に繰り返すと、大津はあからさまに不快そうな顔をしつつも、さすがにスーツの内ポケットから札入れを抜き出した。カード入れの部分から免許証を抜き取るときに、札入れを膨《ふく》らませる一万円札の束が見えた。免許証を人差し指と中指の二本でつまみ、客がカードで勘定《かんじょう》をするときのような仕草で差し出してくる。

山口が受け取り、浩介も横から覗《のぞ》き込んだ。免許証に記載の現住所は、中野区《なかの》中央《ちゅうおう》。気取ったマンション名からしても、中野坂上《なかのさかうえ》の交差点周辺にある高級マンションのひとつらしい。新宿区と隣接しており、車なら十分とかからない場所だった。

浩介は山口の目配せを受け、大津の免許証を持って階段を下った。イヤホンをしっかりと耳に入れ直し、無線で警視庁を呼び出し、「1 2 3《ひやくにじゆうさん》」を要請した。それは犯歴照会センターの番号であり、照会センターそのものを差す隠語でもある。

手順どおり、

「免確による男、総合一本願います」

と願い出てから、自分の所属とIDナンバー、そして、対象者の氏名と生年月日を述べた。

すぐにセンターからの回答があった。「L2号」（事故、違反歴）が複数ヒットし、大津富雄が模範的なドライバーから程遠いことが判明したが、前科等はなかった。

階段を上った浩介は、山口の耳元でそのことを告げてから、不機嫌《ふきげん》そのものの顔つきで腕組みをする大津富雄に礼を述べて運転免許証を返した。

「殺人の指名手配でもされてたのかい？」

軽口を叩きながら、厚い札入れに免許証を戻す大津に向け、

「戸田明音さんという女性を御存じですね」

山口が切り出した。

「戸田明音――？」

大津は、その名を口の中で転《ころ》がすようにした。

「いや、知らないな」

「そんなはずはないんですがね。四日前の深夜、あなたが彼女と一緒にタクシーに乗ったと証言している戸田さんの友人がいるんです」

「俺が、だって――？　いったい、どこで？」

意外なことを、という口振りで訊き返すが、その両目は油断なく動き回っている。

「この新宿で、です」

「ああ、思い出しましたよ。確かに、そんな子がいたな。一緒に遊んでたんだが、気持ちが悪くなったと言うんで、送ったんだ。それだけですよ」

「どこまで送りましたか？」

「家の近所までさ。ええと、彼女、練馬《ねりま》のほうでしょ。貫井《ぬくい》じゃなかったかな。家まで送ると言ったんだけれど、どうしても途中で降りると言い張るので降ろして別れましたよ」

「どこで降ろしたんです?」

「そんなこと、覚えてないさ。どこか住宅街の中だったし」

「そのとき使ったタクシー会社は?」

「覚えてません」

「車の色とか、模様とか?」

「さあね」

「車を降りたのは、何時頃です?」

「ええと、一時半ぐらいじゃなかったかな」

「そのあとは?」

「一緒に降りたけど、それでも大丈夫だと言うんで、俺は上りのタクシーを摑《つか》まえて自宅に帰りましたよ」

「自宅というのは、免許証に記載されている中野坂上のマンションですね」

「ああ、そうだよ」

大津が面倒臭そうに答えたとき、店のドアが開いて、一緒に飲んでいた若い女性ふたりが出て来た。ふたりとも、心なしか硬い表情をしており、

「ごちそうさまでした」

「もう電車がなくなっちゃうし、やっぱり、今夜は私たち、これで帰ります」

口早《くちばや》にそう告げ、頭を下げた。ふたりとも、あまり化粧慣れしていない女性たちで、こんな時間まで半《なか》ば無理やり引き留められていたような感じがする。

「おいおい、そんなつれないことを言わなくたっていいじゃないか。ちゃんと、ふたりとも送るからさ。警察の人たちは、すぐ帰るんだから。ねえ、そうですよね。他にはもう、訊くことはないでしょ」

「まだ質問は終わっていませんよ」

さすがに山口が気色《けしき》ばみ、女性たちが逃げるように階段を降りていくと、大津富雄はあからさまに不快そうな顔つきになった。

「で、あとは何を答えればいいんだ？」

「四日前、戸田明音さんと会った日のことを順番に話してください」

「なぜそんな必要があるんですか？」

「戸田明音さんの行方がわからなくなっているからです。現在のところ、彼女と最後に一緒だったことが判明しているのは、あなたです」

「変な言い方をしないでくれよ。自宅の近くまで送ったと言ってるでしょ」

声を荒らげる大津を睨みつけた山口が、何か思いついた様子で浩介の耳に口を寄せた。

「おい、まだ間に合うだろ。今、ここを出たふたりを追いかけて、今夜、どんなふうに声をかけられたのか話を聞いてこい。参考になるはずだ。身元の確認も忘れるなよ」

小声で告げるが、間違いなく大津にも聞こえている。大津は、険《けわ》しい目で山口を睨みつけた。

浩介は階段を駆け下りると、西武新宿線の駅を目指して路地を走った。ふたりがＪＲの新宿駅に向かった可能性もあったが、幸いに見覚えのある後ろ姿がふたつ、西武新宿駅のエスカレーターを上るのが見えた。

終電の時間が迫っているため、誰もがエスカレーターに立たずに歩いて上っている。浩介はふたりを追い、階段を一気に駆け上った。

「すみません、ちょっと」

ちょうど上りつめたところで追いついて声をかけると、

「何かあるんですか……？　私たちに、何の用でしょう……？」

戸惑《とまど》った様子で、背の高いほうが訊いた。

「一応、名前と住所を聞かせてください」

「そんな……。なんでそんな必要があるんでしょうか？」

「身分証明書をお願いします」

浩介は、事務的な口調で告げた。そうするのが、一番効果的なのだ。交番勤務になってから三年目、そろそろそうしたコツがわかるようになっていた。

相手への注意も怠《おこた》らなかった。もしやとは思うが、大津に誘われ、このふたりがドラッグをやっていないとも限らない。

「もう、電車が出てしまうんですけれど……」

ふたりは顔を見合わせ、今度は小柄なほうが言った。だが、改札付近の電光掲示板には、まだ終電のマークは出ていなかった。

「決してお時間は取らせませんので、お願いします」

「私たち、免許は持ってないんですけれど、保険証でもいいんですか……？」

「構わないですよ」

浩介は、ふたりの女性の住所を手早く控えた。

「学生さんですか？」

「――そうです」

「大津さんとは、親しいお友達なんでしょうか？」

「いいえ、違います。今夜、声をかけられただけです。食事を奢《おご》ってもらって、もうそろそろ帰ろうかって頃になったら、駅の近くにもう一軒知ってる店があるからって……。ただ、それだけよね」

小柄なほうが答え、同意を求めるように隣を見る。浩介は、駒谷美見から借りた戸田明音の顔写真を念のために見せた。

「ところで、この女性に見覚えはありませんか？」

ふたりはそれを真剣に見たが、そろって首を振るだけだった。

「いいえ、知りません」

「知らない人です」

「ずっと、あなた方と大津さんと三人だけで遊んでたんですか？」

「そうです」

「食事をした店の名前を覚えてますか？」

ふたりは、靖国《やすくに》通りにある高級フレンチレストランの名を挙げた。

「そこから、真っ直ぐに今のパブに？」

「そうです。あ、でも、途中でセントラルロードのゲーセンに寄りました。大津さんって、格闘ゲームの腕前がすごくて、たぶんそれを私たちに見せたかったんだと思います。おまわりさん、ほんとにそろそろいいですか……。電車がなくなっちゃうと、困るんです」

浩介は、礼を述べてふたりを解放した。改札口へと急ぐ彼女たちと別れ、帰宅を急ぐ人波に逆らって、《ピッコラ・フェリチタ》の入ったペンシルビルへと走って戻った。

階段を上りかけたところで、大津富雄が踊り場から駆け下りてきた。鉢合《はちあ》わせする形になり、反射的に浩介が道を譲《ゆず》ると、大津はその横を悠々《ゆうゆう》と通って表へ出て行った。

一歩遅れて下りてきた山口は、まるで別人のように険しい顔をしていた。

「どうだった？　お嬢さんたちは、摑まったか？」

「はい、西武新宿の駅で。念のために、保険証で住所を確認してあります」

山口は、浩介がふたりから聞いた話をひととおり報告するのを黙って聞いていたが、それが終わると、押し殺した低い声で告げた。

「なあ、浩介。あいつは絶対にヤバイ。きっと何かやってるぞ」

4

新宿駅南口にある《バスタ新宿》の正式名称は、『新宿南口交通ターミナル』。各種高速バス、空港バスの発着場に加え、かつて甲州《こうしゅう》街道の混雑を招いていたタクシーの乗降場も、現在ではこの複合ターミナルに入っている。

京王《けいおう》線や中央《ちゅうおう》線の最終電車が出た直後に混雑するここのタクシー乗り場は、今は客待ちをするタクシーの列が長く延びるだけだった。山口勉と坂下浩介は二手に分かれ、その列の前と後ろから順番にタクシーを点検していた。

駒谷美見はタクシー会社を記憶していなかったが、オレンジと黄色の車体だと言った。それならば、《東帝《とうてい》タクシー》にちがいない。そう判断した浩介たちは、営業所に電話を入れ、乗車時刻と場所から該当する車両を見つけてもらった。幸い、今夜も同じドライバーが乗車中とのことだったので、営業所から無線連絡をしてもらったところ、ここで客待ちをしていることが判明したのである。

先頭車両のほうから点検していた山口が、手振りで浩介を呼び寄せた。浩介が走って近づくと、中年の運転手が運転席の窓を開けてこっちを見ていた。

「ああ、事務所に連絡くれたおまわりさんですね。申し訳ない、わがまま言っちゃって。だけれど、ここ、いったん順番から外れると、また長いこと待たなけりゃならないんですよ」

そんなふうに言いつつ、ちらちらと列の前方を気にした。乗車口まで、あと五、六台と迫っていた。

「いえ、こちらこそ、時間を取ってもらってすみません。さっそくですが、この女性を覚えてますか？　四日前の午前一時頃に、歌舞伎町から乗せてるはずなんですが」

山口が、明音の写真を見せた。

「ええと、四日前ですね。歌舞伎町、歌舞伎町と……」

運転手は、みずからに言い聞かせるようにつぶやきながら、老眼鏡《ろうがんきょう》をかけた。写真を凝視《ぎょうし》し、すぐに反応した。

「ああ、覚えてますよ。ふたり連れのお客さんでしょ。男の人と一緒だったな。女の子は、だいぶ酔ってましたね。ろれつが怪しくて、何を言ってるのかよくわからなかったし。ふらふらして、男に支（ささ）えられてました。吐かれてシートを汚されたらどうしようって、それが心配でしたよ」

「男のほうは、この男ですか？」

大津富雄が代表取締役を務める、大津エステートの子会社のホームページにあった写真をスマホで見せると、運転手はうなずいた。

「ええ、この人でしたよ」

「男のことを嫌がってたとか、逃げようとしてた様子はありませんでしたか？」

「いやあ、そんなことはなかったですよ。あれば、私だって車を停めるなり、それこそ交番を見つけて相談するなり、それなりの対応をしてましたよ。だいたい、女はじきに眠っちまいましたしね」

「降りるまでずっと起きなかったんですか？」

「そうですね。降車のときに、男に揺り起こされてました」

「どこで車を下りたんです？」

「練馬です。貫井だったな。日報を見れば、もっと正確にわかるんだが――。事務所に聞いてもらえますか？」

浩介は内心、がっかりした。

運転席に屈《かが》み込んで話を聞いていた山口も、意気消沈したのがわかる。大津富雄はさっきの証言どおり、明音をちゃんと家のすぐ近所まで送ったということか。

「ふたりとも、そこで降りたんですか？」

「そうですよ。女性はふらふらしてて、ひとりじゃ歩けない様子だったし」

「降りた時間は？」

「午前一時半ぐらいでしたね。男に揺り起こされて、そろそろ近所だよとか言われて、一緒に降りていきました。あ、ちょっと動きますよ」

先頭の車が客を乗せて走り出し、列が動いた。運転手は山口に断わり、車を徐行させた。

「降りたあとの、ふたりの様子はわかりますか？」

「男が女の肩を支えて、通りを歩いて行きましたよ。走り出したので、見てたのはそれぐらいまでですけどね。――あ、でも、信号で道を渡ろうとしてましたね」

「少し話が戻りますが、女が車の中で眠ってる間、男のほうは何をしてたんです？　女の体を触《さわ》ったりとかは？」

「まあ、まったくしなかったとは思いませんがね。何しろ、彼女は男にもたれかかって眠ってましたから。でも、そんなにひどいことはしてなかったと思いますが……。そういえば、男は誰かと携帯で話してましたよ」

「どんな話をしてたか、何か聞こえませんでしたか？」

「いいえ。声をひそめてましたし。それに、ほんの短いやりとりで、すぐに切ったので」

大人数のグループがやって来て、タクシーの列が今度は大きく動き始めた。

「おまわりさん、これぐらいでいいですかね。順番が来そうなんで」

「ああ、そうですね――、時間を取ってもらって、ありがとうございました」

山口が、いつもの人の好《よ》さそうな応対で運転手に礼を述べたときだった。浩介の脳裏《のうり》を、ふっと小さな違和感《いわかん》が走った。

浩介は徐行で移動する車に追いすがり、運転席に屈み込んだ。

「もう少しだけ、すみません。運転手さんが走り出したとき、ふたりは信号を渡ろうとしてたんですね。そうすると、ふたりを降ろしたのは、どこかの大通りだった？」

「ええ、そうですよ。『豊玉北六《とよたまきたろく》』を越えて、西武池袋《いけぶくろ》線の高架下を通過した先だったな。いずれにしろ、目白《めじろ》通りのどっかでしたよ」

この車が先頭に来たので、運転手は後部ドアを開けた。同じグループで前の車に乗りきれなかった男たちがふたり、その後部ドアへと寄ってきた。

「ヤマさん、大津のやつは、我々に、『どこか住宅街の中』で明音さんを降ろしたと言いましたよね？」

「ああ、確かにそう言ったな……。運転手さん、そうすると、そこは住宅地の中じゃあなかった？」

「ええ、住宅地とは言えないな……。お客さんを待たせると悪いので、そろそろいいですか？」

　山口は、この男としては珍しく決断を迷わなかった。腰を伸ばすと、後部シートに乗り込もうとしている男たちを手で制し、車のボディ越しに呼びかけた。

「ちょっと待って！　申し訳ありません。警察の捜査なんです。後ろの車に乗っていただけますか」

「おまわりさん、あんた方、いったい何を――？　商売妨害は、勘弁してくださいよ」

　困惑《こんわく》顔の運転手に、山口は頭を下げた。

「そこまで連れていってください。もちろん、乗車料金はちゃんと払いますので」

　車は甲州街道から明治《めいじ》通りを行き、高戸《たかと》橋で新目白通りに入った。山手《やまて》通りを横断し、西落合《にしおちあい》辺りで目白通りと合流、江古田《えこだ》を経て、環七を渡った。運転手が言った豊玉北六丁目の交差点で、目白通りと千川《せんかわ》通りがX状にぶつかる。そこを直進し、西武池袋線の高架下を抜けた。

　そこから二、三分ほど走ったところで、運転手は車を路肩に寄せて停めた。

「ここですよ。ここで、間違いありません」

　メーターを起こし、後部シートを振り向いて笑いかけてきた。

二十メートルぐらい先に信号があった。

「そうすると、ふたりが渡ったのはあの信号ですか?」

「そうです。あすこを渡って行きました。どうします、ここで降りますか? それとも、引き返しますか?」

「降ります。ありがとう。助かりました」

山口は、礼を述べて勘定を払った。釣銭《つりせん》とともに、運転手が慣れた手つきで領収書を山口の手に握らせたが、これが必要経費に計上できるかどうかはわからなかった。

ふたりは車を下りて、歩道に上がった。

「ヤマさん、車代を割ってください」

タクシーが遠ざかってすぐに、浩介が遠慮がちに申し出ると、

「馬鹿野郎、怒るぞ」

山口は浩介を睨みつけ、車道に正対するように立つ向きを変えた。

歩道沿いに、街路樹がつづく場所だった。風が、その枝をさわさわと揺らしている。今年は残暑が厳しいが、夜風はいくらか涼しくなっていた。

車は一定間隔で通っているが、人通りはほとんどなかった。通りの両側には、七、八階建てぐらいの高さのマンションがひとつ、またひとつと建つ間に、民家がちらほら。コインパーキングと月極《つきぎめ》の駐車場、少し離れたところにコンビニの灯《あか》り。銀行と学習塾の看板

も見えるが、ともに深夜のこの時間には電灯が消えていた。道の反対側に建つ紳士服の専門店は潰れているらしく、暗いだけではなくうら寂《さび》しい感じもする。

「浩介、戸田明音さんの住所を教えてくれ」

山口は浩介に確かめながら、歩道に見つけたエリアマップに向かった。

メモした住所を浩介が読み上げ、ふたりして簡略化された市街図に目を走らせた。

「ヤマさん、やっぱりおかしいですよ……。この住所ならば、もっと南のほうです」

山口は、浩介の指摘にうなずいた。

「ほんとだな。こっちに来たなら遠回りで、本当はさっきの豊玉北六丁目の交差点で、千川通りを行くべきだったんだ……。大津は、なんでここでタクシーから降りたんだろう？」

「それに、どうして住宅街の中で降りたなんて、つまらない嘘をついたんでしょうね？」

ここはどう見ても「住宅街」の中じゃない。降りた場所を曖昧《あいまい》にしたかったのだとしても、「目白通りのどこか」ぐらいに言えばよかったはずだ。何かを隠すつもりで、つい出任せを言ったということか。

「とにかく、あの信号を渡ってみよう」

ふたりは歩行者信号が青になるのを待って、車道を横断した。

向こう側の歩道に立ち、さっきしたのと同様に周囲を見回すが、それで何かがわかるわけはなかった。

「これじゃ、休みの間も気になってしょうがないな」

山口が、ぼそりとつぶやくように言った。制服警官は、シフト勤務だ。第二シフトと呼ばれる徹夜勤務が明けたら、翌日は一日、オフになる。刑事たちのように、自分の手でずっと事件を追っていられるわけではないのだ。

「そうですね。戸田明音さんは、いったいどこへ消えたんでしょう——」

職務を離れて

1

坂下浩介が暮らす警察官の独身寮は、市谷台《いちがやだい》にある。鉄筋コンクリート三階建ての建物に、六十人ほどの警察官が生活していた。

朝食と夕食は、予《あらかじ》め申告しておけば食堂で食べられる。風呂は決められた時間にしか入れないが、シャワーは二十四時間いつでも使えた。かつての独身寮は、たいがいが相部屋だったらしいが、ここでは全員が六畳の個室をもらっていた。

翌日の午後早く、浩介はスマホが鳴る音で目覚めた。徹夜明けの日は、ずっと眠ってしまうと夜になってから眠れなくなるため、必ず昼過ぎに一度起きることにしていた。睡眠が足りなくて眠くなる場合には、夕方ぐらいに適当に仮眠を取るのだ。

スマホを目覚まし時計代わりにセットしてあった。手探《てさぐ》りでとめた浩介は、替えの下着と着替えを引っ張り出し、それを持って共同のシャワー室に向かった。トイレを済ませ、入れ違いで出てきた同僚と挨拶《あいさつ》を交わし、いつものようにシャワーは熱めにした。

頭も含めて、ボディシャンプーで洗い終えるまでに、二、三分。手早く体を拭き、下着と着替えを身に着けて、廊下を部屋に戻る頃には、もう髪は乾き始めていた。短髪だからこそできる芸当だ。男の身だしなみってやつは、これぐらいで充分だというのが浩介の生活信条なのだ。

部屋に戻った浩介は、テレビをつけ、トースターに食パンを突っ込んで焼き始めた。寮には共同のキッチンがあり、入寮した当初はそこで昼飯を作っていたのだが、徹夜明けのぼんやりした頭で他人と会うのが段々と億劫《おっくう》になった。それで、部屋で簡単なものを作って済ませてしまうことにしたのだった。冷蔵庫から出した牛乳をグラスに注いで飲み、ハムと生野菜を平皿に並べた。

小テーブルの足元に置いたスマホが鳴り出したのは、食べ始めたときだった。ディスプレイに、山口の名があった。

「悪いな、まだ眠ってたか?」

「いえ、ちょっと前に起きました」

「そしたら、俺につきあわないか」

山口はいくらかためらうように言ってから、あわててそのあとをつけ足した。

「俺はこれから、大津富雄のマンションに行ってみようと思うんだ」

「マンションに、ですか——？」

浩介は、口の中に残っていたトーストを飲み下した。

「ああ。やっぱり、行方が知れない戸田明音さんのことが、どうにも気になってしまってな。家で、じっとしていられなくなったのさ。やつが目白通りのあの何もない場所でタクシーをとめ、彼女と一緒に降りたのは、どう考えてもおかしいだろ。あいつは俺たちに、明音さんと別れたあと、ひとりで上りのタクシーを拾って帰ったと言ったけど、本当はその車に彼女も一緒に乗ったんじゃないだろうか。あそこで上り車線へ横断して、もう一度タクシーを拾い直し、そして、自分のマンションへ連れ込んだのさ。真っ直ぐに自分のマンションに向かったら、彼女に怪しまれる。そして、車内で騒がれるかもしれない。だから、家に送ると言ってタクシーを走らせ、彼女がクスリの効果で眠ってしまうのを待っていた。どうだ、そんな推理は」

浩介は、すぐには何とも言えなかった。

「なあ、やつのマンションに行って、管理人にあの夜のことを訊いてみようぜ。俺たちで確かめ、あの夜、あいつが彼女を自分の部屋に連れ込んでることがわかったら、その件を上に報告しよう」

「でも……」

「つまり、いたずらする目的の女を、堂々と自分のマンションに連れ込むでしょうか？」

「でも、何だよ？」

そう疑問を呈してみたが、今日の山口は強硬だった。

「口説《くど》いたつもりになってるなら、やるかもしれないだろ。あるいは、完全に眠り込んでしまっていたとか。とにかく、確かめてみようぜ。逆に、やつがずっと帰宅していないとわかったら、あの夜、外で何かが起こったことになる。あいつは、俺の質問に答えて、戸田明音さんを送ったあと、自宅に帰ったと答えてるんだ。それが嘘だと判明したら、そこからもっと突っ込めるかもしれない。いずれにしろ、あいつは絶対に変だよ。俺は、あの《ピッコラ・フェリチタ》って店で話して、ぴんと来た。こんなことは、警官になって初めてなんだ」

戸田明音の行方が知れなくなってから、すでに五日が経過している。今日で六日目だ。彼女の身に、何か起こったのは確かなのだ。

しかし、実際に被害者が存在しないうちは、犯罪そのものが成立しない。犯罪が成立しない間は、捜査を開始することは難しい。それが、警察という組織の現実だった。犯罪や事故に巻き込まれた可能性がある行方不明者を、「特異行方不明者」と呼ぶ。本人の行方がわからない間は、あくまでも「行方不明者」なのだ。

「行方不明者届」が出される行方不明者だけで、毎年、八万人に上る。警察官が、そのひとつひとつに関わりあうことなど、到底《とうてい》できない。「失踪人」の半数近くは、「行方不明者届」の受理当日に行方が判明し、一週間のうちには、八割方が判明すると言われているが、この一週間が経過すると、発見される可能性は一気に落ちる。そして、ここ数年の平均では、毎年二千人ほどの「失踪人」が未発見のままだった。

戸田明音がその二千人のうちのひとりになってしまうかどうかは、統計を信じるのならば、あと一日が勝負なのだ。

浩介は、あの薄ら笑いを浮かべた大津富雄の顔を思い浮かべた。行方が知れない戸田明音という娘のために、自分の手で何かしてやりたかった。誰かが、突破口《とっぱこう》を作る必要がある。

「わかりました。俺も連れていってください。どこで落ち合いますか？」

「よかった。おまえなら、きっとそう言うと思ったよ。そしたら、支度《したく》をして出て来いよ。車で表に来てるんだ」

「え」

浩介は驚いて、立ち上がった。窓に歩き、カーテンと窓を全開にする。

浩介の部屋は表の道路に面した二階にあり、寮のエントランスが見下ろせた。エントランスにはほぼ正方形の張り出し屋根があり、幅も奥行きも三メートルぐらい。その横の、ちょっとの間なら車を停めておけるスペースに、青いＳＵＶが停まっていた。

運転席から顔を出した山口が、浩介を見上げ、少し照れ臭げに手を振った。

人けの少ない午後の寮の廊下を足早に進み、階段を下った。管理人のおばさんに挨拶しながら靴を履《は》き、浩介は表へ飛び出した。

「もっとゆっくりで良かったんだぞ」

運転席にいた山口がそう言いかけたが、浩介の格好にちょっと驚き、視線を頭の天辺《てっぺん》から爪先《つまさき》まで往復させた。

「もう少し他の服はなかったのか?」

浩介はジャケットこそ着ていたが、白い丸首シャツとジーンズで、履物もスニーカーだった。非番の日に誰かを訪ね、聞き込みをしたことなどなかったため、服装にまでは頭が回らなかったのだ。

だが、山口のほうはきちんと背広を着ていた。

「——どうしましょう。着替えてきましょうか?」

「まあ、いいさ。俺がネクタイしてるんだから、なんとかなるだろ。さ、乗れよ」

山口は微苦笑を頬《ほお》に漂《ただよ》わせながら、助手席に顎をしゃくって見せた。エンジンをかけて走り出すと、開け放していた風を入れていたサイドウインドウを閉めて弱く冷房を入れた。蒸《む》し暑くなり始めていた。

「懐《なつ》かしいな。俺も、あそこにいたんだぜ」

「そうだったんですか」

「ああ、最初の勤務が大久保《おおくぼ》交番でね。独身寮が、ここだった。俺、ここの飯《めし》、好きだぜ」

「はい、自分も結構、お世話になってます。野菜がちゃんと取れるのが助かりますよ」

「門限にうるさいのが、玉に瑕《きず》だがな」

山口はそう言って笑った。

車は富久町《とみひさちょう》西を通過し、明治通りとの十字路で赤信号に引っかかった。浩介は、車窓の外の景色を眺め回した。

ここら辺りは、正に毎日の巡回区域なのだ。この交差点を右折すると、すぐ左手に、花園神社の鳥居《とりい》と参道が見える。「新宿花園裏交番」は、その裏手にある。

私服で、こうして車の助手席から眺める新宿の街は、いつも制服に装備をつけて自転車で巡回している街とは少し違って見えた。それに、今日の山口はちょっと頼もしい。

浩介は、自分がなんだか少しときめいているのを感じた。

青梅《おうめ》街道に入ると、大津富雄が暮らすマンションまですぐだった。ここだと見当をつけた建物は想像どおりの豪華な高層マンションで、中野坂上の交差点を見下ろすように建っていた。すぐ近くのコインパーキングに車を入れ、改めてその建物へと戻ると、浩介は急に不安になった。

「ヤマさん、ただ闇雲に大津のことを尋ねても、住民のプライバシーだと言って門前払《もんぜんばら》いを食わされるように思うんですが」

しかし、山口はにやりと不敵《ふてき》に笑って見せた。

「俺に考えがあるんだ。ほら、見てみろ。あそこに防犯カメラがあるだろ。思ったとおり、このマンションも、エントランスの表側に、防犯カメラがひとつ取りつけられてる」

ここ数年、街の防犯上の観点から、新築の大型マンションや商業ビルに対して、防犯カメラで建物周辺の街路をカバーするようにとの指導がなされていた。近隣で犯罪が起こった場合、こうして建物周辺の歩道や車道を撮影したカメラの映像が、事件解決の助けになる。

「あれを見せてもらうんですか？」

「そういうことだ。あのカメラなら、表の様子とともに、マンションへの出入りが確認できるだろ」

「だけど、どうやって？」

「まあ、任せとけ。俺だって、ダテに制服警官を何年もやってるわけじゃないんだ。見てなって」

浩介は山口につき従い、ホテルのような洒落《しゃれ》たエントランスを入った。自動ドアを抜けるとホールの一角がフロントカウンターになっていて、そこには制服を着たコンシェルジュがふたり立っていた。

「おい、警察手帳を持ってきたよな」

山口が小声で浩介に確かめてから、ふたりしてそのカウンターに近づいた。コンシェルジュの片方は五十代の男で、もうひとりは、二十代後半ぐらいの女。ふたりとも職業的な微笑みを浮かべていた。

山口が警察手帳を提示するのに倣《なら》って、浩介もそうした。

「警察の者です。実は、御協力いただきたいことがあるのですが」

山口の声に微《かす》かな緊張が感じられ、そうすると浩介も緊張してしまった。

「はい、何でございましょう？」と、年配の男のほうが礼儀正しく訊き返してくる。胸に、佐々木《ささき》というプレートをつけていた。

「五日前の深夜一時過ぎ、この近くで痴漢《ちかん》事件がありまして、犯人が逃走したままなんです。それで、付近の防犯カメラの映像を捜索しているのですが、こちらの建物のエントランスから表に向けられたカメラの映像を、御提供いただけませんか。チェックは、まずはこの場で我々が行ないますから、お手間は取らせませんので、その日の午前一時過ぎから一、二時間ぐらいの、いや、念のために明け方ぐらいまでの映像を見せていただけるとありがたいのですが」

佐々木はほとんど表情を動かさず、職業的な微笑みを保ちつづけていた。

「痴漢事件ですか……」

つぶやくように言い、何事かを考え込むような顔になった。

「しばらくお待ちいただけますか。上司に確認を取ってきますので」

「よろしくお願いいたします」

礼儀正しく頭を下げる山口の隣で、浩介も一緒に深く体を折った。

佐々木がカウンターの奥へと姿を消し、あとには女性のコンシェルジュがひとり残された。どこか居心地が悪そうな顔をしていた。浩介たちと目を合わせず、正面をじっと見る姿からは、このまま何も話しかけないでいてほしいと願う感じが伝わってくる。何か気になる態度だった。

佐々木は、ほどなくして戻ってきた。

「もう少しお待ちくださいませ」

「どうでしょう、見せていただけそうですか?」

「はい、すぐにはっきりいたしますので」と、礼儀正しさを崩さなかった。

浩介たちは、顔を見合わせた。ここはただ待ちの一手しかないだろうと思いつつ、なんとなく違和感を覚えていた。

エントランスホールの奥に、居住部へとつづく自動扉がある。それが開き、ホールへと出てきた男に気づき、その違和感の正体を知った。

「おやおや、そんな格好をしてるってことは、今日はお休みなんですか。それとも、何か特命でも帯びて、そうやって私服でここへ来たんでしょうか」

大津富雄は小馬鹿にしたような笑みを浮かべ、主に山口のことを見て言った。昨夜とは違い、素面《しらふ》の今は、皮肉屋で冷ややかな雰囲気が強くなっていた。

「驚いてるみたいだが、予めコンシェルジュにお願いしてあったんですよ。もしも誰か警察関係者が、妙なことを訊いてくるようなら報《しら》せてほしいとね。だが、待てよ……。あなたたちは制服警官でしょ。しかも、ここは管轄外のはずだ。ははあ、わかったぞ。だから、私服なんだな。勝手な憶測《おくそく》で、わざわざ僕のことを調べに来たんだ。そうだろ⁉」

「――――」

何も言い返すことができない浩介たちを尻目に、大津はフロントカウンターのほうへと向き直った。

「佐々木さん、こうしてつきまとわれていると面倒臭いので、僕からもお願いしますよ。その日の防犯カメラの映像を、このふたりに見せてもらえますか。僕には、何の疚《やま》しいところもありませんので」

「了解しました。それでは、みなさん、奥へどうぞ」

佐々木は大津の申し出に、躊躇《ためら》わなかった。こういったことも含めて、話し合いができていたらしい。

「さあ、どうしたんだ。僕の気の変わらないうちに、どうぞ、その目で確かめたらいい」

大津が浩介たちを手招きし、みずからが先に立って佐々木につづく。カウンターの奥に小部屋があり、その奥の壁に、稼働中のモニターが複数台並んでいた。

佐々木が装置の前に坐ると、さっき浩介たちが告げた日付を、大津がわざわざもう一度繰り返した。

「ええと、その夜は、確か午前三時ぐらいに帰ったんじゃなかったかな。その時間の映像を出してくれますか」

「ちょっと待ってください」

浩介が聞き咎めた。

「練馬区の貫井で戸田明音さんをタクシーから降ろしたのが、一時半でしたね。あそこからなら、かかってもせいぜい三十分ぐらいのはずだ。なぜ一時間半もかかったのですか？」

「ああ、それは、途中、池袋に立ち寄り、バーで一杯引っかけてたからさ」

「昨夜は、そんなことは言わなかったじゃないか。なぜですか？」

山口が食いついた。

「昨夜は酔ってたからね。それで、忘れてたんだ」

「どこのバーです」

「それがね、初めて入った店だし、いくら思い出そうとしても思い出せないんだ。もしも何か思い出したときには、こちらから連絡しますよ」

大津は、しゃあしゃあと言ってのけた。

「昨日、その話をしなかったのはおかしいでしょ」

「忘れてたと言ったろ。しつこいな。映像を見るのか、見ないのか？　言っとくけどな、こっちは好意で見せるんだぞ。それとも令状を取ってから出直して来るか？　令状など、出ないと思うがな」

「…………」

黙り込むしかない浩介たちの前で、大津は佐々木のほうに向き直った。

「それじゃ、佐々木さん、俺も観《み》てみたいので映像を頼みますよ」

佐々木が言われたとおりに操作した。午前三時前後の映像を再生するとすぐに、エントランスの自動ドアを入る大津富雄の姿が現われた。

三時七分と、モニターの右下に時刻が表示されていた。大津富雄には、連れはなかった。

くそ。こいつは、これを見せたかったのだ。

「どうです。これで疑いは晴れましたね。佐々木さん、どうやらこのふたりは、僕が取《と》っ換《か》え引《ひ》っ換《か》え女の子をこのマンションに連れ込んでいると疑ってるんですよ。ぜひ、答えてあげてください。僕がそんなことをするのを、カウンターで見かけたことがありますか?」

「いえ、私が知る限りでは、そういうことはまったくございません」

佐々木は、呆《あき》れたという顔をした。そんな表情をするときでも、きちんと職業柄の礼儀正しさを崩さない男だった。

2

「くそ、迂闊《うかつ》だった……。あそこは大津エステートが扱うマンションだったんだ」

コインパーキングへと引き返し、車の運転席でスマホを検索した山口が、無念そうに顔を歪《ゆが》めた。

「ほら、見てみろ。マンションの管理会社にも、『大津』の名前がついてる。大津エステートの子会社か何かだぜ」

山口は、浩介にスマホの画面を見せた。つまり、大津富雄はただあそこの住人というだけではなく、コンシェルジュの佐々木たちを雇《やと》う会社の御曹司《おんぞうし》なのだ。

しかし、いくら御曹司のためとはいえ、あの佐々木という男が警察につまらない嘘八《うそはっ》百《ぴゃく》を並べるわけがないし、あの日の午前三時七分に大津富雄がマンションのエントランスをひとりで入ったことは、建物の表に設置された防犯カメラが捉《とら》えたとおりだった。

だが、ひとつの疑問は、相変わらず消えないままだった。午前一時半頃に戸田明音とともにタクシーを降りてからの一時間半の間、大津はどこで何をしていたのだろう。

「ヤマさん、あいつは、あの夜の防犯カメラの映像を堂々と見せましたね。むしろ、自分から見せたがってたみたいだった。——そう思いませんか？」

「ああ、そう言われれば確かにな……」

「それに、自分はここに女の子を連れ込んだことなど一度もないと公言して、コンシェルジュにも証言させてました。口説《くど》いた女の子を連れて行く場所が、自宅以外にあるのではないでしょうか？」

「なるほど……。貫井から中野坂上ならば、おまえがさっき言ったとおり三十分もあれば着くはずだが、そこに寄り道するのにかかった時間が、プラス一時間か……。そうだよ、浩介！　きっと別に、どこかそういった目的専用の部屋を借りてるんだ。やつは大津エステートの御曹司で、不動産を扱う子会社の代表取締役だぞ。都合《つごう》のいい物件を物色《ぶっしょく》するのなど、訳《わけ》ないはずだ」

勢い込んで言った山口だったが、すぐに顔を曇らせた。

「しかし、何の確証もないままでは、令状を請求することはもちろん、事件として刑事課に話を持って行くことすらできないな……」

「貫井のあの場所から、あの夜のあの時間に上り方向の客を乗せたタクシーを探しましょうか？」

「そうだな……。いいや、待てよ。タクシーではないんじゃないか。あそこからタクシーを使ったのだとしたら、調べられれば簡単に足がつく。やつにだって、それぐらいの想像はすぐにつくはずだ。それならば、あんなに自信満々ではいられないだろ」

「なるほど。確かに――」

「なあ、やつには、誰か共犯者がいるんじゃないか……」

「単独で女の子にいたずらをしてたわけじゃないと――？」

「昨日、目白通りでタクシーを降りたとき、道を渡ったところに潰《つぶ》れた店舗があったろ。あそこなら、車をそっと駐車しておける。あそこで仲間が待っていたというのは、どうだ。大津と明音さんを乗せたタクシーの運転手が言ってたじゃないか。大津のやつは、彼女が眠ってしまったあと、スマホで誰かとやりとりしてたと。仲間と連絡を取っていたんじゃないだろうか」

「なるほど、そうかもしれませんね。その仲間の車で、彼女をどこかに連れて行ったか、あるいは行こうとしてた途中で、明音さんの身に何かが起こったんですよ、きっと……」

「よし、その線で調べてみようぜ」

「そうはいっても、やつの携帯を調べるのにも令状が必要ですね……」

また、その点で行き詰まってしまう。

浩介は、重たい気分に包まれた。

六日の間、行方《ゆくえ》が知れない戸田明音という女性の身に何が起こったのか……。それを想像しないわけにはいかないのだ。

今までに《ラヴ・アフェア》絡《がら》みで起こったトラブルの中には、急性のショック状態で危篤《きとく》に陥《おちい》った例も含まれていた。幸い、これまでは救急搬送されて治療が施《ほどこ》されたために命を失うような例はなかったが、もしも一緒にいた人間が、医者に見せることをためらったとしたら……。

「ああ、早く捜査員になりたいな……」

浩介は、山口がふと漏《も》らした一言に驚いた。この主任にとっては、交番の仕事を無難にこなすことこそが第一で、私服警官となって事件の捜査に当たりたいといった気持ちがあるとは思ってもみなかったのだ。

視線がかち合い、あわてて伏せたが、浩介は自分の気持ちが相手に伝わってしまったのを感じた。

山口が、ふっと唇を歪めた。

「おまえが俺をどう見てたかはわかるよ。だけどな、俺は責任を感じているんだ。駒谷美見が最初に交番に現われたとき、相談員の武藤さんの言葉になど惑《まど》わされずに、すぐに対応すべきだったんだ……。あれからもう五日が経《た》った。戸田明音さんの行方が知れなくなってからは、今日で六日目だ。その間に、もしも彼女の身に何かが起こり、ましてや命を落としていたのだとしたら……。俺はたぶん、一生、自分を許せないと思う……」

「ヤマさん……」

「重森さんがいないときには、俺が交番の全責任を負ってる。俺は主任なんだからな……。それなのに、あのとき、俺は武藤さんに対して、強く意見を言うことができなかったんだ。そんな自分が不甲斐《ふがい》ないのさ……」

「ヤマさん……。きっと大丈夫ですよ。きっと、明音さんは生きてます……。精一杯捜《せいいっぱいさが》してみましょう。きっと、何か手がかりがあるはずです」

山口が、苦笑した。

「おまえはいつでも前向きだな……」

「俺は……」

「気を悪くするなよ。バカにしたんじゃない。むしろ、羨《うらや》んだのさ」

「――――」

「とにかく、ここにこうしててもしょうがない。なあ、思ったんだが、もう一度、駒谷美見に話を聞いてみないか」

「駒谷美見に、ですか――?」

「ああ。大津富雄は、女を食いものにする常習犯のはずだ。あいつと話してピンときた感じに、間違いはないと思う。そうだとすると、共犯者だって、今回だけの相棒じゃないと思うんだ。それならきっと、そいつも女を物色してたはずだ。あの晩一緒だった駒谷美見が、誰か不審な人物を見てるかもしれない」

駒谷美見が暮らす賃貸マンションは、山手通りから東急目黒線《とうきゅうめぐろ》とほぼ並行して伸びるかむろ坂《ざか》にあった。最寄り駅はJRの目黒ではなく、そこから目黒線で一駅の不動前《ふどうまえ》だった。浩介と山口は住所が間違いないことを確かめると、小さなロビーを抜けて階段を上った。エレベーターのない三階建てで、各部屋が1Kぐらいの広さであることが外観から見て取れた。

該当する部屋のドアをノックしかけたときのことだった。男の怒声《どせい》と女の叫び声が重なって聞こえ、目の前のドアから男がひとり飛び出して来た。

男は浩介たちに出くわして驚いて固まり、何度かまばたきしたが、すぐに横をすり抜けて屋外廊下の先の階段へと消えた。三十過ぎぐらいの男だった。いくらか天然パーマっぽい長めの髪を無造作《むぞうさ》に手櫛《てぐし》で後ろに撫《な》でつけ、Tシャツにジーンズ姿だった。

開け放たれたままのドアの中を覗《のぞ》くと、着ている服の胸の辺《あた》りがやぶけて胸の膨《ふく》らみが少し露《あら》わになった美見がいた。彼女は浩介たちに気づき、「キャッ」と小さく声を漏らし、あわてて胸を隠しながら背中を向けた。

「おまわりさんたちがどうしたの、いったい——？」

浩介は、玄関ドアが閉まってしまわないように片手で押さえつつ、相手を直接見ないように視線を逸《そ》らした。

「ちょっと訊《き》きたいことがあって来たんだが、どうしたんだ？　今のは彼氏かい？　なんなら、服を着替えるまで待っているけれど」

そして、そう切り出した。クラブで彼女と長く話していたのは浩介だったので、山口から質問役を任《まか》されていた。

「カッとしやすいところがあるけれど、ほんとは優しい人なのよ……。そしたら、悪いけどそうしてくれるかしら。すぐに着替えるから」

ドアをいったん閉めて待っていると、ワンピースに着替えた美見が中からドアを開けた。

「ごめんなさい。待たせちゃって。——だけれど、もう、知ってることは全部話したわよ」

声に警戒感があるのは、《ラヴ・アフェア》を捨てようとしていたことを改めて追及されるのを恐れているのだろう。

「戸田明音さんを捜し出したいと思って、今日は俺たちふたりで動いてるんだ。協力してくれるだろ?」

「もちろん協力はするけれど……。それならトミーを早く捕まえてよ。やつの正体はわかったの?」

「わかったよ。本名は大津富雄。大津エステートの御曹司だ。本人に聴取をしたが、家の近所まで送って別れたと証言してる」

「本人が何を言おうと、そんなの嘘に決まってるわ」

「だけど、それが証明できない。だから、きみの協力が必要なんだ。もう一度、あの夜のことを思い出してくれないか。大津には、誰か共犯者がいたような気がするんだ」

「共犯者……?」

「あの夜、きみと明音さんが大津富雄と一緒に飲んでいた間に、誰か接触して来た男はいなかったか?」

「そんな人、いなかったけれど……」

「そう簡単に答えずに考えてみてくれ。出会ってから梯子《はしご》をしたのは確か、二軒だったね? 他には寄らなかったかい?」

「寄ってないわ、二軒よ。最初はマルイの裏のほうの居酒屋で飲んで、そのあと、おまわりさんたちと昨日会った、あのクラブに行ったの。どっちの店も大津って男の馴染《なじ》みみたいで、店の人間と親しげに話してたけど、それぐらいかな……。少なくとも私たちといるときには、誰も接触なんかしてこなかったわよ」

浩介は意気消沈して、山口と顔を見合わせた。

「そうだ。寄ったといえばもう一軒、三十分ぐらいだけゲーセンに寄ったわね」

美見がそう言うのを聞き、はっとひらめいた。

「それは、セントラルロードのゲーセンかい……？」

「ええ、そう」

浩介は、山口の耳に口を寄せた。

「昨夜、大津と一緒にいた大学生の子たちも、セントラルロードのゲーセンに寄ったと言ってたんです」

「ほんとか……。そこで、誰か妙なやつが話しかけて来たとか？」

山口が、質問役を代わった。

「私たちには話しかけて来なかったけれど、そういえば大津のやつとは話してたわ。大津はバトルゲームが好きみたいで、それをやってたのね。私たちは見学してるのも退屈だから、メダルを買って、スロットとかポーカーとかをやったのよ。その途中でふと気づいたら、その男とふたりで何か話してた」

「顔立ちとか、体形とか、具体的に思い出してもらえないか」

「そうね、ええと、ちょっと待って。たぶん四十歳ぐらいで、眼鏡《めがね》はしてなくて、太ってた。毛を茶色く染めて、無精《ぶしょう》ひげを生《は》やしてて、黒っぽいポロシャツを着てた。そういえば、ちらちらとこっちを見てて、なんだか気色《きしょく》悪かったわ。ねえ、あいつも、怪しいんじゃないかしら。あいつも逮捕してよ、おまわりさん」

3

ゲームセンターの表に、車輪を少し歩道に乗り上げるようにしてＳＵＶを駐《と》めた。セントラルロードは一方通行で車も通る。長時間の駐車は御法度《ごはっと》だった。

まだ夜が本格的に始まるには間がある時刻だったが、店はすでにかなりの数の若者たちで賑《にぎ》わっていた。

喧騒《けんそう》の中を抜け、両替カウンターの前に立った。そこには三十歳ぐらいの痩《や》せた男がいた。白い丸首シャツの上に制服を着て、痩せているくせに腹の辺りはぽっこりと丸く盛り上がっている。この男が、店長だった。

「防犯カメラの映像ですか……。本部の方針なので、一週間ぐらいは残してますよ。どうぞ、こちらにおいでください」

店長は浩介たちの求めに応じ、ふたりを店の奥の小部屋に案内してくれた。ＵＦＯキャッチャーの景品などの段ボール箱でごった返す部屋の片隅《かたすみ》に、パソコンが一台設置されていた。

「コーナーごとにカメラを置くほどの余裕はありませんがね。警察の指導もあって、一応は店内にカメラの死角が生じないように工夫してるんです。ちょっと待ってくださいね」

店長はそう答えながらパソコンを操作した。複数台の防犯カメラを、この一台で管理するシステムだった。四分割されたモニターに、店内の様々なエリアが映っている。その中のひとつを選び出し、

「これでいいでしょ。この手前に映ってる列が、バトル系のゲームですよ」

山口が告げた日付の時間帯を設定し、再生を開始した。

「あ、これだ」

山口と浩介は、ほぼ同時に大津富雄を発見した。ゲーム機の列の間を歩いて来る。戸田明音と駒谷美見が映っていないのは、さっき美見自身が言ったようにメダルゲームのコーナーにいるのだろう。大津富雄はひとり丸椅子《まるいす》に坐《すわ》り、バトルゲームを始めた。

「少し早送りをしてください」

店長に頼み、映像のつづきを再生し始めて間もなく――。

太った中年男が大津に近づき、その横に並んだ。ゲームを観戦するように振る舞いつ

つ、大津の耳元に口を寄せて何かささやいたりしている。向かって右側のほうに、ちらちらと盗み見るような視線を送っているのは、その方向に戸田明音と駒谷美見のふたりがいるからにちがいない。

「あれ、これは――」

店長の声に、困惑が混じった。

「どうかしましたか？」

山口が訊いた。

「これは、うちのアルバイトですよ……。制服を着てないから、休憩時間か勤務時間外なんでしょう……。ああ、時間的に、ちょうど仕事が終わった頃ですね……」

「この男の名は？　今、どこにいますか？　今日は、出勤日でしょうか？」

「佐藤《さとう》と言います。確か佐藤英介《えいすけ》だったかな。ええ、今夜も出勤してますよ。フロアにいるはずですけれど……」

店長が先に立ち、足早に店のほうへと戻る。「ええと、どこかな」とフロアを見回す店長の左右に広がり、浩介たちも視線を巡《めぐ》らせた。

「あ、あそこです」

店長が、クレーンゲームのほうを指さした。一台のガラスボックスを開け、新たな景品を入れていた男が、はっとした顔をこちらに向ける。男の顔が硬直し、視線が泳いだ。自分を指さす店長と、その横の浩介たちに忙《せわ》しなく視線を巡らし始めた。

店長が伸び上がるようにして声をかけようとするのを山口がとめ、浩介とふたりで近づいた。

「警察です。少し、お話を聞かせていただきたいのですが」

山口が言い、ポケットから警察手帳を出しかけたが、男は手に持っていたぬいぐるみを投げつけて背中を向けた。

「あ、こら。待て!」

浩介が、その腰にしがみつく。

勢い余り、ふたりして前のめりに倒れた。

浩介は幸い、佐藤の肉襦袢《にくじゅばん》を着込んだような体の上に倒れたので大したダメージはなかったが、佐藤のほうは肘《ひじ》や膝《ひざ》などを床にぶつけて苦痛の声を上げた。

「大人しくしろ! なぜ逃げるんだ⁉」

ふたりしてその腕を背中にねじ上げ、重たい体を引きずり上げるようにして立たせた。

「恐れ入りますが、しばらく事務所を使わせていただけますか」

傍《そば》で茫然《ぼうぜん》と様子を窺《うかが》っていた店長に頼み、佐藤を奥の事務所に連れて行く。

「坐れ。返答次第《しだい》じゃ、このまま逮捕になる。いいな、わかったな」

事務所のパイプ椅子に佐藤を坐らせてそう言い聞かせ、

「おまえが、大津富雄の共犯者だろ⁉」

山口が顔を間近《まぢか》に寄せて、畳み掛けた。

「あの夜、戸田明音さんに何をした⁉　いったい、彼女に何があったんだ？」

佐藤はその権幕《けんまく》に驚き、パイプ椅子で体を仰《の》け反《ぞ》らせた。

「共犯者って、それはいったい、何の話です……」

「大津富雄を知ってるな」

「それはまあ、ここのお客さんだから……」

「とぼけるな！　おまえは大津とつるんで、女を食い物にしてるんだろ⁉」

「そんな……。僕には何の話かわからない……。大津さんは、ここの常連ですよ。だから知ってるだけだ。バトルゲームの対戦相手なんです」

「つまらないおとぼけはよせ！　それなら、なんで今逃げようとしたんだ？」

「それは……」

「隠し事をせず、正直に答えろ！　女性がひとり、行方不明になっているんだ！　おまえと大津は、彼女に何かよからぬクスリを飲ませたんだろ！　それで彼女は、ショック状態に陥ったんじゃないのか？　彼女はどこだ？　いったい、彼女はどうなったんだ？　まさか、亡《な》くなったんじゃないだろうな。もしもそうなら、保護責任者遺棄《いき》致死罪並びに死体遺棄罪等、大変に重い罪になるぞ！」

「やめてください。僕には、いったい何の話だかわからない……」

「本当のことを言うなら、今しかないぞ!!」

「言います……。言いますから……。ロッカーに入れたカバンの中にクスリがあるんです。だけど、女性に使うようなクスリじゃありません……」

佐藤は頭を抱《かか》え、蚊《か》の鳴くような声で応《こた》えた。

「嘘をつくな！」

「本当です。僕は、バトルゲームのチャンピオンなんですよ」

「だから、何なんだ……？」

「だから、お客さんたちが、みんな僕とバトルしたがるんですよ……。嘘じゃない、なんなら店長に訊いてください。でも、さすがに夜勤明けとか、疲れてるときだってあります。そんなときだって相手をしないわけにはいかないし……。こっちだって負けたくないし……。だから、つい、覚醒剤を……。あれをやると、頭がすっきりするんです……。感覚が鋭敏《えいびん》になって、負け知らずで……。だから、いつの間にかはまってしまって……」

「わかったわかった。もう、その話はわかった――」

山口が、まだ話しつづけようとする佐藤を押しとどめた。嘘を言っている口調ではなかった。

「で、それは大津富雄から分けてもらっていたのか……？　それとも、おまえが大津にも分けていたのか？」

「違いますよ……。大津さんは、何にも関係ありません。ストリートで買ってました」

「売人の名は――？」

「わかりません。本当です……」

「だが、おまえは六日前の夜、このゲームセンターで大津富雄と話し、そして、戸田明音さんと駒谷美見さんのことをちらちらと見ていただろ……。防犯カメラにしっかりと映っていたぞ」

「ああ、それって、メダルゲームのほうにいた女の人たちのことでしょ。大津さんは、いつでも綺麗《きれい》な女性を連れて来るんです。だけど、そんなにちらちらなんか見てませんって……」

浩介と山口は顔を見合わせ、それから佐藤を睨《にら》みつけた。佐藤は、居心地《いごこち》が悪そうに硬直している。

「それなら誰か、ゲーセンの中で、大津富雄に近づいて来た者はいなかったか？　あるいは、女性たちをこっそりと品定めしていたようなやつは……？」

山口が訊いたが、それは苦し紛《まぎ》れの問いかけだった。どうやら、見当違いの方向に来てしまったらしい……。

「そんなことを言われても……。そういう質問なら僕にじゃなく、大津さんたちと一緒にいた男に訊いたらどうですか」

浩介たちは、驚いた。

「男がもうひとり、一緒だったのか？　大津富雄と戸田明音と、それに駒谷美見の三人だったんじゃないのか？　我々は防犯カメラをチェックしたんだぞ。バトルゲームのところには、そんな男など映っていなかったぞ」

「いいえ、四人で店に入って来ましたよ。バトルゲームのところに映ってないのは、女性ふたりと一緒にずっと遊んでたからでしょ。なんなら、もう一度防犯カメラを確かめてください」

4

かむろ坂に駐めたSUVから飛び出した坂下浩介と山口勉のふたりは、駒谷美見のマンションのエントランスへ駆け入った。怒りを押し殺しつつ、ものすごい勢いで階段を上り、彼女の部屋のインタフォンを押した。

だが、返事はなく、玄関ドアの横にあるキッチンの磨《す》りガラスも暗かった。

「くそ、留守かな……。まさか、逃げたんじゃ……」

山口がつぶやきながら、もう一度インタフォンを押してみるが、やはり返事はなかった。

　数時間前にこの部屋を出て来るところに出くわしたあの男を、一刻も早く見つけたかった。店長に再び協力をしてもらって防犯カメラを確認したところ、戸田明音と駒谷美見とともに並んでメダルゲームのスロットマシーンに興《きょう》じていたのは、あの男だった。

　その後、これもまた店長に立ち会ってもらい、佐藤がロッカーに入れてあった私物のカバンを点検し、そこに覚醒剤を発見した。ゲームセンターがあるセントラルロードを管轄《かんかつ》区域にしている新宿駅前交番に連絡を入れ、佐藤の身柄を託した上で、ここに飛んできたのである。

　どうやら自分たちは駒谷美見によって、なんなく手玉に取られていたらしい……。そんなふうに思うと、腹立たしさがいや増した。

「とりあえず、ここで見張っているしかないか……」

　山口が言ったときだった。浩介は、ドア横の壁にある電気メーターの針が早く動いていることに気がついた。たぶん冷房を使っているのだ。

「ヤマさん、これ……」

　ふたりしてキッチンの磨りガラスに顔を寄せると、ぼおっと小さな明かりが見え、それが色や明るさを変えていた。キッチンの向こうの部屋に坐って、暗闇の中でスマホを見ているらしい。

「美見さん、駒谷美見さん」

浩介たちは、敢《あ》えてフルネームで呼びかけながらドアを叩《たた》いた。

「花園裏交番の坂下です。山口もいます。中にいるんでしょ？　どうしても、至急、教えてもらいたいことがあるんです。ドアを開けて、出て来てもらえませんか」

反応はなかった。だが、少し待って、もう一度やってみようとすると、

「何しに来たんですか……？」

ドアの向こうから、駒谷美見がひそめた声で訊いて来た。

「ああ、やっぱりいたね」

浩介は、努めて明るい声を出した。

「ちょっと開けてくれないか。どうしてもまた、教えてもらいたいことができたんだ」

ドアは再び沈黙したが、じきにチェーンとロックの外れる音がした。ドアを開けた美見の顔を見た瞬間、浩介たちは息を呑《の》んだ。

「どうしたんだ、その顔は……？」

山口が訊いた。駒谷美見の顔には濃い痣《あざ》があり、唇の端《はし》が切れていた。彼女は泣き腫《は》らした目を伏せ、恥ずかしそうにうつむいた。

「あの男だな。さっき俺たちがここで出くわした男に、やられたんだな？」

「……………」

「何があったのか話してくれ。あいつは、いったい何者なんだ？　セントラルロードのゲーセンに行って防犯カメラを調べたら、きみたちと一緒にあの男が映っていた。あの晩、あいつも一緒だったんだろ。なぜきみは、そのことを隠していたんだ？」

美見は、そう尋《たず》ねる山口を事問《ことと》いたげに見つめた。

「でも、大津富雄とバトルゲーム機のところで一緒にいた男が、共犯者だったんじゃないの……？」

「いいや、違ったよ。その男は確かに存在していて、本人にも会えた。だが、彼は大津の共犯者ではなかった」

「でも、それじゃあ……」

「きみたちと一緒にメダルゲームのところにいた、あの男が大津の共犯だということも充分に考えられる」

美見は、うろたえた。

「違うわ。あの人は共犯者なんかじゃない。それは、私が保証できる。隠していたのは、ごめんなさい。でも、あの人は絶対違うから……。だから、言わなかったのよ……」

「なぜそんなにはっきり断言できるんだ？」

「だって、あの夜はあのあと、ずっと私と一緒にいたからよ」

それは、半《なか》ば予想していた答えだった。だが、そうならそうと、最初から言えばよかっただけのはずだ。

「悪いようにはしないから、少しゆっくり話を聞かせてくれ」山口が言った。「御近所の耳もあるしね。中へ入れてくれるかな」

駒谷美見は、ちょっと考えてからうなずいた。

「わかったわ。どうぞ、上がって……」

天井灯をつけ、浩介たちを中に招き入れてくれた。三畳ほどの広さのキッチンの向こうに、縦に六畳のリビングがつづいている造りだった。来客用の座布団などはなく、浩介たちは並んで胡坐《あぐら》をかいて坐った。

「冷やさないと、もっと腫れてくるよ」

浩介が言うと、泣き笑いのような表情をした。

「どうでもいいわ。一緒だもの……」

「俺たちが引き上げたあと、何があったんだい？」

山口が訊いた。

「あいつ、帰っていなかったのよ。マンションのそばに隠れて、おまわりさんたちが帰るのをじっと待ってたの。それで、ふたりがいなくなったらすぐにやって来て、今来ていたのは誰だ、何を話したんだって。私、正直に答えたら……」

「ひどいやつだな……。男の名前は？」

「藤井《ふじい》一成《かずなり》……」

「何をしてる男なんだ?」

「広告代理店の契約社員よ。最初は社員だって言ってたけれど、よくよく聞いたら、契約みたい……。一応、肩書はクリエイターだけど……」

「なぜきみは、あの夜、藤井一成が一緒だったことを言わなかったんだ?　きみは交番に来て、戸田明音さんを捜してほしいと懇願《こんがん》したし、彼女のことを心配する気持ちに嘘はなかったと思ってるよ。そうだろ?」

「ありがとう。そのとおりよ……」

「だけれど、藤井一成のことは隠していた。なぜだ?　何か理由があるんだろ?」

「それは……、藤井が大津富雄に明音との仲を取り持ったからよ……」

浩介たちは、思わず互いの顔を見合わせた。話の根本《こんぽん》から違っていたということか……。

「おいおい、待ってくれ。そうしたら、つまり、きみと明音さんのふたりは、たまたま大津に声をかけられたわけではなかったのか?」

山口が訊いた。さすがに問い詰める口調になっていた。

「ごめんなさい……。ほんとは、藤井が大津から、明音を紹介しろと頼まれてたの。命じられてたって言ったほうがいいかもしれない。明音は、ひとりで行くのは嫌だと言うから、それで、私も行ったのよ」

「まいったな……。そうしたらきみは、最初にうちの交番に訪ねて来たときから、本当は『トミー』なんていうあだ名だけじゃなく、戸田明音さんを連れて行ったのは大津富雄だとわかっていたんじゃないか。なぜ、最初からそう話してくれなかったんだ？」

「できれば、おまわりさんたちのほうで見つけてくれたほうがいいと思って……」

「そうしないと、藤井に責められるからか？」

美見は、腫れ上がった顔を歪めてうなずいた。

「ごめんなさい……。だって、私、藤井を失いたくなかったの……。私……、ごめんなさい……」

「わかったよ。それじゃあ、その件はもういい。大津と藤井のことを話してくれ。ふたりは、どんな関係なんだ？」

「大津は、藤井が担当するプロジェクトの依頼主なのよ……。大津エステートが手掛けたビルやマンションの広告とかパンフを、藤井が注文を受けて作ってるの。だから、藤井はあの人には頭が上がらないみたい。ああ、それに、昔からの知り合いだとも言ってた。同じ大学の先輩後輩だって……。有名私立大学よ。大津エステートの仕事を貰《もら》えたのも、きっと元々そういう関係だったからだと思うわ」

「藤井の自宅と勤務先、それに携帯番号など、知ってることを紙に書き出してくれるね」

「――だけど、彼は何もやってないはずよ。それは、さっき言ったでしょ」

「だが、大津富雄の共犯者を知っているかもしれない。藤井は、きみが僕らにいろいろ喋《しゃべ》ったので激怒したんだろ。きみを黙らせようとするのは、なぜなんだ？　おかしいと思わないか？」

「それはそうだけど……」

「きみと藤井は、いつからのつきあいなんだ？　もう、長いのかい？」

「ううん、半年ぐらい前に、六本木のホテルであったパーティーで知り合ったのよ」

「パーティーって、どんな？」

「マッチングパーティー。一流会社の社員とか若手の実業家とか、そういう男の人たちが集まるの。女のほうは、お嬢さん学校の学生とか、そういうところを出たＯＬとか……。藤井は、その主催者のひとりだったのよ。あの人、優しいし、色んなことに気がつくし、私、すぐに好きになっちゃった……。でも、だから、彼って、女の人にモテるの……。私、藤井を自分のものにしておきたくて……、だって、私はただの専門学校生だし……。それに比《くら》べて、藤井は一流大学出身の広告クリエイターなのよ……」

抑《おさ》えていた感情が段々噴《ふ》き出してきて、彼女の顔が紅潮《こうちょう》した。

「だから、明音を紹介してくれって言われて、つい、私、断わりきれなかったの……。ごめんなさい……。だけれど、ほんとは明音のほうだって、喜んで出て来たのよ。大津エステートの御曹司なんだもの。すごくいい相手でしょ。だから、彼女、途中まではずっと喜んでたの……。でも、ゲーセンを出て、あの『ワイルド・オーク』に入ったら、段々と気味悪がり出して……。あの大津って人って、どこか変なんじゃないかって……。ふたりの間で、何があったのかはわからないわ……。だって、私はちょっと離れた席に移って、藤井とイチャついてたから……。そしたら彼女、私のところに来て、小声でそっとそうささやいて、そして、もう帰りたいって言い出したの……。それから、五分とか、十分後よ、明音がおかしくなっちゃったのは……。だから、私、きっと大津のやつが、変なクスリをこっそりと飲ませたにちがいないって……。黙ってて、ほんとにごめんさい……」

箱からティッシュを抜き出し、美見は音を立てて洟《はな》をかんだ。

浩介と山口は、再び顔を見合わせ、同じような疑念が相手の中にも生じているらしいことを確かめた。

「藤井が幹事をしているそのマッチングパーティーというのは、定期的に行なわれているのかな？」

山口が訊いた。

「定期的ってわけじゃないけれど、一、二カ月とか、二、三カ月に一度ぐらい……」

「きみがパーティーに出たとき、もしかして戸田明音さんも一緒だった？」

「最初は一緒じゃなかったけど、先月、一緒に行ったわ。私は、サクラみたいなもの。藤井から、賑やかしに誰か友達を連れて来てくれ、パーティーの会費はただにするからって言われて、それで、明音を誘って行ったのよ」

「大津富雄も、そのパーティーに来てたんだね？」

「そうよ。だって、大津も幹事だもの。いつもリストの最初のほうに名前があるわ。今夜のパーティーにも出るみたい。藤井がそう言ってた」

「今夜もパーティーがあるのか――？」

　問い返すと、美見はまずいことを言ってしまったと思ったらしく、あわてて両手を体の前に突き出して振った。

「お願いよ、私から聞いたってことは誰にも言わないで……」

「ああ、言わないよ。ところで、パーティーの参加者リストがあるんだね。そこには男たちの出身大学とか職業とかも書いてあるんじゃないかい？」

　山口が鎌《かま》をかけるように訊き、美見はつられてうなずいた。

「ええ、あるわ。女性のほうは、そういうことを書いても書かなくてもどっちでもいいけれど、男の人はみんな書いてあった。だって、そのほうがアピールになるでしょ」

「その名簿を見せてくれないか。持ってるんだろ？」

「探せばあると思うけれど……。それって、明音を捜すのに必要なの？」

「必要なんだ。頼む」

「わかったわ……。じゃあ、探してみるから、ちょっと待ってて」

美見は「探してみる」と言ったが、実際には最初から在《あ》りかがわかっていたらしく、サイドボードの抽斗《ひきだし》を開けてすぐに持って来た。

しかも、新たな男を漁《あさ》るためにとでも思ったのか、合計三回分の参加者リストがひとまとめにされていた。

そこには男たちの名前と連絡先に加え、華々しい出身校や職業が書いてあった。女性の出席者のほうも、全員ではないが、いわゆるお嬢さん学校や一流会社の名前が書かれている者がいた。いかがわしいパーティーと断言はできないまでも、なんとなく不健全な匂《にお》いがする。――そんなことを思いながらリストを眺《なが》めていた浩介は、そこに並んだ名前のひとつに目をとめた。

「あれ、ヤマさん、こいつは……」

「なんだ、こいつもパーティーのメンバーだったのか」

山口が唸《うな》るように言った。

「きみは、この男を知らなかったのか？　パーティー会場で会ったりしなかったのかい？」

浩介にリストを突きつけられ、美見は眉間《みけん》にしわを寄せて名簿の名前を凝視《ぎょうし》した。

「いいえ、知らないわ。結構大人数のパーティーなのよ。立ち話ぐらいはしたのかもしれないけれど、覚えてない。誰なの、これ？」

「加藤木匡。この男は、『ワイルド・オーク』の店長だぞ」

美見は息を呑み、浩介と山口の顔を交互に見た。

「知らなかったわ……。ほんとよ。私、全然知らなかった……」

嘘を言っている口調ではなかった。彼女はそう主張する途中で何か思い出したらしく、

「あ」と小さな声を漏らした。

「思い出したわ。明音と大津が坐るテーブルに、店の人間が来たのよ。そして、しばらく一緒に話してた。言ったでしょ、私と藤井は、明音たちからはちょっと離れたテーブルに坐ってたって。だから、どんな話をしていたのかはわからないけれど、しばらく一緒に飲んでたわ。そのあとよ……。そのあと少ししたら、明音の様子がおかしくなっちゃったの……。そして、私のところに来て、大津って男は何かおかしいんじゃないかって言って、もう帰りたいって言い出したの……。もしかしたら、明音は、大津が自分のことを加藤木って男に取り持とうとしてると気づいたんじゃないのかしら……。だから、もう帰るって言い出したんじゃ……。ねえ、おまわりさん、きっとそうよ。おかしなクスリを明音に飲ませたのも、きっと加藤木っていう店長だわ」

興奮して、段々と大声でまくし立て始める美見を前にして、浩介たちは顔を寄せた。

「大津富雄は、あの夜、獲物《えもの》を連れて『ワイルド・オーク』に行ったんだ。加藤木に、獲

物を見せるためにな」

「しかし、戸田明音さんが、どうしても帰ると言って聞かなかったので、店に用意してあったクスリをグラスに混ぜるか何かして飲ませたんですよ、きっと」

「そうだ、そうにちがいない。確か昨夜の捜索で、店長の加藤木も逮捕されたな」

「ええ、店からクスリが出て、身柄を拘束《こうそく》されてますよ」

5

藤井に決して連絡を取ったりせず、今日はこのまま部屋で大人しくしているようにと美見に命じた上で、浩介たちは表に駐めた車に戻り、携帯をスピーカーモードにして四谷中央署の原田にかけた。昨夜、《ワイルド・オーク》の家宅捜索を行なったときに現場を担当したデカ長だったたし、かつて重森の部下だったこともある男なので、迅速《じんそく》で臨機応変《りんきおうへん》な対応が期待できると思ったのだ。

期待どおり、原田の判断は早かった。

「わかった。すぐに加藤木を追及しよう。やつが戸田明音さんという女性をどこかに監禁してるのだとすれば、一刻を争うかもしれん」

浩介たちの説明を最後まで聞くと、すぐにそう決断を下し、

「加藤木匡は、去年、女性への傷害容疑で逮捕されてる。初犯で軽傷ではあったが、相手が示談を拒《こば》んだこともあって、執行猶予《しっこうゆうよ》付きの有罪判決が下った。現在も、まだ執行猶予中だ。今度の件で、それも取り消しだがな」

さらにはそう説明をつけたした。

「そのパーティーの参加者リストは、手元にあるか？　大津と加藤木以外にも、危ない連中が交じっているかもしれん。念のため、全員の前歴を照会するぞ」

「借りて来てありますので、あとでお渡しします」

山口が応えて言った。「今夜もそのいかがわしいパーティーがあって、大津はそこに参加するんです」

「そうしたら、おまえらはそのパーティー会場に行って、大津のやつに目を光らせておけ。加藤木が口を割ったら、大津もパクるぞ」

パーティーは、赤坂《あかさか》にあるホテルのかなり大きな宴会場を使って行なわれていた。浩介たちが駆けつけたときにはもう受付が始まっていて、高級そうなスーツ姿の男やめかし込んだドレス姿の女が三々五々《さんさんごご》に現われては、受付を済ませて会場に進んでいるところだった。

駒谷美見に暴力を振るった藤井一成という男が、他の男とコンビを組んで受付のテーブルに立っていた。大津富雄のほうは、会場を出たり入ったりしながら参加者の男女と親しげに語り合い、その合間《あいま》に藤井たちに何か指示を出したりしていた。

張り込んでいることに気づかれたくなくて距離を取っていたので、会話の内容までは聞こえなかったが、藤井も他の男たちも大津の前ではかなりへりくだった態度を取っているのが見て取れた。

藤井一成は、なかなかの色男だった。女性の参加者の何人かは、この男に対して特別な感情を抱《いだ》いているのが見え見えで、そうした女性が現われるたびに藤井は自分から何か親しげに話しかけ、ときには受付の後ろの人がいない場所に誘い、体を寄せ合って親密に話し込んでいた。

やがて、パーティーの開始時刻が来て、受付には下《した》っ端《ぱ》っぽい男ひとりを残して藤井も大津も会場に姿を消し、扉の中が騒がしくなった頃——。

人の近づく気配に振り向いた浩介たちは、

「シゲさん……」

口の中でそう小さく声を漏らした。

四谷中央署の原田と並んで、重森周作が立っていた。

「病院を抜け出して大丈夫なんですか……?」

浩介たちのほうから足早に近づき、浩介が声をひそめて訊いた。原田は背広にネクタイ姿だったが、重森のほうはジャンパーにフランネルのズボンを穿《は》いていた。いつも勤務のときは、背広姿で署まで来て制服に着替えるのを習慣にしている男であり、珍しくラフな格好だった。

「元々、明日には退院の予定だったんだ。原田から連絡を貰い、医者に頼んで退院させてもらったよ。腸はもう繋《つな》がってるから、心配するな」

重森がやはりひそめた声でそう答えて軽く微笑《ほほえ》むと、パーティーの受付の様子を窺い、

「ここじゃ話がしにくいな」

手振りで浩介たちに動くよう示した。

「俺も昔、非番のときに似たようなことをやったがな、こういうのは早めに上司の耳には入れておくもんだ」

少し先の通路を折れてから、原田が言ってニヤリとした。

「すみません。今度のことは俺の責任なんです。最初に、戸田明音という女性の行方がわからないと相談を受けたとき、すぐに対応すべきでした。それなのに、つい、その場の雰囲気に流されてしまって……」

重森は、目を伏せて言う山口の肩に手を置いた。

「原田から事情は聞いたよ。それと、武藤さんからもな」

「え……、武藤さんからも……？」

「ああ。最初に相談を受けたときには、失踪《しっそう》後七十二時間経っていなかったそうじゃないか。そんなふうに考えて、自分を責めるな」

「しかし……」

「加藤木匡が、口を割ったぞ。これは、計画的な拉致《らち》監禁事件だったんだ」

原田が言った。やんわりとだが、山口の発言の先を遮《さえぎ》るような感じがあった。

「拉致監禁……?」

「それじゃあ、《ラヴ・アフェア》によって、何か事故が起こったわけじゃなかったんですか……?」

「ああ。加藤木は、六日前からずっと戸田明音さんのことを、店の倉庫の名目で借りた部屋に閉じ込めていたと自供した。別班がそこに向かい、彼女を無事に保護したと、ほんのちょっと前に連絡が入ったところだ」

「保護したんですか！　よかった……」

「それじゃあ、明音さんは無事だったんですね……」

浩介は胸を撫で下ろした。安堵《あんど》のため息が口から漏《も》れ、体がふっと軽くなったような気がした。そうか、胸のつかえが取り払われるとは、こういうことなのか……。山口の顔も、日が差したように輝いていた。

「この写真を見てみろ。これを誰だと思う?」

原田が、ポケットから出した写真を浩介たちに見せた。駒谷美見から預かった写真よりも少し前に撮影したものなのかもしれない。やや雰囲気や髪型が違っていたが、戸田明音の写真だった。

――そう思いかけ、浩介はふっと違和感を覚えた。この写真の彼女はやけに大人びて見える。

「戸田明音さんだと思いますが……」

代表して答えた山口に、原田は首を振った。

「いいや、それが違うんだ。これは、去年、加藤木匡からストーカー被害に遭《あ》って亡くなった、二十七歳のOLの写真だ。加藤木は去年、傷害事件を起こし、現在も執行猶予中だと言ったろ。調べてみたところ、これはただの傷害事件じゃなかった。この女性が、長い時間にわたってずっとストーカー被害に遭っていたんだ」

「しかし……、被害者が亡くなっているのに、どうしてただの傷害事件になったんですか？　しかも、加藤木には執行猶予がついたなんて……」

浩介が訊いた。

「彼女は、事故で亡くなったんだ。加藤木につきまとわれて、神経がだいぶ参っていたらしい。運転する軽自動車が、赤信号を無視して飛び出して来た自転車を避《よ》けようとしてハンドルを切り損《そこ》ね、トラックと衝突したそうだ。彼女は生前、加藤木に腕を摑《つか》まれ、車に引きずり込まれそうになったことがあった。たまたま人が通りかかってその場は助かり、そのことを警察に訴えたが、傷害事件だけで誘拐《ゆうかい》未遂は認められず、実刑を免《まぬが》れた加藤木は、わずか数カ月で彼女の前に戻って来てしまった。彼女は、それからじきに事故で命を落としたんだ」

「ちきしょう、そんなことが……」

山口が歯噛《はが》みする。「そうしたら、加藤木のやつは、その亡くなった女性の代わりに戸田明音さんを……？」

「ああ、そういうことだ。最初は知らぬ存ぜぬで通していたが、厳《きび》しく追及したら、そのうちに嬉々《きき》として語り始めたよ。大津たちが主催するマッチングパーティーで戸田明音さんを見て、彼女がよみがえったと確信したそうだ。その後、デートに誘い、どうやら一度は明音さんもつきあったようだが、上手《うま》くいかなかった。それで加藤木は計画を切り替え、監禁場所を用意し、大津富雄を使って彼女を店に連れて来させたんだ。しかし、それで彼女があの男を受け入れるわけがない。明音さんは『ワイルド・オーク』で加藤木と話すうちにいよいよ気味悪がり出し、帰ると言い出した。あわてて加藤木は、彼女に一服盛った。大津が彼女をタクシーで送ったが、加藤木と連絡を取り合い、クスリで朦朧《もうろう》とした状態の明音さんを引き渡した。明音さんが救い出された部屋には、壁にも窓にも防音マットが張り巡らされてあって、彼女は頑丈《がんじょう》な鎖《くさり》で柱につながれていたそうだ。完全な計画犯だ。前の被害者が亡くなる前に、きちんと逮捕できなかったことが悔やまれるが、今度は誘拐、暴行、その他の容疑で、思いきり長い懲役《ちょうえき》にしてやる」

　原田は、すっかり鼻息が荒くなっていた。

「大津のやつは、加藤木の計画を知っていてやつに協力したんですね？」

「そういうことだ。どうやらやつは、加藤木に何か弱みを握られていたらしい」

「弱み……？」

「ああ、大津がかつてマッチングパーティー絡みで婦女暴行事件を起こしたとき、加藤木の証言で救ったことがあるらしいんだ。いずれしろ、大津についちゃ、被害者の戸田明音さんだって快復したら証言するはずだ。知らぬ存ぜぬで終わらせるものか。これから、加藤木が自白した事実をぶっつけて、大津富雄を引っ張るぞ。おまえらも一緒に来い」


　大津富雄は、不機嫌極まりない顔つきで現われた。手持無沙汰《てもちぶさた》な様子で受付に残っていた男に対して原田が警察手帳を提示し、パーティー会場内にいる大津を呼び出したのだった。

「やっぱりあんたたちだったのか。今度は何です？　こんなところにまで押しかけて、いったい何の用なんですか？」

　主に山口と浩介のふたりを睨みつけて憎々しげに訊いて来たが、それでも大声を出さずに抑えているのは、すぐ扉の向こうの会場に、今夜の獲物となる女性たちが大勢いるためにちがいない。

「もちろん、戸田明音さんのことです。加藤木匡が逮捕されて、何もかも白状しましたよ」

大津は山口が言うのを聞いてさすがにぎょっとし、一瞬、返答に詰まった。

「私は四谷中央署の原田と言います。こちらは、山口と坂下の上司である重森巡査長。詳《くわ》しく話を聞きたいので、署まで御足労《ごそくろう》いただけますね？」

「待ってくれ」

大津は、原田が言うのを押しとどめるようにした。

「僕は何も関係ない。どういうことなんだ？　加藤木が、戸田明音さんをどうにかしたのか？」

「しらじらしいことを言うのはよせ！」

山口が、眦《まなじり》を決して詰め寄った。「おまえが彼女を『ワイルド・オーク』に連れて行き、加藤木はそこで彼女にクスリを飲ませた。ふらふらになった彼女をおまえがタクシーに乗せ、送る振りをして目白通りの貫井付近で一緒に降りた。連絡を取り合った加藤木がそこで待ち受けていて、おまえは彼女をやつに託したんだ。もう、加藤木は逮捕されてるんだぞ。往生際《おうじょうぎわ》よく、素直に罪を認めたらどうだ！」

だが、大津のほうは、段々と落ち着きを取り戻したらしかった。

「冗談じゃない。僕は無関係だ」

きっぱりと言い切り、それから滔々《とうとう》と説明を始めた。

「確かにあの夜、僕はタクシーを降りた場所の近くで、戸田明音さんを加藤木の車に乗せたさ。それは認めよう。だが、それは、加藤木が彼女を家まで送ると言ったからだ。なにしろ、彼女はべろべろに酔ってしまっていて、家の場所も正確に言えないようなあり様だったのでね。だから、すっかり手に負えなくなって、困り果てていたんだ。それで加藤木に連絡して相談したら、自分は彼女と親しいので、家まで送ると言って、車で駆けつけてくれたのさ。それだけだよ。それが掛け値なしの、ほんとの話だ。彼女は十九歳で、自分で判断がつく年齢じゃないか。その後、ふたりがどこかに繰り出したとしても、それはふたりの意思であって、僕には何の関わりもないことだ。しかし、今の説明でわかったが、彼女の様子がおかしかったのは、ただ酒に酔っていただけじゃなく、店で加藤木に何かおかしなクスリを飲まされたからだったんだな。まったく、なんてやつだ。逮捕されてよかった。しかし、そういうことだから、僕はあくまでも無関係だ。何ひとつ知らなかった」

ぺらぺらと喋りつづける大津という男のことが、浩介は薄気味悪くなってきた。

こんなことをまくし立てていれば、それで責任を免れられると思っているのだろうか……。いつでも、こんなふうにして、この男は責任から逃れてきたのか……。

「いつまでそうした態度を取っていられるか、見ものだな」

原田が冷ややかに言った。「一緒に警察に来てもらいます。そこでまた、今のような言い訳が通るかどうかを試してみたらいい。御同行願いますよ」

「行っても構わないが、その前に弁護士を呼びますよ。今後は弁護士の立ち会い抜きでは、いっさい何も喋りません」

大津がそう言い放ち、スマホを抜き出したときだった。

パーティー会場の中が突如《とつじょ》として騒がしくなり、女の悲鳴が聞こえた。

最初、悲鳴はひとつだったが、すぐそのあとを追って別の声が響き、あっという間にけたたましく渦《うず》を巻いた。

「いったい、どうしたんだ……？」

浩介たちの眼前で、パーティー会場の厚い扉が向こうから押し開けられ、着飾った大勢の人間たちが雪崩《なだれ》を打って飛び出して来た。

「人殺しだ！」

誰かが大声でそう喚《わめ》いていた。

「逃げろ！　女が刃物を持って暴れてるぞ！」

そんなふうに叫ぶ者もあった。

中から走り出て来る人の数がすごくて、なかなかパーティー会場に入れない。

原田がひとりのまだ若い男を捕まえ、腕を引いて引き留《と》めた。

「警察です。中で何があったんですか?」

両肩をがっちりと押さえ、相手の目を覗き込むようにして訊くと、ショックで青白い顔をした男はぜいぜいと息をついた。

「女がナイフを持ち出して暴れてます。出席者のひとりが切られました」

浩介は人の流れに逆らい、扉と人の隙間《すきま》に体を捻《ね》じ込むようにしてパーティー会場に駆け込んだ。

「警察です。みんな外へ出て! ホテルの従業員の方も、危ないですから出てくださ い!!」

まだ中にいる人間たちに大声で呼びかけつつ見回すと、ステージが据《す》えられた手前に女がひとり、右手に包丁をぶら提《さ》げて立っているのが見えた。

(なんていうことだ……)

浩介は、言葉を失った。

女は、駒谷美見だった。彼女はさっき部屋で浩介たちが話を聞いたときの服装のまま、痣の目立つ顔に髪を振り乱していた。

そのちょっと手前には、仕立てのいいスーツを着た男が、腰を抜かして床に這《は》いつくばっていた。藤井一成だった。

藤井は血まみれだった。顔を切りつけられて出血している他、手の甲などにも傷を負っているらしいが、幸い、命に別状はなさそうだった。駒谷美見が、夢中で包丁を振り回したにちがいない。藤井の腕の傷はいわゆる〝防御創《ぼうぎょそう》〟というやつで、背広も何カ所か切られていた。

「美見さん、やめるんだ。落ち着いてくれ！　包丁を捨てるんだ！」

　再生速度が狂った配信動画のように、やけにゆっくりとした動作でこちらを向いた美見の顔を目の当《ま》たりにして、浩介は思わず息を呑んだ。彼女は両頰《ほお》の肉が脱力して下がり、瞳孔《どうこう》が開いてしまっていた。

「助けてくれ……。おまわりなら、わかるだろ……。この女は、クスリでおかしくなっちまってるんだよ……」

　藤井の指摘どおりだった。彼女は、クスリでイッてしまっている。警察官ならば、必ず何度か出くわしたことがあるジャンキーたちと同じ顔つきをしていた。

　激しい後悔とともに、浩介は真実に気がついた。自分たちがいかにお人よしだったかを知った。昨日、彼女が大津富雄の居所《いどころ》を捜しに『ワイルド・オーク』に行ったという話も、大嘘だったのだ。いや、確かに半分は本当だったのかもしれない。だが、あとの半分の目的は別にあった。あの店で売人を見つけ、その売人からドラッグを買うことだ。駒谷美見は、クスリの常習者なのだ。

藤井一成が体を引きずるようにして逃げかけるのに気づき、美見が目を剥《む》いた。不明瞭《ふめいりょう》な言葉を喚きながら、包丁を頭上に振り上げた。

藤井が女のような悲鳴を上げ、浩介はあわてて床を蹴《け》った。藤井の体を庇《かば》ってふたりの間に割って入り、駒谷美見と対峙《たいじ》した。習慣的な動作で革ベルトの警棒に伸ばしかけた手を、途中でとめた。私服で警棒を持ち合わせていないことが、急に無防備で頼りなく感じられた。

「動かないで！」

原田と山口、そして重森が駆けつけた。三人は等間隔に分かれて広がり、美見との距離を保ちつつ完全に取り囲んだ。他の人間たちはすでにすべて逃げ去り、今や会場にいるのは浩介たち六人だけだった。

「美見さん、包丁を捨てろ。馬鹿なことはしないでくれ」

山口が言い、美見は包丁を構えたままで顔だけを動かした。

「この男は、私を騙《だま》してたのよ……。二股《ふたまた》も三股《みつまた》もかけて、いろんな女にいい顔をしてたの。私、それがどこかでわかってたのに、諦《あきら》めきれなかった……。捨てられたくなかったのよ……。だから、こんな男の言うことを聞いて……、明音のことまで危ない目に遭わせてしまった……。私が全部いけなかったの……。明音は大事な親友なのに、私がバカだから……。こんな男のために……」

鼻声でまくし立てるうちに、再び気持ちが高ぶってくるのが見て取れた。血を見たことで、抑えが利かなくなっているのだ。

「明音さんは無事に保護された。無事だったんだ」

山口が言った。決壊《けっかい》間近の水堰《みずせき》を、両手で懸命に押さえるみたいな顔をしていた。

「だから、包丁を放してくれ。頼むから、美見さん。俺はきみを信じて、昨夜、きみを見逃したんだぞ……。きみは、悪い人じゃない。明音さんのことを思って、交番に相談に来たんじゃないか。俺にはわかる、あれがきみの真の姿だ。だから、馬鹿な真似《まね》はやめてくれ。今ならばまだ取り返しがつく。こんな男のために、人生を台無しにしないでくれ」

駒谷美見の中で、おそらくは驚愕《きようがく》や喜悦《きえつ》や後悔や不審が渦巻き、その唇からかささの声が漏れた。

「明音、無事だったの……?」

「ああ、無事に保護された」

山口が、しっかりとうなずいて見せた。

「彼女を監禁していた加藤木は自供したし、大津富雄もこれから事情聴取を受けることになる。この藤井もだ。さあ、頼むから、包丁を捨ててくれ」

命じるような響きはなく、懇願する口調だった。

美見の呼吸が少しずつ荒くなり、唇が震えた。やがて、その手から包丁が落ち、年端《としは》もいかない子供のように泣きじゃくり始めた。

6

夜勤明けの日の習慣で、今日も午後の早い時間に目が覚めた。ずっと眠ってしまうと、夜になってから眠くならないため、必ず昼過ぎに一度起きることにしているのだ。浩介は、スマホの目覚ましタイマーをとめた。

だが、ぼんやりと天井を見つめ、なかなか起き出す気にならないまま、今見た夢のことを思い返した。夢の中では、なぜだか山口勉が花園裏交番の班長になっており、浩介たちにあれこれと指示を出していた。交わされる会話からして、藤波新一郎が繰り上がって主任になっているらしいのも見当がついた。庄司肇も内藤章助も、そしてもちろん、浩介自身もそこにいたが、出世した重森周作の姿は見えなかった。

浩介は命じられ、山口とふたりで巡回に出た。ゆったりとしたスピードで自転車をこいで、いつものコースを回ることになった。重森は、下の人間に話があるとき、それとなく一緒に巡回に出たものだった。ヤマさんもきっと班長になって、同じようなことをしようとしているのだ。そう思うと、なんだか温かい気持ちになった……。

しかし、夢の中の山口は、いつまで経っても何も言い出さなかった。いつものなんとなく煮えきらない態度で、浩介の横を走っている。そんな山口に、微《かす》かな苛立《いらだ》ちを覚えたのもまた、いつものことだった……。そして、目覚めたのだ。

浩介は、布団から体を引き剝《は》がすようにして起き出し、熱いシャワーを浴びに行った。ボディーシャンプーで頭まで含めて綺麗に洗い、手早く身体を拭《ふ》いた。短い髪は、部屋に戻ったときにはもう乾き始めていた。空腹は大して感じなかったが、食パンをトースターに入れた。冷蔵庫からパックの牛乳を出し、直接飲みながら窓辺《まどべ》に向かった。

カーテンと窓を順番に開けると、涼しい風に肌を撫でられた。いつの間にか外の景色は、空も樹木も歩く人も、すっかり秋めいた色になっていた。季節が変わったのだ。この寮の入り口に車を駐め、その横に立ってこちらを見上げていた山口の姿が思い出された。

ふと視線を下ろした浩介は、驚き、唇の隙間から息を吐いた。その息が「あ」という小さな声になり、

「ヤマさん……」

さらにはつぶやきとなって漏れた。

あの時と同じ場所に立って、山口がこっちを見上げていた。

山口のほうでも、いきなり窓辺に現われた浩介に驚いたらしく、きまり悪そうに片手を上げた。

浩介は、片手を上げ返した。牛乳を冷蔵庫に戻してトースターをとめると、急いで部屋

を出た。午後の人けの少ない廊下を走り、一段抜かしで階段を駆け下り、目が合った寮のおばさんに軽く挨拶《あいさつ》をしながら玄関を飛び出した。

山口の前に立つと、なんだか夢の中に紛れ込んだような気分だった。ふたりして、これから一緒に大津富雄を問い詰めに行ったときの気持ちがよみがえった。

「やあ、どうしてた？　もしかして、起きがけか……？」

山口は浩介の髪がまだ生乾きで、格好もスエットパンツにトレーニングウエアであることから察したらしかった。

「ええ、まあ――」

「今、ここに着いてな。電話してみるか、と、ちょうど思ってたところだったんだ。窓を見上げたらおまえが現われたんで、驚いたぜ」

「俺も驚きましたよ」

微笑み合いながらも、ふたりともなんとなく視線を合わせられなかった。

「重森さんのところに行って来たところだ」

山口は、前置きもなく言った。

「辞令を受けることにしたよ。秋川西《あきがわにし》交番に行く」

「――――」

唐突に切り出されたことに驚き、返す言葉が見つけられなかった。だが、考えてみれば山口がわざわざ会いに来る理由は、こうした用件以外には考えられなかった。なぜ窓から山口の姿を見たとき、そのことに思い至らなかったのだろう……。

　異動の内示があったのは、三日前のことだった。花園裏交番でその対象になったのは、山口ひとりだけだった。一般的な異動の時期から外れていたため、東京都全体でも異動対象者はわずかだった。

　しかも、今、山口が口にしなかったことがある。山口は、警視庁福生《ふっさ》警察署秋川西交番にただ異動するだけではなく、巡査に格下げされた上での異動なのだ。当然、主任からも外され、ヒラの制服警官として勤務することになる。

　それが意味することは明白だった。

　内示から異動まで、およそ二週間。もしもその異動を拒む場合、公務員である警察官に残された道はひとつしかないのだ……。

「奥さんは……？」

　浩介はそう尋ねながらも、自分が何か見当違いのことを訊いているような気がした。本当は、確かめるべきことは、もっと他にあるはずではないのか……。だが、何をどう訊けばいいのか頭の整理がつかなかったし、後輩の自分が訊いてはいけないことがあるような気もした。

「息子も娘も転校は難しいからな。特に、長男のほうは、やっと合格した私立なんだ。それに、ローンで買ったマイホームのこともある。最初のうちは、ひとりで近場の寮に入るつもりだが、通って通えないこともないさ。電車の乗り継ぎがうまくいけば片道二時間ちょっとぐらいだし、車で高速を使えばもっと早い。こいつがあれば、やっていけるよ……」

山口は、愛車のSUVの車体をぽんぽんと軽く平手で叩いた。

「重森さんは、何と――？」

「何とって、何だよ……。報告に行ったんだぜ。もちろん、わかった、と言ってたさ」

「しかし……」

「それに、頑張れと言ってくれた。辛抱《しんぼう》しろと、な……」

「…………」

「警察官でいたいなら、それしかないだろ。俺は、警察官でいたいんだ。おまえだって、そうだろ。警察官になりたくてなったんだろ――？」

「はい」

「そうしたら、もしもおまえが俺の立場だったなら、きっと同じ決断をするはずさ」

浩介は、突然、胸にこみ上げるものを感じた。

（この無力感は、何なのだろう……）

自分と山口のふたりが動き回ったから、事件発生から六日目にして、戸田明音の行方が明らかになったのではないのか……。そう思わずにはいられなかった。もしも、山口があの日、車でここに迎えに来なかったならば、加藤木匡による異常な監禁事件がもっと明るみに出なかったかもしれないではないか……。

だが、その点が考慮されることはいっさいなく、山口は交番に事件を訴えに来た駒谷美見に適切な対応をしなかったことと、その駒谷美見がドラッグを所有しているのを、家宅捜索中の《ワイルド・オーク》で見つけたにもかかわらず見逃したことの二点を責められ、今回の処遇に至ったのだった。

「すみません……。山口さんだけが、こんなことになってしまって……」

「おいおい、誤解するなよ、そんな意味で言ったんじゃないんだ。そもそも、こんなことって、何だよ。何でもないだろ。俺はただ、異動になるだけだぜ……。それに、ふたりも責任を取らされる必要はない。そうだろ？」

「………」

「浩介、おまえはいい警官になるよ。いや、すでにいい警官さ」

「俺なんか……」

「いいや、黙って聞け。最初に駒谷美見が花園裏交番に相談に来たとき、おまえが直接話を聞いていたならば、何かできてたんじゃないか？」

「――――」

「おまえは、俺たち同僚に、そう感じさせる警官さ。だがな、いつの間にか俺は、そうではなくなっていた」

「そんなことは……」

「前にここに来て、ここに立ち、おまえに電話したとき、俺は何だかわくわくしてたんだ……。おまえとふたりで、ここに立ち、大津富雄のことを徹底的に調べる。そして、大津富雄を逮捕する。そんなふうに考えると、久々に警察官らしいことをできる気がして――。あの日のことは、俺は一生忘れない気がするよ」

「俺もです……」

山口は、運転席のドアを開けた。

「さて、それじゃあ、そろそろ行くよ。会えてよかったぜ」

「もう、行くんですか……。そうだ、部屋で冷たいものでも――」

「いいよ。寮の部屋のむさ苦しさは、骨身にしみてるさ。それに、家で家族が待ってるんだ」

「ヤマさん……、お世話になりました」

「俺のほうこそ、世話になったな――」

山口は運転席に収まり、ドアを閉めた。エンジンをかけ、パワーウインドウを下げ、

「じゃあな」

片手を小さく上げながらサイドミラーで通行車両がないことを確かめると、寮の車寄せから走り出した。

車が見えなくなったとき、浩介はふとさっき見た夢のことを思い出した。巡回地域を一緒に自転車で回っている山口が、一向に何も言い出さないことに苛立ちを覚えたのは、間違いだった。あれは、何かを言い出しかねていたわけじゃない。ただ、ああしてふたりで走っていたかっただけなのだ。この三年の間に、何度も一緒に走ったあの巡回コースを、ただ一緒に走っていたいと願っていたのだ。

気晴らしに外で昼食を摂《と》って来たらしい一団が、寮のほうへと戻って来るのが道の先に見え、浩介は目立たないように目頭《めがしら》をぬぐって寮の玄関を入った。

「ねえ、表に来てたの、山口さんじゃなかったの？　懐《なつ》かしいわ。せっかく来たんだから、ちょっと顔を見せてくれればよかったのに」

寮のおばさんが笑ってそう話しかけてくるのに適当に言葉を返し、階段を上って自分の部屋に戻った。窓辺に立って外を見下ろし、レースのカーテンを閉めた。部屋の真ん中に胡坐をかいて坐り、リモコンを引き寄せてテレビをつけたが、すぐ消した。寝ころび、両手を頭の後ろで組んで天井を見つめた。

「ヤマさん……」

声に出して呼びかけてみた。

浩介は目を閉じ、耳を澄《す》ませた。寮の薄い壁を通して、どこかの部屋でつけているテレビの音がした。笑い声が聞こえていた。部屋の中はやけに静かで、自分の息遣《いきづか》いが耳についた。

ドアの外の廊下を、歓談する声が通り過ぎた。さっきの一団が帰って来たのだ。

いつもと何も変わらない、独身寮の午後だった。

儀式

1

女の悲鳴と、助けを求める声がした。自転車で巡回中だった坂下浩介は、声の聞こえた方向に見当をつけ、ペダルをこぐ足に力を込めた。

歌舞伎町二丁目につらなる、広大なラブホ街の中だった。時間は午後十一時を回り、食事や飲み会が終わったあとの男が女を誘いやすい時刻だ。通りには、多くのカップルが歩いていた。

角を曲がると、そうしたカップルたちがよけたりUターンして戻って来ている先で、三人の男たちがひとりを取り囲み、寄ってたかって殴《なぐ》りつけているのが見えた。その横で、女がひとり、なす術《すべ》もなく立ちすくんでいる。

浩介は、革帯に装着した無線で、現在地を告げた。

「喧嘩《けんか》です。三人がひとりを殴りつけてます。至急、応援願います」

そして、要点だけを口早に報告すると、今度はけたたましく警笛を吹き鳴らした。報告の間、いくらか落としていた自転車のスピードを、再び全速力に上げる。

こうして笛を吹き鳴らすのは、逮捕よりも被害者への暴行を一刻も早く終わらせることを優先してのものだった。特に複数でひとりを暴行している場合、一瞬の遅れが致命傷を招くことがある。

案《あん》の定《じょう》、男たちは警笛の音に驚き、全力で迫ってくる制服警官に気づいて、一目散《いちもくさん》に逃げ始めた。立ち尽くしていた女が、道にうずくまる男にすぐに駆《か》け寄った。

「大丈夫ですか？」

傷の様子を確かめると、女が大きな目で見つめてきた。四十代の後半から五十前後ぐらいの綺麗《きれい》な女性だ。彼女に抱きかかえられるようにして、真っ白だが量の多い髪をリーゼントに固めた老人が、顔を歪《ゆが》めて苦痛に耐えていた。脂肪のない、筋肉質でがっしりとした人だった。

「大丈夫です」

女性の答える声が、緊張と恐怖でかすれていた。老人のほうは、「行け行け」とでも言うように手の甲をこっちに向けて煩《うるさ》そうに振っていた。

「待っててください。すぐに戻ります」

浩介はそう言い置くと、逃走した三人組のあとを追って、自転車を再び発進させた。

だが、連中は、すぐ先の十字路で三方に分かれた。真ん中を走っていた男が、左右の男たちの肩を軽く押しやり、分かれて逃げるようにと促《うなが》したのだ。

くそ。悪知恵を働かせやがって……。胸の中でそう罵《ののし》りながら、浩介は声を上げた。

「待て！　警察だ、とまれ！」

真ん中のやつを追うのに、ためらいはなかった。茶髪の男だった。Tシャツにサファリジャケットを着ている。あいつがリーダー格だ、という気がした。だが、被害者のことが気にかかる。怪我《けが》の程度を、正確に把握《はあく》する必要がある。

男は、ラブホ街と隣接する繁華街へと逃げ込んだ。路地が一本違うだけで、ここはものすごい人だった。この街にとっては、まだまだ寝静まる時刻じゃない。だが、電車のあるうちに帰ろうとする人たちが、そろそろ急ぎ足で駅を目指す時間帯になっていた。

男の姿がそうした人込みに紛《まぎ》れるのを見て、浩介は追跡を諦《あきら》めた。人込みを自転車で飛ばすことはできないと考え、被害者の様子を確かめに戻ることにしたのだ。

元の場所に引き返すと、老人は女性に体を支えられながら、よろよろとその場を立ち去ろうとしていた。そうして体を起こすと、かなり大柄な男だった。女性が小柄なこともあって、老人の大きさが目立つ。

老人の年齢はたぶん、七十過ぎだろう。この年代の男としては、背が高い。浩介とほとんど変わらないか、もしかしたら高いかもしれない。

「待ってください。大丈夫ですか？」

浩介はふたりの傍《そば》まで乗りつけると、自転車を降りて声をかけた。

「大丈夫です。どうぞ、もう、ほんとに御心配なく――」

女性が、急《せ》いた感じですぐに応えた。その口調に拒絶するような雰囲気はなかったが、すぐに応えたこと自体が軽い拒絶に感じられた。

「大丈夫だ。何でもないんだから、放っておいてくれ」

老人のほうは、ずっとあからさまな拒絶を、それも体全体で示していた。だが、その額の擦《す》り傷に、うっすらと血がにじんでいた。それになんだか立ち方が変だ。体の片方に、力が入っているように見える。脇腹か肋骨《ろっこつ》が痛むのではないか。

「傷の具合はどうですか？　一応、病院にいらしたほうがいいです」

「大丈夫だよ。こんなのは、ただのかすり傷だ。大げさに騒ぎ立てんでくれ」

老人は吐き捨てるように言ってから、浩介の視線が自分の額に向いていることに気づき、手の先で拭《ぬぐ》った。

「すまん、ハンカチを――」

隣の女性に小声で言うと、彼女があわててティッシュを取り出した。それを額に当てようとするのを、老人が押しとどめた。

「大丈夫だ。自分でできる」

浩介は、ふたりの様子を見ながら考えをめぐらせた。どういう関係のふたりだろう……。年齢からすれば父子《おやこ》だろうが、それにしては顔が似ていない。それに、口の利《き》き方が、父と娘とは少し違う気もする。

女性は春物のコートを、薄手のセーターの上に羽織《はお》っていた。それはともに、落ち着いた地味な色合いのものだった。しかし、老人のほうは、デニムのジャケットにパンツを身に着け、ブーツを履《は》いていた。全部、ヴィンテージものっぽい。真っ白のリーゼント頭と相俟《あいま》って、なんだか外国のロック歌手みたいだ。

「何があったのか、お話を聞かせてくださいますか」

浩介は、老人に問いかけた。

「別段、大した話はないよ。街角でよく起きる喧嘩ってやつだ。ここを歩いてたら、さっきの三人組と出くわした。俺は、昔から目つきが悪いと言われてるんだ。目が合ったら、虫の居所《いどころ》が悪かったんだろう、爺《じい》さん、何を見てるんだってわけさ。別に何も見てない、いや見てた、と、因縁《いんねん》をつけられ、気がついたら殴られてた。歳《とし》は取りたくないもんさ。若い頃なら、あんなのが束でかかってきても、屁《へ》でもなかったんだがね。おまわりさんに助けてもらうなんぞ、みっともないことになっちまった。さあ、もう行ってもいいだろ」

老人は、淀《よど》みない口調で応えて言った。相手をいなすのに慣れているような感じがした。ただし、浩介は、別の点に注目した。言葉の端々《はしばし》で、苦しげに息継ぎをする。そうしていることを、できるだけ目立たせないように努力している感じもする。

やはり、体の痛みを堪《こら》えているのだ。

「額以外にも、どこか怪我してるんですね。医者へ行きましょう」

「そんなにヤワな体じゃねえよ。街角の喧嘩に、いちいち目くじら立てなくたって、おまわりさんにゃもっと他にやることがあるだろ」

どこか不思議な喋《しゃべ》り方をする老人で、なんとなく言い聞かせられているような気分になってくる。それに、目を合わせていると、どうも気圧《けお》されてならなかった。浩介は、思い切って前に出た。

「体がどこか、痛むのではないですか？　脇腹や肋骨は大丈夫ですか？」

脇腹に向かって手を伸ばしかけると、それを嫌った老人が身をよじった。その拍子《ひょうし》に、うっと顔をしかめた。その反応を確かめたかったのだ。

「怪我してるんですね。すぐに、お医者さんに行かなくちゃ」

うろたえる女性を、老人がまた押しとどめた。

「医者など要《い》らんと言ってるだろ」

「でも……」

「とにかく、医者に行ってください。救急車を呼びます」

浩介は、ふたりに割って入った。

「救急車だと？　バカ言うな。頼むから、おまわりさん。もう、俺たちを放っておいてくれよ」

「そういうわけにはいかないんです」

「頑固《がんこ》なやつだな」

「頑固なのは、あなたです」

つい言い返してしまってから、ひやっとした。「一般市民」に向かってこういう口を利《き》くと、すぐに抗議が来る時代だ。老人は、黙って浩介を見つめ返していた。視線に圧迫感が増し、浩介は目をそらしたかったが、何とか耐えた。驚いたことに、老人の目の奥のほうに、初めて拒絶以外の何か温かいものが見えたような気がしていた。

浩介が改めて口を開きかけたとき、自転車でこちらに近づいてくる藤波と庄司のふたりが見えた。フルネームはそれぞれ、藤波新一郎と庄司肇。ふたりとも、同じ《新宿花園裏交番》に勤務する浩介の先輩たちだ。年次は、藤波、庄司の順である。

「どうしたんだ？」

自転車を降りた藤波が訊《き》いた。浩介の説明に耳を傾けながら、老人たちに目を向ける。

（また、うるさいやつが来た）

老人はといえば、今度は眠たそうに両目をすぼめ、そう言いたがっているのが見て取れた。

「もう、お名前はうかがってますか?」

藤波が、老人たちに直接訊いた。

「俺は被害者だぜ。どうして名乗らなけりゃならないんだね?」

うるさそうに返す。

「暴行事件です。相手が逮捕された場合に備《そな》えて、改めてお話をうかがう必要があります」

「だからさ、俺は連中を訴えるつもりなんぞないんだ。何度も、同じことを言わせないでくれよ」

「お怪我をされたそうですね。何か、後遺症が出る場合だってあります」

「後遺症など出やしないさ。こんな傷、唾《つば》をつけときゃ治る」

藤波は、苦笑した。

(なかなか手ごわそうだな)

とても言いたげに、浩介を見る。

「もう、救急車の手配はしたのか?」

「いえ」

「何をやってた。すぐに手配だ」

「おいおい、おまわりさん」

「こちらの坂下が、病院までつき添《そ》います」

藤波がぴしゃりと言うと、老人は苦虫《にがむし》でも噛《か》み潰《つぶ》したみたいな顔をした。

その顔を見た瞬間、浩介はふっと妙な感じがした。このしかめっ面《つら》には、どこかで見覚えがあるような気がしたのだ。

新宿中央病院の深夜搬送口から中へ入った。ストレッチャーに乗せられた老人は不機嫌極《きわ》まりない顔をしており、女性のほうは、そんな老人に甲斐甲斐《かいがい》しくつき添い、ストレッチャーと並んで移動していた。

浩介が一番最後に搬送口を抜けた。手配したパトカーに乗って、救急車のあとをここまでついてきたのだった。警備員が坐《すわ》る深夜用の受付窓口を通り、何度か廊下を折れ曲がった先が処置室だった。

ここには業務で何度か来たことがあった。おそらく、日本でもっとも忙しい「時間外外来」だろう。今夜もいくつかのベッドに怪我人がいて、白衣の医者や看護師たちが忙《せわ》しなく動き回っていた。彼らの邪魔にならないようにと壁際《かべぎわ》に寄ったり長椅子《ながいす》に力なく腰を下ろした人間たちが、心配そうな様子でことのなりゆきを見守っている。

看護師たちが手を貸して老人を起こし、そうしたベッドのひとつに移動させた。老人が横たわるとすぐに、若い医者がやって来て質問を始めた。医者の指示で看護師たちが動き、老人の衣服を首のほうへとまくり上げた。肋骨から脇腹にかけて、いくつもの青あざができていた。

青あざは重なり合い、濃いところと薄いところが混じり合い、内出血した血管の細かい筋《すじ》を浮かび上がらせながら広がっていた。肋骨のどこかに、ひびが入っていないか心配だった。

ベッドは、アコーディオンカーテンで仕切られた六畳ほどのスペースの中にあった。今は完全に開け放たれているカーテンのところに立って、治療の様子を見守りながら、浩介は隣の女性にさり気《げ》なく尋《たず》ねてみることにした。

「ええと、お父さんですか?」

眉間《みけん》にしわを寄せ、心配そうに様子を見守っていた彼女が、浩介のほうへと顔を向けた。

「ええ、父です。田舎《いなか》から出て来て、今は私のところに泊まってるの」

彼女は微笑《ほほえ》み、静かに告げた。どこか茶目《ちゃめ》っ気《け》を感じさせる目をしていた。明るい天井灯の光が、目の周辺の小じわを照らしていた。ラブホ街の街灯の光で見て感じたよりも、何歳か年上かもしれなかった。

しかし、明るい電灯の下で見るほうが、美しさはむしろ際立《きわだ》っていた。目鼻立ちが整った人なのだ。

「お名前を教えてください」

「私は白木《しらき》幸恵《ゆきえ》。父は、平助《へいすけ》と言います」

彼女はそう答えてから、それぞれの字の書き方を説明した。それを手帳にメモする浩介の手元をじっと見ていた。

「坂下さん、と仰《おつしや》るんですね」

「はい、坂下です」

「まだ、お礼を言っていませんでした。先ほどは、助けていただいてありがとうございました」

「いえ、自分の仕事ですから。ひとつお訊きしたいのですが、なぜあんな時間に、あのラブホ街を歩いていたんですか？」

「近くで食事をしてたんです。店を出て、駅を目指して歩いてるつもりだったんですけど、新宿には滅多《めつた》に来ないものですから、気がついたら、あんなところに迷い込んでました」

そんな会話を交《か》わしているところへ、年配の看護師がひとり、バインダーを手にして近づいて来た。制服姿の浩介に軽く会釈《えしやく》をしてから、白木幸恵に話しかけた。

「御家族の方ですね」

彼女が「はい」と応じると、「こちらに、御記入をお願いします」とバインダーを差し出した。

白木幸恵は、それに素早く目を走らせ、

「父の健康保険証は自宅なんですが、よろしいでしょうか？」

と確認した。看護師は、そういうケースに慣れているらしい態度で、

「それでしたら、念のため、あなたの保険証を拝見できますか」

幸恵はそれに何か言い返したそうな表情をしたが、バッグを探《さぐ》り、仕方なさそうに差し出した。看護師が、機械的にそれを控えた。

白木幸恵は、バインダーを持って長椅子に坐った。手にしたバッグから老眼鏡を出してかけ、住所、氏名といった必要事項を書き始めた。

彼女の住所は、世田谷《せたがや》区の豪徳寺《ごうとくじ》だった。

2

若い女性がふたり連れ立ち、交番の入り口に現われたのは、浩介が花園裏交番に戻って間もない頃だった。

「どうなさいましたか？　どうぞ、中へお入りください」

入り口でためらうふたりに、重森周作のほうから声をかけた。浩介たちのシフトの班長で、部下たちから厚い信頼を寄せられている男だった。

ふたりは、お互いの顔を見つめ合った。ふたりとも二十歳《はたち》になるかならないか。背が低くて髪が短いほうが、もうひとりの背中を押した。

「さあ、ここまで来たのだから」

もうひとりは、肩をすっぽりとおおうぐらいの長さの髪の女性だった。髪の左右を、内巻きに軽くカールさせている。友人からそう促されても、なおためらいを消せない彼女は、顔を硬く引き攣《つ》らせて目を伏せ、浩介たちのほうを見ようとはしなかった。

髪が短いほうは生真面目《きまじめ》で気が強そうな感じの女性で、長いほうは反対にちょっとおっとりして見える。

重森が敏感に何かを察し、自分から彼女たちに近づいた。

「さ、とにかく中へお入りになってください」

彼女たちを招き入れ、デスクの前に並んで坐れるようにとスチール椅子の位置を直した。

「いやあ、夜はまだ冷えますね。さ、どうぞ、お坐りになって」

朗《ほが》らかに言って微笑みかけ、自身はデスクの反対側へと回る。

「立番《りつばん》」の内藤章助が、ちらちらとこちらを窺《うかが》い見ていることに気づき、浩介はそれを目で制した。ふたりは明らかに何かを言おうとして、ためらっている。そんなときに、無遠慮な視線を向けることは御法度《ごはっと》なのだ。

　今、「内勤」で交番に詰めているのは、重森と浩介のふたりだけだった。浩介は、班長の重森がふたりから話を聞くことの邪魔にならないよう、彼女たちの視界に入らない辺りの壁を背にして立った。

「まずは、おふたりの名前を教えていただけますか？」

　重森は、あくまでもゆったりとしていた。

「私は神田里奈《かんだりな》。里奈は、里《さと》に奈良《なら》の奈です」

　先に名乗ったのは、髪の短いほうだった。ジーンズに春物のセーターを着ていた。肩が四角く尖《とが》っていて、痩せた体は全体にぺしゃんこだった。

「木沼陽子《きぬまようこ》です……」

　こちらは、消え入るような声だった。

「神田さんに、木沼さんですね。それで、どうされたんですか？」

　木沼陽子の体が硬く強張《こわば》った。呼吸が荒くなったのが、微《かす》かな呼吸音と肩の動きでわかった。浩介は、ちょっとだけ立つ位置を変えて、彼女の横顔を窺い見た。うつむいた彼女は下唇を噛んでいた。話し出そうとして、感情が高ぶり、涙があふれかけている。木沼陽子は、それを抑《おさ》えようとして闘《たたか》っていた。

「この子、おかしな男たちにホテルに連れ込まれ、乱暴されそうになったんです」

神田里奈が、友人に代わって言った。

「三人組の男たちです。そいつら、陽子におかしなお酒を飲ませてふらふらにさせて、そして、ホテルに連れて行ったんです。早く捕まえてください」

坂道を転がり落ちるみたいな早口になる神田里奈を手で制し、重森は木沼陽子を向いた。

「ほんとですか？」

「ほんとです」

カサカサに乾いた声が、震えていた。

「順を追って話してください。それは、今夜のことですか？」

「そうです」

「ホテルに連れ込まれたのは、何時頃？」

「十一時頃だったと思います」

「どこのホテルか、覚えていますか？」

「はい。名前はわかりませんが、場所はわかると思います」

簡単な質問を重ねることで、口が少しずつ滑《なめ》らかになっていく。重森はゆっくりと時間をかけて、木沼陽子の身に起こった出来事を聞き出した。

西東京《にしとうきょう》市にある女子大学の三年生である木沼陽子は、今夜、「山歩き」サークルの仲間たちと食事をしたあと、ひとりで区役所通りを歩いているときに、自分と同い歳ぐらいの若い男から声をかけられた。

近くに知っている店があるので、一杯、お茶につきあってほしいという言葉に乗ってついて行った先には、その男の仲間がふたり待っていて、彼女は奥のテーブルで男たちに取り囲まれてしまった。

「ちょっとぐらい、いいじゃないか」男たちは言い、「お茶」のはずが、名前の知らないカクテルを飲まされた。甘い味のカクテルだった。彼女はあまり飲まないようにしていたのだが、なぜだかすぐに酔っぱらって頭がくらくらした。

「もう帰ります」と言う彼女を、男たちは強引に引き留《と》めた。途中からわけがわからなくなり、「それじゃあ送るよ」と表に出た辺りからは、記憶が朦朧《もうろう》として曖昧《あいまい》になった。そして、気がつくと、その三人の男たちによってホテルの一室に連れ込まれていた。

「私……、私……」

そのときの恐怖がよみがえり、木沼陽子はしゃくり上げ始めた。

「きっと、何か変な薬が入っていたんです」

つき添いの神田里奈が断言した。彼女が木沼陽子と同じ大学に通う友人であることは、すでに説明を受けていた。木沼陽子は、そのホテルから逃げ出したあと、タクシーを探して大通りへと走った。

しかし、そのうちに、このまま帰ってしまってもいいのだろうかという思いが頭をもたげた。とはいえ、ひとりで警察を訪ねる勇気など湧《わ》きはしない。それで、目白に自宅がある友人の神田里奈を頼ることを思いついて電話をしたところ、話を聞き、すぐにタクシーで飛んできてくれた。

新宿通りで落ち合ったふたりは、そこからすぐ目と鼻の先にあったこの花園裏交番を訪ねたのだった。

「まだ頭が痛いんです」

木沼陽子は言って、こめかみに人差し指を当てた。

「きっと、クスリのせいです」

「男たちの顔をもう一度見れば、わかりますか？」

「はい、わかると思います」

「よく思い出してください。男たちはお互いに、相手の名前を呼びませんでしたか？　ニックネームとか、そういうことでも結構です。何か思い出しませんか？」

この質問には、彼女はしばらくうつむいて考えた。

「いえ」と首を振りかけ、何か思いついたらしかった。

「そういえば、ひとりのことをカズさんと……。たぶん、あの男がリーダーだったと思います。あとのふたりに、あれこれ指示を出してました」

「なるほど。指示を出すとき、ふたりのニックネームも口にしませんでしたか？」

「ええと……。ごめんなさい、よく思い出せません。それよりも、ちょっと他のことが――。あの連中、これは『儀式』だって言ってたんです……」

「儀式……？」

「はい、そうです。カズって呼ばれた男ともうひとりが私を押さえつけて、別のひとりが、スマホで撮影を始めたんです。そして、カズって男が、私の耳元に口を寄せて来て、言いました。これは、儀式だ。我慢しろって……」

「――――」

「そこに、ノックの音がして、ひとりのお爺さんが助けに飛び込んできてくれたんです。もしも、あのお爺さんたちがいなかったなら、いったい私、どうなっていたのか……」

「お爺さんとは、それはいったい誰のことです？　ホテルの部屋で、三人の男たちに襲われそうになったあなたを、その老人が助けてくれたのですか？」

「そうです。部屋のドアを、誰かがノックしたんです。それで男たちのひとりが面倒《めんど》くさそうにドアのところに行って、誰だ、って訊いたら、ホテルの者だけれど、何かあったのかって。男は怒鳴《どな》りつけて追い返そうとしたけれど、ドアを開けないと、警察を呼ぶぞって。それで、開けたら、あっという間のことでした。頭の毛が真っ白なお爺さんが、すごい勢いで飛び込んできて、男たちをやっつけてくれたんです。そして、私の腕を引いて、『逃げるぞ。一緒に来い』って」

「ひとりで、三人をですか？」

「はい、そうです」

「老人は、何か武器を？」

「いいえ、そんなの持ってません。なんだか、とっても強い人でした。お爺さんに腕を引かれて廊下に出たら、おばさんがエレヴェーターのところにいました。ドアを開けて待っててくれたんです。小柄な女性で、綺麗な人でした。私、お爺さんたちふたりと一緒にエレヴェーターで降りて、表に逃げ出しました。そしたら、おばさんが、お札を握らせてくれました。これですぐにタクシーに乗れって。今夜のことは、すぐに忘れてしまうんだって。そう言って渡されたお金が、これです」

彼女はジーンズのポケットから、畳《たた》んでしわの寄った一万円札を引っ張り出した。

「それから、どうしました？」

「タクシーを探しに、広い通りへ走りました。でも、このまま帰っていいのかわからなくなって、それで、さっき言ったみたいに、大通りを歩きながら、友人の里奈に電話したんです」

浩介は彼女の話が終わるのを待って、「ちょっとよろしいですか」と話しかけた。

「そのお爺さんというのはどんな人だったか、もう少し詳《くわ》しく教えてもらえますか?」

そう尋ねたのは、言うまでもなく、今夜出会ったあの老人のことが頭にあったからだった。

「ええと、真っ白な髪の毛をしていて、それから、痩せてるけれど、がっしりとした感じの人で……。それに、ジーンズに、ブーツを履いてました」

「もしかして、頭は、ロッカーみたいにリーゼントでしたか――?」

「そうです。そうです」

ほんの一瞬だったものの、彼女は明るい笑顔を浮かべた。

重森が椅子から立ち、浩介を手招きした。ふたりして、交番の奥にある休憩室のほうへと向かう。

「さっき、ラブホ街で、三人の男たちに襲われていた老人と特徴が一緒です。この老人とその娘のふたりが、木沼陽子さんを助けたのだと考えると、時間的にも一致します。ラブホで彼女を助けて、表に出て、お金を渡してタクシーに乗るようにと指示をした。しかし、彼女と別れたあと、自分たちのほうは、あとを追ってきた三人組に襲われてしまった」

「通報を受けたおまえが、そこに駆けつけたというわけだな」

ふたりは、小声で会話をつづけた。

「三人組の顔や服装は、覚えているな?」

「はい、わかります」

「病院へ戻り、その老人たちにもう一度話を聞け」

「わかりました。——重森さん、『儀式』というのは、何のことなんでしょう?」

浩介は、気になっていたことを重森に尋ねた。

「まだ、はっきりはわからんが、最近、ハングレ集団の中には、入団のための儀式として、そういうことを要求するところがあるみたいだ」

「女性を暴行し、それを動画に撮影するってことですか——?」

「動画を撮《と》るのには、口止めの目的もあるのだろう。どうも、やり口が手慣れてる感じがする。被害に遭《あ》って、泣き寝入りしている犠牲者がいるかもしれんぞ」

「——」

木沼陽子のケースは未遂で済んだので本人が名乗り出て来たが、もしも被害に遭って動画まで撮られたら、警察に相談もできずに口をつぐむことになった被害者だっているかもしれない。

交番の電話が鳴り、重森が休憩室の子機で通話を始めた。

「彼女たちに、ついていてくれ」

浩介に素早く命じたが、

「え、何ですって、ほんとですか――」

電話に驚き、そのままその場で待機するようにと手振りで示した。

「なるほど。それじゃ、突然、いなくなったんですね？　いえ、それは……。はい、わかりました。とにかく、こちらから人をやります」

浩介は、重森が受話器を戻すのを待ちかねて訊いた。

「何があったんですか？」

「病院からだった。看護師がちょっと目を離した隙《すき》に、老人とつき添いの女性がいなくなったそうだ」

「そうしたら、すぐに病院へ向かいます」

意気込んでロッカーに走り、備品を取り出して外出の準備を始める浩介に、重森が後ろから声をかけた。

「いや、病院へは、藤波たちに行ってもらおう。直接ふたりに話を聞けないのならば、おまえが行っても意味がない。それよりも、おまえは、俺と一緒にラブホ街へ来い。これから木沼陽子さんに協力を頼んで、被害に遭った場所を特定するぞ。部屋から、三人組の指紋が取れるかもしれんし、白木さんたちが三人組に襲われていた場所との位置関係も確かめたい」

「なるほど。了解しました」

重森は落ち着いた足取りで休憩室を出て、表の道に面した「見張所」と呼ばれる部屋で待つ木沼陽子たちに近づいた。

「お待たせしてしまって、すみませんでした。お疲れのところを申し訳ないんですが、被害に遭われたラブホテルの場所を確かめたいんです。その部屋に、犯人逮捕につながる証拠が残っている可能性があります」

彼女の顔を見つめて、静かに言った。静かではあったが、一語一語に力が込められていて、特に後半はその特徴が顕著《けんちょ》だった。

「犯人たちを捕まえるのに、必要なんですね？」

木沼陽子は、恐々《こわごわ》と訊いた。

「はい、そのとおりです」

隣に坐る友人に同意を求めるような視線を向けたが、答える声にためらいはなかった。

「わかりました。そうしたら、私、協力します」

3

夜間勤務にとって最も体がしんどいのは、夜が明けて街が明るくなってから交代までの数時間だ。暗い間は体の奥に沈殿《ちんでん》していた疲労が、陽《ひ》の光を浴びることで表に溶け出してくる。肩や腰に張りを覚え、五分程度でいいから体を横たえたい気分になる。それは、今夜のようにあわただしく飛び回っていたシフトのときには、なおさらだった。

午前六時、警視庁指令センターからの緊急連絡が入った。

それは、いつもの如《ごと》く、機械的で明確な指令だった。

「緊急配備要請——。場所、百人町《ひゃくにんちょう》一丁目××−××のファッションホテル《サザンビュー》で、男性の刺殺体が発見されました。被害者は三十歳前後で、やや小太り。男ふたりと女ひとりが現場から逃走中。三人の特徴は、全員が二十代前半。男1は身長一八〇センチぐらいの長身で痩せ形、髪は茶色く染めた短髪。黒い丸首シャツにジーンズ、白のスニーカー。男2は身長一六五センチ前後でやや小太り、リーゼント。白と青、もしくは濃紺《のうこん》のスタジアムジャンパーにジーンズ、色は不明のスニーカー。女は身長一六〇センチ前後のやや大柄で痩せ形、髪は肩にかかるくらい。グレーっぽいシャツに白のオーバーオール、白かグレーのスニーカー——」

新宿界隈《かいわい》では歌舞伎町二丁目のラブホテル街が全国的に有名だが、新大久保駅の近く、大久保通りよりも北寄りの百人町にも、その類《たぐい》のホテルが点在している。事件が起こったのは、そうしたホテルの中の一軒だった。

これは事件の現場《げんじょう》保持および容疑者探索のための緊急配備要請で、新宿区内の交番およびパトロール車両に広く動員がかけられた。逃亡した容疑者の身体、服装の特徴が詳しく言い添えられたのは、この三人がまだ付近を逃走している可能性があるためだ。

重森班は、最若手である内藤章助ひとりを交番に残し、残り全員で現場へ駆けつけることになった。

百人町は新宿署の管轄《かんかつ》であり、四谷中央署傘下《さんか》の花園裏交番からは距離がある。浩介たちが現場に到着したときには、先乗りした制服警官たちがすでに大勢持ち場に就《つ》いていた。

移動の間に夜が明け切り、今ではアスファルトに影がくっきりと焼きつくほどに明るい朝日が差している。

明るい中で見るファッションホテル――つまりラブホテルはどことなく間が抜けた様子で、それは周囲を埋めつくした警察車両や、普段は秘密裡《ひみつり》に男女が出入りするエントランスを鹿爪顔《しかつめがお》で忙しなく行き来する警察官たちとも不釣《つ》り合いだった。

「来い、浩介」

重森は浩介を引き連れてエントランスへと向かった。他でもなくそれは、この緊急配備要請を聞いたときから、思い当たるものがあったためだった。

遺体となって見つかった男と、逃げた男ふたりに女がひとり。すなわち合計三人の男が女ひとりと一緒にラブホテルの一室にいたことになる。

それ以上の状況はまだ何もわからないが、そのこと自体が昨夜の暴行未遂事件を想起させたのだった。

　こうした類のホテルは、特にある程度昔に建てられたものの場合、エントランスの真正面には目隠し用の壁がある。重森と浩介がその壁の横に差しかかった正《まさ》にそのとき、エントランスの自動ドアが開き、中から担架《たんか》に載《の》せられた遺体袋が現われた。

「ちょっと待ってください。うちの管轄エリアで、昨夜、暴行未遂事件がありました。もしかしたら、何か関連があるかもしれないので、遺体の顔を確認したいのですが――」

　遺体を運搬してきた鑑識課の課員に重森が告げると、彼らは判断を仰《あお》ぐように首を後ろに向ける。

「暴行未遂事件とは？」

　つき添っていた私服の捜査員の質問に応じ、重森が昨夜の出来事をかい摘《つま》んで話して聞かせる。

「そうすると、その三人の誰かかもしれない、と言うんですね？」

「はい、そうです。うちの警官が、三人組の顔をはっきりと見ています」

「わかりました。そうしたら、遺体を一度ロビーに戻してください」

　まだ若い捜査員は、重森にも鑑識課員たちにも丁寧《ていねい》だった。彼の求めに応じて大して広さのないロビーの端っこに移動した鑑識課員が担架を床に置くと、傍に近づいた浩介に目で合図をし、遺体袋のジッパーを引き下げた。

「間違いありません。昨夜出くわした三人組のうちのひとりです」

浩介は、現われた顔を一目見て断言してから、

「リーダー格だと思われた男です」

さらに、そうつけ足した。青白い顔で遺体袋に納められていたのは、白木平助を襲った現場から逃げ出したとき、その先の十字路で三方に分かれるように合図した真ん中の男に間違いなかった。

そういえば、さっき「緊急配備要請」の無線で述《の》べられていた男ふたりの特徴は、十字路で右と左に分かれて逃げた男たちと一致する。

「間違いないな」

捜査員がそう念押しする。

「はい、間違いありません。確かにあの三人組のリーダー格だった男です。それに、この現場から逃走した男二名の特徴が、その残りの二名と一致します」

やりとりを聞いて集まっていた私服刑事たちが、浩介の発言に俄然《がぜん》、色めき立った。

「きみは、残りの二名の男たちの顔も見たんだな?」

年配の捜査員が確かめる。

「はい、見ました」

「その強姦未遂事件について、もっと詳しく聞かせてくれ」

その年配の刑事が言うのに重なって、浩介の背中の方向から別の声がした。

「ちょっと待って。その話は、私にも聞かせてちょうだい」

聞き覚えのある声に驚いて振り向くと、深町《ふかまち》しのぶがロビーを小走りで近づいてくるところだった。

深町しのぶは「ビッグ・ママ」と呼ばれている新宿署の名物刑事だ。今夜の彼女は、白いシャツにグレーのジャケットを着て、いつものように脚《あし》のラインがすっきりと出るブラックのパンツを穿《は》いていた。胸の膨《ふく》らみが、シャツを中から押し上げている。

「お久しぶりです、シゲさん」

深町しのぶは、私服たちに軽く会釈だけすると、重森の前に立ってきちんと頭を下げた。現在は新宿署で猛者《もさ》どもを率《ひき》いる彼女は新人警官時代、花園裏交番で重森の部下だったのだ。

「久しぶりね、浩介。その強姦未遂事件について、話してちょうだい」

浩介をすぐに促した。相変わらず開《あ》けっ広《ぴろ》げで、そして、性急な人だった。

浩介は、昨夜の出来事を、白木平助という老人が三人の若者に襲われていたところから話して聞かせた。制服警官の姿を見た三人組はすぐに逃げてしまったが、今、遺体袋に横たわるのは、そのリーダー格に見えた男に間違いないことを強調した。

その後、被害者の木沼陽子が、友人につき添われて花園裏交番に現われ、ことの詳細が

明らかになったが、改めて話を聞こうと思った矢先に、白木たちが病院から姿を消してしまったことが発覚した。そこまで話すと、

「つづきは俺が話そう」

そう言って、重森があとを引き取った。

――数時間前。

木沼陽子の協力によって場所を割り出したホテルは、予想したとおり、白木たちが三人組の男たちに襲われていた場所からすぐのところにあった。彼女はどこの部屋かまでは覚えていなかったが、これは重森がホテルのフロントにいた五十女を問いただすことで判明した。

彼女によれば、男がひとり、木沼陽子とともにチェックインした直後に、男がふたり、その隣の部屋に入ったそうだった。ラブホテルとか、ファッションホテル、カップルズホテルなどと名乗っているホテルの中には、男同士の入室を禁じているところもあるが、ここは違った。白木たちふたりは、彼らがエレヴェーターへと消えた直後にカウンターに現われ、やはりチェックインしたそうだった。

特に新宿のような繁華街のラブホテルは、客が出たあと、できるだけ早く部屋をクリーニングする。深夜遅い時間からでも利用客があり、回転率を上げることが大切だからだ。浩介たちが木沼陽子の案内で部屋に入ったとき、そこもすでに清掃がなされ、ベッドメー

キングも終わってしまっていた。

　だが、それでも指紋や毛髪等の痕跡が発見できる可能性は残っている。重森は、本署に連絡を入れて鑑識の出動を要請した。その鑑識に、木沼陽子の血液採取もさせた上で、浩介に言って、ふたりを大通りまで送らせた。今夜は里奈が目白の自宅に陽子を連れて帰り、そこに泊める約束になっていた。

　ふたりをタクシーに乗せた浩介が戻ると、重森は改めてフロントの女に話を聞いているところだったが、手がかりになるような話は何も出なかった。こうしたところのカウンターは、直接、客が見えないようになっているし、働く人間は、できるだけ客を注視しないようにと心がけているのだ。

　到着した鑑識課員たちが部屋のあっちこっちに顔をすり寄せて手がかりを探す間に、浩介たちはホテル及びその周辺の防犯カメラのチェックを終えた。だが、残念なことに、三人組の人相がはっきりとわかる画像は見つからなかった。

　鑑識が仕事を終えたとき、時刻は午前四時近くになっていた。検出された指紋の中に、登録指紋との一致はなかった。

「シゲさん、四谷中央署に連絡して、今夜、ラブホで採取した指紋データを、すべてこちらに送るよう手配をお願いします」

　話を聞き終わったたしのぶが、言った。ホテルに駆けつけた鑑識も四谷中央署の所属なのだ。

　このラブホテルの現場に残った指紋と照合すれば、あとのふたりも同じ人物であることがはっきりと特定される。たとえ部分的に残った指紋であっても、全体が判明している指紋との照合によって、同一人物のものかどうかがかなりの確率で見分けられる。

「了解した」

「遺体の身元は、指紋から割れました。磯部和也《いそべかずや》二十七歳、傷害で前科があり、執行猶予《しっこうゆうよ》中の身でした」

　しのぶが、新たな情報を口にした。

「三人組のひとりは『カズ』と呼ばれていたそうです。リーダー格と見られる和也のカズではないでしょうか」

　浩介が言い、

「それに、もうひとつあるんだ。被害者の証言によると、連中は『儀式』という言葉を使っていたらしい」

　重森がさらに指摘すると、しのぶを含む私服刑事たちの顔に緊張が走った。

「儀式、ね……」

　しのぶが、言葉を歯の間で押し潰すようにしてつぶやいた。

「被害者に乱暴し、それをスマホで撮影することを指《さ》して、『儀式』と言ったのですね」

「そのとおりだ。カズと呼ばれた男が、被害者の耳元に口を寄せてささやいたらしい。これは、儀式だ、となー」

「いったい、どういうことなんでしょう？　『儀式』とは、何なんですか？」

浩介は、我慢しきれずに訊いた。しのぶたちの雰囲気から、何か思い当たることがあるらしいと察せられた。

「六本木を根城にして結成された《ゴールデン・モンキー》というハングレ集団が、去年の暮れぐらいから、新宿に進出してきてるのよ。このメンバーは結束が固くて、捕まっても仲間たちのことを喋ろうとしない。それで、構成人数も、リーダーの名前も、まだ不明なままよ。そうやって結束が固い理由のひとつが、最近、わかったの。新メンバーがグループに加わるとき、いくつかの厳《きび》しい『入団儀式』を通過しなければならないからよ」

「じゃあ、連中が言ってた『儀式』とは、ハングレ集団へ加わるための儀式ですか……」

「入団儀式のひとつじゃないかしら」

「もしもそうなら、したたかだな。動画を撮影されたために、被害者が全員、警察に訴え出られずに口をつぐんでいる可能性がありますよ」

私服刑事のひとりが、そう意見を述べてしのぶを見た。

「そうね。だけど、今度のことが突破口になるかもしれない」

「それにしても、三人組がみなそろって《ゴールデン・モンキー》に入団するための儀式を行なっていたのだとしたら、なぜそのひとりを殺害したんでしょうね」

別の刑事が、疑問を呈した。

「仲間割れをしたってことでしょうか……」

「『儀式』のやり方で揉《も》めた可能性はどうでしょう――」

「一緒に逃げた女性は、どういう関係なんでしょうね――」

「いや、女性は一緒に逃げたのではなく、被害者だろ」

私服同士がこうしてやりとりを始めた以上、もう制服警官の出番はなかった。

「我々は、持ち場に戻ります」

それを心得ている重森が、話に聞き入っている浩介に合図を寄越《よこ》してから深町しのぶに告げた。きちんと敬語を使っていた。かつては交番の部下ではあっても、現在の彼女は警部補であり、刑事課で班をひとつ仕切る班長なのだ。

だが、しのぶがふたりを引き留めた。

「浩介をもう少し貸してください。ここのラブホの防犯カメラに、逃走するふたりの男が写ってました。念のため、浩介に顔を確認させたいんです」

「了解です」

「そしたら、ちょっとこっちへ来て」

人差し指でくいくいと呼ばれ、浩介は内心で少しどきどきしながらそれに従った。少しでも長く捜査に加わっていたかったし、それがしのぶの傍ならばなおさらいい。

深町しのぶは浩介を連れ、ロビーと隣接する事務室に入った。

六畳ほどの広さの殺風景《さっぷうけい》な部屋には、一方の壁に寄せてパソコンが二台並んで置かれていて、もう一方の壁にはソファがあった。ソファは仮眠用に使われるものらしく、今は丸まった毛布がだらっと投げ出されていた。

「女性ひとりと男ふたりの映像を順番に出してちょうだい。顔が比較的はっきり映ってるエレヴェーター前のものをお願い」

パソコンの前に陣取っていた捜査員が、しのぶに言われて操作した。複数個所に仕掛けられた防犯カメラの映像を、一台のパソコンに集約するシステムらしく、映像がいくつか切り替わったのちにエレヴェーター前のものが表示された。

ドアが開き、若い女がひとり走り出て来てカメラの死角へと消えたが、捜査員がそれを少し巻き戻して顔がはっきり見える地点で静止させた。二十歳前後か、もしかしたらまだ十代にすら見える女性であり、顔に幼さが残っていた。

「身元はわかったんですか?」

浩介が一応尋ねてみたが、

「いいえ、わからない」

しのぶはあっさり首を振った。

「次に男たちがふたり現われるわ。エレヴェーター奥の階段からよ。現場となった部屋は、三階だった。おそらく部屋から逃げ出してエレヴェーターに飛び乗った女性を追い、ふたりは階段を駆け下りて来たのよ。いい、顔をしっかり見てちょうだい」

そう言った上でつづきの映像を再生させると、女性が映像の死角へと消えて間もなく男がふたり現われた。

浩介はその男たちを見て躊躇《ちゅうちょ》なくうなずいた。昨夜、歌舞伎町のラブホテル街で出くわした三人のうちのふたりだ。

(なんてやつらだ……)

強姦未遂事件を起こしてからわずか数時間のうちに、再び同じような犯行を繰り返したのだ。

その結果、部屋で何があったのだろう……。

「抵抗した女性が主犯の男を殺害して逃げたということですか?」

「状況からすれば、その可能性が高いと見るべきでしょうね。でも、なにしろ密室だったのだから、何があったのかは本人たちを捕まえて問いつめるまではわからないわ。凶器は死体の胸に刺さったままだった。柄《つか》には、複数の指紋が残っているのよ」

しのぶは何か含みがありそうな喋り方をしながらタブレットを操作し、遺体の写真を浩介に見せた。大型ナイフが、磯部和也の胸に突き立っていた。

「かなりごついナイフですね」

「そうね。女性にいたずらをするつもりだった側が、脅《おど》す目的で持って来たものかもしれない。被害者の女性が、はたしてひとりで反撃できたのかどうか……」

「男たちが仲間割れを起こした可能性もあると……？」

「まだわからないわよ、そう言ってるでしょ。とにかく、現場にいた三人を、一刻も早く見つけなくては。ああ、それからね、現場にはこのドラッグが落ちてたわ」

しのぶが提示した次の画像には、浩介の見知ったピンク色の小さな錠剤が映っていた。

「《ラブ・アフェア》だ……」

「あら、あなた、これに出くわしたことがあるのね？」

「はい、去年の九月に、売人がはびこる店を検挙しました」

そして、同じ交番の主任だった山口とふたり、戸田明音という女性の行方《ゆくえ》を探して飛び回ったのだ。

「磯部たちは、『儀式』で女にこれを無理やりに飲ませるつもりだったとか――？」

「でしょうね。最近、このドラッグを使用した強姦事件がいくつか検挙されてるわ。それに、『ゴールデン・モンキー』は、この《ラブ・アフェア》を売って回ってる疑いもあるの。このヤマをきっかけに、その辺りのこともはっきりさせてやるわ」

しのぶはそう決意を示してから、しばらく何か考えていたが、すっと浩介のほうを向いた。意志の強そうな形のいい唇を間近にして、浩介はついどぎまぎした。

「浩介。実を言うとさっき、疑問に思ったことがあるのよ。あなたは最初、ラブホ街の路上で三人組が白木という老人を襲っているところに駆けつけた。そうよね」

「はい、そうです」

「そして、その老人たちはあんたに、ここを偶然通りかかったら、男たちにガンをとばされ、因縁をつけられたと説明した」

「はい」

「だけど、実際には、その老人と連れの女性のふたりは、三人組が被害者の女性を連れ込んで襲おうとしていたラブホテルにチェックインし、彼女を救い出していた」

「はい」

「その白木さんという老人たちがラブホにチェックインするときの様子も、防犯カメラで確認したのかしら？」

「ええ、映っている画像を観《み》ましたが」

「で、どうだった？」

「どうとは……？」

「ふたりが偶然に三人組から被害者を救い出したのではなく、三人組にもともと目をつけてついて行った可能性はないかと思ったのよ」

「──連中のあとを尾《つ》けて、ラブホテルにチェックインしたと？」

「もちろん、ふたりがほんとは男女の関係で、チェックインしたホテルでたまたま様子のおかしい三人組に気づいただけかもしれないわよ。でも、もしもあとを尾けてラブホに入ったのならば、加害者の三人の誰かか、あるいは被害者の女性とゆかりのある人物かもしれない」

「気になってあとをついて回っていたということですか？」

「ええ、ふとそう思ったの」

「被害者の女性には詳しく話を聞きましたが、老人や連れの女性を知っていたとは思えませんでしたが──」

「そうしたら、加害者の誰かってことになるかしら」

「────」

深町しのぶに指摘されて、浩介は考えを巡らせた。ラブホのロビーに仕掛けてあった防犯カメラの映像から、あとを尾けてチェックインしたような様子は特には見受けられなかった。それ故《ゆえ》に、たまたま被害者を助けたのだと判断したし、病院から姿を消したのも、実は父子ではなく、そういう場所に出入りする男女であることを警察に知られるのが気まずかったからだと考えたのだった。

浩介は、重森とふたりで映像をチェックした。自分ひとりならばまだしも、全幅《ぜんぷく》の信頼を寄せる重森が一緒だったので、この判断を疑わなかったのだ。だが、しのぶが指摘したように考えることも可能なはずだ……。

「深町さん、俺に確かめさせてください。老人の正確な身元はわかりませんが、白木幸恵が病院で提示した保険証の住所を控えました。彼女は、小田急《おだきゅう》線の豪徳寺に住んでいます」

「あなた、夜勤明けでしょ」

「大丈夫です。全然、疲れてなんかいませんよ。刑事課は、付近の聞き込みなどで忙しいのではないですか。それに、自分が見つけた手がかりについては、最後まで責任を持ちたいんです。お願いします、深町さん。どうか、俺にやらせてください」

懇願《こんがん》する浩介を、しのぶはどこか面白がるように見ていた。

4

コンビニでアンパンと牛乳を買い、小走りで公園に戻った。小田急線豪徳寺駅から、東急世田谷線宮《みや》の坂《さか》駅の方向に進んだ住宅街の中だった。

公園には滑《すべ》り台、ブランコなどのほかに、コンクリートで造られた子供たちのための小さな山などもあって広かった。隣は、球技用のグラウンドになっている。その公園に面して、間口よりも奥行きが深い二階建てが、合計六つ、肩を寄せ合うように建っていた。新建材でそれぞれに少しずつデザインに工夫《くふう》がこらされた家々の右から二つ目が、「白木幸恵」の自宅であり、公園の反対側にさり気なく立った重森周作が、その家の様子を窺っていた。

深町しのぶは、重森と一緒でなら、という条件で、浩介の頼みを受け入れたのだった。だが、家には誰もいなかった。本人に直接会って話を聞くまでは、引き上げるわけにはいかない。そう決めてこの公園に陣取ってから、早《はや》一時間が経《た》とうとしていた。

「買って来ました」

浩介は、コンビニのビニール袋から出したパンとパックの牛乳を重森に差し出した。

「すみません。徹夜明けなのに、こんな時間まで俺につきあってもらって……」

浩介が頭を下げると、重森はくすぐったそうに笑った。

「おいおい、別段、おまえにつきあってるわけじゃないさ。かつては俺の部下だった深町から、そんな推理を聞かされたんじゃ、俺だって自分で確かめないわけにはいかないだろ」

重森の傍《かたわ》らには、覆面パトカーが駐《と》まっていた。こうして相手の帰宅を待たなければならなくなった場合を想定し、念のために手配したのだった。

勤務シフトは終わっているし、目立たないほうがいいとの判断から、ふたりとも私服に着替えてはいたが、警察手帳、警棒、それに手錠は携帯していた。

「住民調査」によるデータによると、白木幸恵には今年二十四歳になる則雄《のりお》という息子がいて、ここに同居しているはずだった。年齢は、ラブホの部屋から逃げた男たちと一致する。

だが、一応、両隣を回り、防犯カメラの映像で比較的顔がはっきりとわかる画像を見せて尋ねてみたが、これが白木則雄かどうかははっきりしなかった。

隣家の主婦のひとりによると、母親の白木幸恵とは会えば立ち話ぐらいはするが、息子とは挨拶《あいさつ》を交わしたこともないそうだった。

あまり広く写真を見せて回ったり、しつこく話を聞いて回ったりすると、近所の噂《うわさ》になる。白木則雄が事件と無関係だった場合、その噂のみが残ることになってしまうため、重森の判断でもうしばらく様子を見ることにしたのである。

「ところで、ちょっと前に深町が連絡をくれた。白木幸恵の戸籍を調べてくれたんだ。則雄は非嫡出子《ひちゃくしゅつし》で、父親はわからなかった。それからな、幸恵には確かに平助という名の父親があったが、この男はもう二十年以上前に亡くなっていたよ」

「そうしたら、昨夜、彼女が一緒にいた白髪の老人は、やはり父親ではなかったんですね」

「病院でおまえから訊かれ、咄嗟《とっさ》に父親の名を言ったんだろうさ。本人の保険証がないと言ったのも、一緒の男の身元を隠したかったからだろう」

「やっぱり歳の離れた彼氏で、相手にも家族がある。――そんなところなのかな」

「どうだろうな。ま、俺たちに憶測は必要ない。本人が戻ってきたら、話を聞こう」

「はい」

「おまえこそ、眠気は大丈夫なのか？」

「大丈夫ですよ」

そんな会話を交わしながら、浩介はあのロック歌手みたいな老人を思い浮かべた。不思議と印象に残る人だった。なんだか上手《うま》くあしらわれたような気がするが、不思議と不快感は覚えなかった。それに、やっぱりどこかで会ったことがあるように感じがする。

パンを牛乳で流し込み、さらにしばらくした頃のことだった。浩介たちはふっと表情を引き締め、公園の向こう側の道に注意を向けた。そこを歩いて来る若い男たちが気になったのだ。

一方は肩までかかる長い髪を茶色に染め、もう片方は野球帽をかぶっていたが、どうやらその下はスキンヘッドらしかった。ふたりともはではでしいジャンパーを着て、耳や鼻や首に金ピカの装飾品をつけ、腰骨から今にもずり落ちそうなジーンズを穿いている。

だが、この男たちが目を引いたのには、そうした目立つ格好以上の理由があった。さりげなく装《よそお》いつつ、周囲に注意を払っている様子が窺えたためだ。

ふたりは白木幸恵の家の前で立ちどまると、いよいよ周囲に目を配った。顔を寄せ、何事かをささやき合ってから、野球帽のほうが玄関のインタフォンを押した。

しばらく待っても応答がないと知ると、野球帽は背後の茶髪を振り返った。茶髪に促されて再びインタフォンを押すが、応答がないのは変わらない。

ふたりは再び顔を寄せ合い何か相談すると、玄関の前を離れて道路の公園側に寄った。公園の外周に植わった街路樹の下をしばらく移動し、その木陰にさり気なく身を寄せて立った。

「何者でしょう？　職務質問《バン》をかけてみましょうか――？」

浩介はふたりを睨《にら》みつけつつ、隣の重森にささやいた。

「ちょっと待て。俺はあの野球帽のほうに見覚えがあるぞ」

「ほんとですか……」

「ああ、確かに前に見た顔だ。ええと……、あの帽子の下は、ハゲっぽいな」

「スキンヘッドでしょうね」

「そうだ、思い出したぞ。四年前、新宿の一部を縄張りにしていた《川延組《かわのべ》》という暴力団が、シノギ争いに負けて組を畳んだんだ。やつは、そこにいた辻村《つじむら》って男だよ。ええと、フルネームは確か、辻村宏太《こうた》。辻に村、うかんむりの『ひろし』に太いだったと思う」

交番勤務を長年つづけ、〝生き字引〟と呼ばれる重森の凄《すご》さを実感するのは、こういうときだ。

「ヤクザからあぶれ、ハングレグループに入った。そんなことも考えられますね」

浩介は、思いつきを口にした。

正にそのとき、当の野球帽の男が、吸い寄せられるようにしてこちらを向いた。浩介は視線がかち合ってしまい、あっと思ってそらしたが遅かった。野球帽の耳打ちを受け、今度は茶髪が浩介を凝視《ぎようし》する。

「まずいな……」

重森が、低い声でつぶやいた。重森のほうは、直接目を合わせないようにしながら様子を窺っていたのだ。浩介もそうすべきだったのに、じっと見つめてしまったのがまずかった。視線は、視線を呼んでしまうのだ。

野球帽と茶髪は、互いが互いを押しやるようにして、別々の方向に逃げ始めた。公園沿いの道を、左右に分かれて逃げていく。

「くそ、おまえは辻村を追え！」

重森は浩介に指示を飛ばすと、そのときにはもうみずからは茶髪を追って走り出していた。

浩介はあわてて地面を蹴《け》った。公園の柵《さく》をまたぎ、植え込みを飛び越え、公園の中を斜《なな》めに横切った。

しかし、反対側の道にたどり着いたときにはもう、野球帽の男はかなり先を走っており、公園沿いの道からそれて脇の道へと姿を消そうとしていた。

それは住宅が建ち並ぶ間の道で、ここからでは様子がわからない。その先でまたどこかに曲がられたら、行方を見失ってしまいかねない。浩介は、懸命に走るスピードを上げた。

そのときだった。公園の向こう端でブレーキ音がして、乗用車が一台、球技用の広場のほうからこちらに回り込んできた。

かなりのスピードで迫って来ると、再びブレーキ音を響かせ、ちょっと前に野球帽の男が姿を消した路地へとカーブを切った。

その車の助手席に坐るサングラスの男の顔を見て、浩介はあっと息を呑《の》んだ。

まさか……、なぜ……、どういうことだ……。そんな言葉が折り重なり、頭の中を飛び交った。

混乱する気持ちを抑えつけて浩介が路地へと曲がると、野球帽の男の鼻先に回り込むようにして、あの車が停《と》まるところだった。

助手席から飛び出した男が、行く手を塞《ふさ》がれてたたらを踏む野球帽に摑《つか》みかかる。

片手で男の肩を摑み、いきなり横っ面を殴りつけた。

野球帽が脱げて飛び、スキンヘッドが露《あら》わになった。

殴られた男は、膝《ひざ》が折れた。たぶん、軽い脳震盪《のうしんとう》を起こしたのだ。襲撃者はそれを引きずり上げ、今度は鳩尾《みぞおち》を殴りつけると、ぐったりとした男を車の後部座席へと放り込んだ。

「西沖《にしおき》さん……」

浩介の喉《のど》から、カサカサになった声がこぼれ出た。

みずからも後部ドアから車へ乗り込もうとしている男に向け、

「待ってください、西沖さん！」

今度は大声で呼びかけた。

サングラスをした男が、ちらっとこちらに顔を向けた。

間違いない。

西沖達哉《たつや》だ。

浩介が高校時代、野球部の監督だった男なのだ。そして、今では、《仁英会《じんえいかい》》という暴力団の〝いい顔〟になっている。

西沖はまるで見知らぬ他人のように浩介を無視すると、後部座席に滑り込み、車はあっという間に見えなくなった。

白木幸恵の家の前に戻って来た重森はひとりで、あの茶髪と一緒ではなかった。

「くそ、逃がしてしまった」

悔しさを表わす重森に、浩介はたった今、目にしたことを打ち明けた。

「西沖達哉が、辻村宏太を連れて行った、だと……。間違いないのか？　間違いなく、仁英会の西沖だったのか？」

重森がひとつ息を吐いてから、そう訊いてくるのに、

「間違いありません」

浩介は、はっきりうなずいた。

「なぜ西沖が、こんなところに……？」

重森はいくらか顎《あご》を引き、ちょっと先の地面に目を落として思案顔になった。これは浩介への問いかけではなく、自問自答しているらしかったが、

「わかりません」

浩介としては、首を振ってただそう答えるしかなかった。

高校最後の夏――。西沖達哉は、いきなり浩介たち部員の前から姿を消した。理由も告げずに野球部の監督を辞《や》めただけではなく、どこへともなく消えてしまったのだ。だが、浩介は警察官として花園裏交番で勤務するようになってから、西沖達哉と再会した。一昨年《おととし》のクリスマスのことだった。驚いたことに、かつて野球部の監督だった男は、新宿

にはびこる仁英会という暴力団の〝いい顔〟になっていた。その上、なぜそんなことにという疑問を宙ぶらりんにしたまま、それからおよそ半年が経過した去年の夏には、再び姿を消してしまったのである。

それが、今、なぜここに……。

浩介の脳裏《のうり》に、最後に西沖と会った去年の夏の出来事がよみがえった。

去年の夏、西沖の弟分である「平出悠《ひらいでゆう》」という男が殺された。平出は抗争で負った重傷から回復したのち、ヤクザから足を洗い、故郷の静岡《しずおか》に帰ることにしたのだが、仁英会と対立している嘉多山《かたやま》興業がそれを許さず、鉄砲玉に刺殺させたのだった。

浩介は、刺されて息絶える平出の姿を目《ま》の当たりにした。そして、西沖も、その場に居合わせた。西沖は弟分を看取《みと》ったあと、浩介に背中を向け、「来るな」「来ないでくれ」と吐き出すように言って姿を消した。それが、新宿で西沖を見た最後だった。

あれから、八カ月が経っていた。西沖はその間、どこで何をしていたのだろう……。なぜこんなところに現われ、川延組の元組員である辻村宏太を拉致《らち》したのだろう……。

「おまえは、その後、西沖について何か耳にしたことは――?」

「いいえ――」

浩介は首を振って答えてから、それだけでは不十分な気がしてつけ足した。

「もしも何か耳にしていたら、報告しています」

重森は黙ってうなずき返し、再び思案顔をした。

「まだ事情は何もわからんが、とにかく仁英会が絡《から》んでくるとなると厄介《やっかい》だな――」

浩介は、この重森にだけは、自分と西沖達哉の間にあったことをすべて話していた。だが、今は捜査中であり、そうした個人的な事情は後回しにした。

「そうですね……」

「西沖が運転していた車のナンバーは？」

「それは確認して、控えてあります」

「強《したた》かな男だ。ナンバーから跡をたどられるような真似《まね》はしないだろうが、何かの手がかりにはなるだろう。よし、ナンバー照会と手配だ」

5

意外といえば意外なことに、ナンバー照会ですぐに興味を引く男の名前が浮かんだ。

――白木直次《なおじ》。年齢は四十八で、登録住所は三軒茶屋《さんげんぢゃや》のマンションだった。そして、もう二十年以上前だが、一度、傷害による逮捕歴があった。

覆面パトカーに陣取り、状況を無線で深町しのぶに報告すると、じきに彼女から折り返し連絡が来た。

「確認が取れました。白木直次は、白木幸恵の兄ですね。そして、自宅から程近い東急田《でん》園《えん》都《と》市《し》線三軒茶屋駅周辺で居酒屋を経営しています」

　三軒茶屋ならば、この豪徳寺からも近い。

「白木直次の自宅と店に、捜査員を派遣しました。じきに、西沖とどんな関係なのかわかるでしょう。西沖が個人的に動いているのか、それとも仁英会全体が動いているのかが、気になるところです」

　しのぶはそう言葉を継《つ》いでから、少し声をひそめるようにした。

「実は、新宿の情報屋からちょっと前に情報が入ったんですが、《ゴールデン・モンキー》は最近、どこかの暴力団と接近してるらしいんです」

　ハングレと暴力団が対立していたのはひと昔前の話で、現在では上手く立ち回って生き残りを図るハングレが、暴力団に接近して後ろ盾《だて》になってもらうケースが増えている。暴力団のほうにも、自分たちで直接は手を出しにくいシノギの手先としてハングレを使うメリットがある。

「その相手が、仁英会だと言うのか……？」

「わかりません、具体的な名前までは出ませんでしたので。改めて探りを入れることにします」

　重森は相手の話をいったん呑み込み、咀嚼《そしやく》するような間を置いてから改めて口を開いた。

「しかし、西沖のような男が、組絡みのことに素人《しろうと》を巻き込むとは思えんな。白木直次という男は、前科があるにしろ、今は居酒屋の店主なんだろ。もしも裏で仁英会とつながっているのならば話は別だが、そうでないなら、例《たと》えばこの白木直次から妹の幸恵のことで何かを頼まれ、西沖が個人的に動いているだけかもしれない」

「そうですね。私も、あの男が、無暗に素人を巻き込むとは思えません」

しのぶはそう意見を述べ、

「浩介、あなたはその後、西沖達哉と会ったことは？　何か西沖について、耳にしたことはないかしら？」

と訊いて来た。

彼女は新宿署の刑事として、西沖とは旧知の仲であり、浩介が西沖と関わりを持つことになった事件のひとつには彼女も関わっていた。浩介にとって西沖がどういう存在であるか、彼女もある程度は知っている。

「いいえ、ありません」

「そう、わかった。そうしたら、もし何か耳にしたときには、必ず私かシゲさんに報《しら》せてちょうだい」

しのぶはしつこくは追及せず、すぐに話題を転じた。

「そうしたら、川延組のことはお願いします」

「了解した」

重森はそう応じて無線を終えた。

重森は、川延組の組長だった川延剛三に個人的な貸しがあった。

川延には、前妻との間にふたりの息子がいた。長男は、父親と同じ世界の住人だが、次男は父親に反発して、早くから家を出ていた。組を畳《たた》んだとき、この次男が働く百貨店に、嫌がらせをかけた組があった。川延が怒って手出しをするのを狙《ねら》ってのことだった。

百貨店の警備主任が、重森のかつての同僚だったため、話を聞いた重森が、嫌がらせをかけた組に話をつける一方、川延を訪ね、静かな暮らしを送りたければ、決して短気を起こさないようにと諭《さと》したのである。

そのことをしのぶに告げ、重森がひとりで川延を訪ねる了承を得ていた。

「それじゃ、あとはよろしく頼むぞ」

重森は、浩介に告げて覆面パトカーのドアを開けた。都心を抜けるのに、車ではかえって時間がかかる。

だが、車を降りかける動作の途中で、浩介のほうを振り返った。

「おい、西沖のことを考えているのか……」

浩介は、はっとした。

「いえ……」

あわてて首を振ったものの、重森は何もかもお見通しだという顔をしていた。しかし、それ以上は何も訊こうとせずに車を降りて伸びをすると、公園沿いの歩道に箱型の灰皿が置かれた喫煙所を親指で差した。

「さすがに眠気が襲ってくるな。たばこを一本喫《す》って行くから、あそこにつきあえ」

浩介は車を降りて一応ロックをし、すでに歩き出している重森のあとを追った。

公園では、相変《あいか》わらず子連れの母親たちが数組、遊び回る幼子《おさなご》たちを見守りながらお喋りに興《きよう》じていた。弁当やサンドイッチを口に入れたり、缶コーヒーを飲んだりするサラリーマン風の男たちの姿もちらほらとあった。

重森は無人の喫煙所でたばこを出し、「おまえも一本どうだ？」と勧《すす》めてきた。

「いえ、自分は……」

「それじゃ、俺は失礼して一服やらしてもらうぜ。眠気醒《ざ》ましさ。おまえにゃ、これだ」

たばこを一本抜き取って唇にくわえた重森は、ポケットから飴玉《あめだま》を出した。

「小学生みたいだが、気にするな。疲れてるときは糖分がいいんだ。頭がすっきりするぜ」

「ありがとうございます……。そういえば、重森さんは喫われるんですね……」

重森は使い捨てライターでたばこに火をつけ、美味《うま》そうに煙を吐き出した。

「勤務中は滅多に喫わんし、家でも喫わんよ。だが、私服のポケットにゃ、こうしてたばこが入ってる。思い出したように、ほんの時折、喫うんだ。おまえらは、隠れてたばこを喫ったことなどない世代だろ」

浩介は、個包装の袋を破って飴玉を口に含んだ。

「ええ、まあ……。周りにそうする人間もいませんでしたし」

「だろうな。だけど、俺たちの頃はみんな、中学か高校のときに隠れてこうして喫ったものさ。だから、みんなたばこの味は知ってるんだ」

浩介は重森から漂《ただよ》って来る煙の匂いをかぎ、故郷の父親を思い出した。父も、浩介が子供の時分には喫煙家だったのだ。浩介の父親もやはり警察官で、今でも信州《しんしゅう》の故郷で交番を守っている。

父はたぶん、西沖が突然、故郷の街から姿を消したとき、何か思い当たったのだ。その理由を完全に知っていたわけではないのだろうが、何かは知っていた。だが、それは警察官として、息子に話せないものだった。

当時、漠然《ばくぜん》と感じたそんなことが、時間が経つに従って、浩介の中でひとつの形を取りつつあった。いや、新宿で西沖と再会してからは、それはひとつの確信に近づいていると言うべきだった。

――父は、きっと何かを知っている。

だが、それを父に会って尋《たず》ねることはできずにいた。去年の正月も、今年の正月も、浩介は忙しさを理由に帰省しなかった。それは、半分は本当だった。交番巡査は、シフトどおりの勤務を求められ、盆も正月も例外じゃない。

しかし、本当は、帰ろうと思えば帰れる機会はあったのだ。それにもかかわらず帰省しなかったのは、父と顔を合わせれば、西沖のことを訊いてしまう気がしたからに他ならなかった。訊かれたら、父はどうするのか。もしも答えを得たら、自分はどうするのか……。それは、警察官である父と子にとって、触《ふ》れないほうがいいものではないのだろうか……。

そんな思いに囚《とら》われながら、この数カ月が過ぎていた。それなのに、こうしてまた西沖と出くわしてしまうなんて……。警官をつづけている限り、これは避けられない事態だったのかもしれないが、今は何やら腹立たしい気さえしてならない……。

浩介は、はっとし、ぬかるみに沈み込んでいくような物思いから覚めた。結局、西沖のことを考えてしまっている自分が歯がゆかった。

飴玉を奥歯で嚙《か》みながら様子を窺うと、重森は何も気づかぬふうに、静かにたばこを喫っていた。

襲撃

1

二時間ほど張り込んだが、何の動きも見られなかった。

午後になって空が曇りがちになり、公園の人出は減っていた。陽《ひ》ざしが陰ると、急に寒さが増す季節なのだ。

だが、エンジンを切っていてヒーターこそ使えないまでも、車内ならばそこそこ温かい。さすがに仮眠程度でほとんど眠っていなかった徹夜明けの疲れが押し寄せ、浩介のまぶたは段々と重たくなった。

コツコツとサイドウインドウを叩《たた》く者があって、はっと眠りから覚めた。重森が戻って来たのかと思い、照れ笑いを浮かべつつ顔を向け、「あ」と息を呑んだ。

あの老人が車の横で屈《かが》み込み、真っ白いリーゼント頭をサイドウインドウに寄せてこちらを覗《のぞ》き込んでいた。

咄嗟《とつさ》に言葉が出て来ない浩介ににんまりと笑いかけ、

「ここで何をしてるんだ、おまわりさん。まさか、俺のことを待ってたのか？」

ガラス越しに訊いて来た。浩介は、ドアを開けて車を降りた。

「どうして病院からいきなり消えたんですか？」

きまり悪さと、ドジを踏んでしまったことへの負《お》い目《め》から、ついつい口調が強くなったが、相手は小指の先ほども気にしなかった。

「まあ、大したことはなかったんでな。他の患者もいるのに、俺なんかに手間を取らせたんじゃあ悪いだろ。だからさ」

「本当は、自分が誰で、あのラブホ街で何をしていたのかを知られるのが嫌だったからじゃないんですか？」

浩介が言うと老人は警戒したらしく、急に目つきが鋭くなった。それは一瞬、浩介をたじろがせるほどの変化だった。

「で、何がわかったんだね？」

「白木幸恵さんの父親は確かに平助でしたが、とっくの昔に亡くなってましたよ。本当は、幸恵さんはあなたの内縁の妻なんでしょ。そして、あのラブホ街であなたと争っていた若者たちのひとりである白木則雄は、あなたと彼女の間にできた息子なんだ。あなたたちは、息子がハングレに入りそうなのを心配して、昨夜、あとを尾《つ》けて回ってた。そうですね？」

　確信があったわけではないが、鎌をかけるつもりもあって一息に推理をぶつけると、

「おいおい、こりゃあ……」

　老人はさもおかしそうに唇を歪《ゆが》めたが、あの若者が白木則雄であることは否定しなかった。よし、ビンゴだ。

「俺と彼女が、いくつ違うと思ってるんだ」

「年の離れた夫婦は、いくらでもいます」

「待てよ……。なんで内縁の妻だと言うんだ？　それに、彼女の親父《おやじ》が亡くなってることも……。まさか、調べたのか……？」

　いくらか会話を楽しんでいるふうもあった老人の様子が変わり、目つきにまた厳《きび》しさが増した。

「気に入らんな。警察ってのは、どうしてそうやって他人のプライバシーにずかずかと土足で踏み込んで来るんだ。なんで調べたりした？」

「病院から無断でいなくなるからですよ……」

「いなくなったのは俺で、彼女はただつき添ってただけだろ。そんな人間のことを、あんたらはいちいち調べるのか？　そういうのを横暴と言うんだ」

責められ、浩介は一瞬言葉に詰まった。

「――事情があるから、調べたんです。その後、白木則雄の行方はわかりましたか？　息子さんから、何か連絡は？」

「だから、息子じゃないと言ってるだろ」

「とぼけないでください。こっちは今、捜査の最中なんだ。白木則雄はどこです？　何か知っていることがあるなら、隠さずに話してください。そのほうが、本人のためなんだ」

「おい……、それはどういう意味だ……？　まさか、則雄が何かしでかしたのか……？」

老人の顔に恐れの色が広がり、浩介はこういう形で質問をぶつけてしまったことを後悔した。いったい何をしてきた男なのか、体つきが頑丈《がんじょう》で精神面も強固そうに見えるが、それでもかつてのようなタフさはなく、こうしてふっと気持ちの弱さが露呈する。たぶん、歳を取るというのは、そういうことなんだろう。

「立ち話ではなく、どこかでゆっくり話せませんか？」

できるだけ穏《おだ》やかに切り出した浩介は、公園の向こうの家の前に立つ白木幸恵に気がついた。心配そうにこっちを見ており、浩介と目が合うと近づいて来た。

老人からそこにいろとでも言われていたのか、ためらいがちな動きだったが、柵《さく》をまたいで公園に入り、浩介たちのほうへやって来る。

「教えてくれ。則雄のやつが、何かしでかしたんだな？」

いくらか声を高めて訊いた老人が、微《かす》かに顔をしかめた。どうやら痛みを堪《こら》えたらしかった。浩介は、老人のシャツの胴体部分がわずかにふくらんでいることに気がついた。心配したとおり、肋《あばら》にひびが入るか折れるかして、包帯で固定しているのだ。

「則雄たちにやられた傷ですね？」

だが、そう尋ねると、今度は不快そうに顔をしかめた。

「ふん、こんなものは大したこともない。それよりも、教えてくれ。則雄が何をした？」

公園を横切って来る幸恵に老人の声が聞こえたらしく、歩調が速まった。

「おまわりさん、則雄がどうしたんですか？　何があったんです？」

傍《そば》に立ち、じっと見つめてくる彼女の視線を受け、浩介は言葉を選んで口を開いた。

「今日の明け方、新大久保駅近くにあるラブホテルの一室で、男の刺殺体が見つかりました。そこから逃げた男たちの中のひとりの特徴が、白木則雄と一致します」

「そんな……」

幸恵がうろたえ、かすれ声を漏《も》らした。

「息子に間違いないんでしょうか？」

「防犯カメラに、その場から逃走する女性と、女性を追って走るふたり組が写っています。そのふたりの片方が、息子さんだと思われます」

浩介は車内からタブレットを取り出し、該当する画像を彼女に見せた。

「どうです、息子さんですか？」

息を呑むだけで、何の応《こた》えもなかったが、

「息子さんですね？」

重ねてそう確かめると、蚊《か》の鳴くような声で「はい」と答えてうなずいた。

そのままじっと画像を凝視《ぎょうし》して固まってしまった幸恵に、老人がそっと手を添える。

「ここじゃ話もできんな……。幸恵さん、家に上がってもらっていいな」

車をロックし、ふたりと一緒に歩き出そうとしたとき、浩介は公園沿いの道をこちらに向かって来る重森に気がついた。

重森は浩介と目が合い、いくらか歩調を速めた。浩介に対してよりもむしろ、一緒にいる老人のほうに注意を払っているらしかった。

「浩介、おまえが言っていた老人とは、この人のことか……？」

浩介の前に立つと、怪訝《けげん》そうな顔で訊いて来る。

「はい。それに、こちらが白木幸恵さんです。例の三人組のひとりが、息子の則雄さんだと、今、確認が取れました」

浩介の説明を、なぜだか重森はあまり聞いていなかった。重森らしからぬことだった。

何と言おうか迷うように動かしかけた唇に、結局、苦笑を浮かべた。

「時代が変わったというか……。まさか、この人の顔を知らない警察官がいるとはな……」

「どういうことです……？　誰なんですか？」

浩介は、重森と老人の顔を交互に見つめた。老人は不機嫌そうに黙り込み、浩介とも重森とも目を合わせようとはしなかった。

「この人は、長いこと仁英会の会長だった岩戸兵衛《いわとひょうえ》だ」

重森が静かに告げた。


「仁」を尊《とうと》び、「英知」を以《もっ》て人の道を守り抜く。――それが「仁英会」という名の由来だと伝えられている。

その名づけ親が、前会長の岩戸兵衛であることは、浩介も警官になった当初から聞いて知っていた。岩戸兵衛は、遥《はる》か昔に組の実権を後継者に譲り、みずからは完全に身を引いてはいたが、今なお裏社会でその存在を知らない者はいない伝説のヤクザだ。

その本人が今、目の前にいる。

浩介は、この老人の正体を知ってから、自分の間抜けさ加減をしきりと悔やんでいるところだった。確かに昨夜、最初に会った瞬間から、どこかで見た覚えがある顔だと思ったのだ……。

白木幸恵の家のリビングは二階にあって、縦に六畳間をふたつつなげたぐらいの広さだった。応接セットの類《たぐい》はなく、大型テレビの前にダイニングテーブルがあり、浩介はそこで老人と幸恵のふたりと向かい合って坐《すわ》った。

「何があったんだ？　わかっていることを詳《くわ》しく教えてくれ」

腰を下ろすなり尋ねて来る老人を、浩介の隣に坐る重森が手で制した。

「待ってください。その前に、あなたと白木則雄の関係をきちんと教えてもらえませんか。彼はあなたの息子ではないと言ったそうですね。でしたら、あなたは身内ではないということですか？　どういう関係なんです？」

言外《げんがい》に、身内以外には話せない事柄もあるというニュアンスをにじませて告げると、老人は重森の顔を見つめ返した。

「正面切ってそう訊かれると困るが、身内だよ。少なくとも俺は、そう思っている。だが、戸籍上は、何の関係もないんだがな」

「はぐらかすような言い方はやめてください」

「はぐらかしてるわけじゃないよ。則雄は俺の孫さ。俺の息子とこの幸恵さんの間に生まれた子だ。ただし、戸籍上は則雄には父親はいない。幸恵さんが、ひとりで産んで育てたんだ。てめえの息子を戸籍に入れようとしなかった馬鹿者が、俺の息子ってことさ」

「それは、つまり……」

「まあ、今、あんたが思ったとおりのことだ。だが、その後、縁があり、俺と幸恵さん親子の間につきあいができた。則雄が俺の孫だってことは間違いない。この幸恵さんも否定しないよ」

　その言葉のとおり、幸恵は黙ってうなずいた。

「さあ、身内であることははっきりしたんだから、教えてくれ。則雄は、その逃げたお嬢さんにいたずらをしたのか……？　ラブホで見つかった死体というのは、誰なんだ？　則雄たちと一緒にいた野郎か？」

　重森は、岩戸兵衛を押しとどめた。

「申し訳ないが、もう少し話を聞かせてください。あなたには、確か三人の息子さんがある。プライベートなことをうかがってすまないが、則雄さんの父親は、その三人の中の誰です？」

「なぜそんな質問に答えなけりゃならんのだ。あんたが言うように、それはプライバシーの問題だろ」

「わかってます。だから、申し訳ないと断わっている。しかし、あなたの長男は一般人だが、次男と三男は仁英会の幹部です」

　老人の目が鋭さを増し、空気が煮詰まったような圧迫感が生じたが、重森は少しも動じなかった。

「なるほど、そういうことか……。わかったよ。だが、ここだけの話にしてもらいたい。

なにしろ、相手はその一般人のほうだからな。そして、そいつにゃ家庭があるんだ」

そう答えたときには、老人はすでに元の飄々《ひょうひょう》とした感じに戻っていた。

「さあ、これでいいだろ。聞かせてくれ」

重森は、まだ引かなかった。

「いいえ、その前に、もうひとつ答えてもらわなければなりません。仁英会の西沖達哉は、あなたの命令で動いているのですか？」

「西沖が、だと……。どういうことだ……？　やつが何かしているのか……？」

この老人の飄々とした感じが、実は自分の本心を周囲に悟らせないためのものかもしれないと、浩介は感じ始めていた。

しかし、今はそのヴェールを越えて、この老人が本当に驚いたことが伝わった。

「知らなかったのですか？」

重森が、静かに確認した。相手の顔から目をそらさずにいた。

老人はすぐには応えなかった。何かを透《す》かし見るような目になって、頭を働かせているのがわかる。やがて、唇に苦笑を浮かべた。

「どうも、歳を取るってのは情《なさ》けないもんだ。面倒を見て来たはずの人間から、逆に気を遣《つか》われているらしい。で、どこで西沖を見たんだね？」

「この家の前ですよ。昼前だった。やつはこの家を見張っていて、そして、ここにやって来た《ゴールデン・モンキー》というハングレ集団のメンバーのひとりを車で拉致して姿を消しました」

　重森の言葉に、浩介は注意を払った。川延組の組長だった川延剛三のもとを訪ねることで、あのふたりについて確認が取れたらしい。

「則雄が入りたがっていたハングレは、そういう名なんだな？」

　岩戸が訊く。

「ええ、そうです。聞き覚えはありませんか？」

「いいや、知らんよ。本当だ。そんな連中と関わらず、静かな老後を送ってきたんだ」

　重森は、岩戸兵衛から幸恵へと顔の向きを変えた。

「お母さんはどうです？　何か耳にしていませんか？」

「いいえ……。すみません……」

「ちなみに、西沖が使用していた車は、ナンバーから持ち主が割れました。白木直次。これは、あなたのお兄さんですね」

　幸恵は、はっとしたようだが、それはちょっと前に岩戸兵衛が垣間《かいま》見《み》せた驚き振りと比《くら》べたら小さなものだった。

「あなたは、自分のお兄さんが西沖達哉と一緒に動いているのを知ってたんですね。西沖とお兄さんは、どういう関係なんです？」

重森が質問をぶつけると、彼女よりも先に岩戸兵衛が口を開いた。

「それは、俺が知ってる。直次に西沖を会わせたのは、俺だ。とっくに調べているかもしれんが、白木直次は三茶《さんちゃ》で小さな店をやってる。そこで飲むとき、何度か西沖を連れて行ったことがある。そうか……、そう考えると、西沖と則雄を引き合わせたのも俺ってことになる。則雄は、半年ほど前まで、直次の店で見習いをしてたんだ」

「ということは、もう辞めたんですか？」

「まあな……」

「なぜです？」

岩戸は視線を幸恵に向け、答えることを促《うなが》した。

「あの子には、いろいろあったんです。高校でイジメに遭《あ》って、結局、中退することになって……。その後、専門学校を出たんですが、なかなかいい仕事が見つからなくて……。どうしていいかわからず兄に相談してみたら、俺に任《まか》せろと言ってくれて、三年前からそこで雇《やと》ってもらってたんです。本人もやる気になって、伯父《おじ》さんのような板前になりたいと言ってたんですが、アレルギー性の皮膚炎が出てしまって……。長い時間お水に触れていると、手の皮膚が真《ま》っ赤《か》にただれるんです……。何軒かお医者に相談したんですが、結局、どうにもならなくて、半年前に板前を諦《あきら》めました……。たぶん、切れそうになりながらもずっと持ちこたえていた我慢《がまん》の糸が、そのときにぷつんと切れてしまったのではないかと思います……。それからは、次の仕事を見つける気力も起きなくて、だんだんと夜遅くまで帰らないようになって……」

幸恵が何か坂道でも転がり落ちるかのように語るのをしばらく黙って聞いてから、頃合《ころ》いを見計らったようにして義父の岩戸が再び口を開いた。

「幸恵さん、あんたは、西沖が直次と一緒に動き回っているのを知ってたのか？」

「いえ、直接は……。でも、兄に相談したんです。そしたら、西沖さんに相談してみようと言っていたので……」

「なるほどな。そういうことか。わかった、気にせんでいい」

岩戸が静かに言い、代わって重森が質問を口にした。

「昨日《きのう》のことを、最初から話してもらえますか。昨夜《ゆうべ》、あなたは、則雄とその仲間が馬鹿なことをしでかしそうなのを知り、岩戸さんと一緒にそれを防ぐため、歌舞伎町のラブホ街に行ったのではないですか？　何があったのか、聞かせてください」

幸恵はためらう素振《そぶ》りを見せたが、

「幸恵さん、あの話をおまわりさんたちにしてくれ。俺からしたほうがいいなら、俺が話す」

岩戸兵衛がそう言葉をかけると首を振り、意を決した様子で顔を上げた。

「一昨日《おととい》でした。則雄のスマホに、『儀式』をやる許可が出たというメールが来たんです。

差出人は、『カズ』となっていました。私、あの子がメールを見てからやけにそわそわし始めたのが気になったものですから、あの子の目を盗んでそっと確かめたんです……」

「お気持ちはわかりますよ。その『儀式』について、息子さんには直接、何か尋ねましたか？」

「いえ……、さすがにそれは……」

「心配した彼女が、俺に連絡を寄越《よこ》したんだ。一緒に則雄の様子を窺い、何か悪いことをするようならばとめてほしいと頼まれた。それで、昨夜、ふたりで則雄のあとについて新宿へ行ったのさ。その『カズ』ってやつが、『儀式』の見張り役ってことだろ。許可とはまた大仰《おおぎょう》だが、どうせ昔で言う不良グループの『入団儀式』にちがいない」

「ええ、そうです。《ゴールデン・モンキー》は新たなメンバーに対して、女性を強姦《ごうかん》し、その様子を撮影するように命じてたようです」

「くそ、馬鹿なことを……。そうしたら、別のラブホで則雄たちはもう一度その儀式を行なおうとしたんだな。だが、その場で何かが起こった……。男の死体が見つかったといったが、それは……」

「磯部和也という男です。この男が『カズ』でしょう。おそらく、連れ込まれた女性が刺したものと推察されますが、現在はその女性も則雄たちも見つかっていないため、何が起こったのかまだ正確にはわかりません」

重森は少し間を置き、つづけた。

「実は私はさっき、事情を知っていそうな人間に話を聞いて来たところです。ある組を畳んだ組長を、個人的に知ってましてね。西沖が連れ去った《ゴールデン・モンキー》の男の顔に、見覚えがあったんですよ。辻村宏太という名の男で、元はその組にいたヤクザ者でした」

「暴力団を抜けて、ハングレに入った口か？」

「まあ、そういうことです。で、組長は、いろいろ話を聞かしてくれましてね。磯部和也は、一時期、その組が身柄を預かっていたそうなんです。和也は九州出身で、従兄《いとこ》の磯部祐一《ゆういち》という男とふたりして、向こうでずいぶん暴れ回っていた。そして、ついには九州にいられなくなり、その親分がある筋から頼まれてふたりの身柄を引き受けたわけです。ところが、これがどうにも手に負えないやつらで、三カ月ほどで追い出しました。上の者への礼儀を知らないとか、身勝手な振る舞いが多いとか、手に負えない理由はたくさんありましたが、最大の理由は、こいつは危ないと思ったからだと言ってました。磯部和也もですが、特に兄貴分に当たる祐一がひどかったらしい。その親分いわく、自己中心的な倫理《りんり》観しか持てず、自分を好ましく思って寄って来る人間はすべて正しくて、逆に嫌う人間はすべて間違ってる。つまりは、この世で正しいのは自分しかいないってやつです」

「そういう人間を、俺も何人か見て来たよ。無駄な血を流すのは、そういう連中だ」

「ええ、そう思います。ところが、組を畳んでしばらくした頃、親分はかつて右腕だった男から、組員のひとりだった辻村宏太が、磯部祐一たちのところへ行ったと知らされました。あの男だけはダメだと思い、辻村に会いに行って直接説得したが、聞く耳を持たなかった。その頃、磯部祐一と和也のふたりはもう仲間を集め、好き放題をやっていたそうです。辻村宏太もそこで、けっこういい顔になっていて、居心地《いごこち》がよかったんでしょう。その後、二年ほど姿が見えなかったが、去年になって、新宿に舞い戻って来た。親分が風の噂《うわさ》に聞いた話では、どうやら九州や大阪《おおさか》などで好き勝手をやって回った挙句《あげく》、さすがに地元の組から睨《にら》まれて、いられなくなったらしいです」

「——そうすると、つまり、その祐一ってやつが《ゴールデン・モンキー》のリーダーなのか？」

「そのようですね。顔写真も入手できました。辻村宏太は、ここにふたりで現われたのですが、その片割れが磯部祐一でしたよ」

重森はポケットから出した写真を岩戸に見せたあと、浩介のほうにも向けた。間違いない。スキンヘッドの辻村と一緒にいた茶髪は、この男だ。

「この祐一と和也のふたりは、従兄弟《いとこ》同士というよりも兄弟のように仲がよかったそうです。親分はふたりから、彼らの父親たちの話を聞かされたことがありました。和也の父親のほうが兄貴で、祐一の父親が弟だった。ふたりはガキの頃から一緒に悪さばかりして、博多《はかた》じゃあ危ない兄弟として有名だったと、誇らしげに話していたそうです。最後は、祐一の父親はつまらない喧嘩《けんか》の最中に刺されて死に、和也の父親はその喧嘩の相手に重傷を負わせた末、服役中に病死したらしい」

話す途中から段々と幸恵のほうを見ることが増えていた重森は、そこまで話すと完全に彼女に向き直った。

「父親同士がつるんでいたために、祐一と和也のふたりもまた幼い頃から一緒だったそうです。兄弟同然にして育ったんですよ。ですから、私が聞いた印象からすると、磯部祐一は従弟《いとこ》の和也を殺害した人間を決して許さず、自分の手で何らかの制裁を下そうとするはずです。まだ事件現場の状況についてはっきりしたことはわからないが、則雄君たちのことも許さないかもしれない。息子さんの居所《いどころ》に、何か心当たりはありませんか？」

「そんな……。でも……、ほんとに知らないんです。ただ、一緒にいた友人のことはわかります。本郷智巳《ほんごうともみ》って子です。高校時代、最初は則雄をイジメていたグループにいたんですけれど、いつの間にか自分もイジメを受ける側になって、高校を辞めました。その頃から、なんとなく則雄は彼とつきあうようになったんです。その後、しばらくは会ってなかったんですが、店を辞めてから、いつの間にかまた会うようになって……。部屋には、一緒に撮った写真も貼ってあります」

「則雄君の部屋を見せてもらってもいいですか？」

「はい、どうぞ。一緒にいらしてください」

重森の求めに応じて、白木幸恵は三人を一階へと案内した。一階には部屋がふたつあり、その玄関寄りの部屋が息子のものだった。

「どうぞ、こちらです」

ドアを開けてくれた幸恵のあとからまずは重森が中に入り、浩介がつづいた。岩戸兵衛は戸口に立ちどまり、中に入ろうとはしなかった。

男臭い六畳ほどの広さの洋間に、机と本棚が置かれていた。本棚はコミックスと映画のＤＶＤで占《し》められていたが、机に作りつけの本立てには、調理師免許試験の参考書や和食のレシピ集などとともに、なぜだか今でも大学入試の過去問の問題集や、専門学校で使ったらしい教科書類も立っていた。

そういったものに目をとめている浩介に気づき、幸恵は何か言いかけたようだが、口を衝《つ》いて出て来る言葉はなかった。彼女は、悲しげに目をそらした。

部屋の真ん中には、万年床《まんねんどこ》の布団《ふとん》が敷きっぱなしになっていた。その布団の枕元に当たる方角の壁に、かなりの数の写真が貼ってあった。コルクボード等を使うわけではなく、布団の幅と同じぐらいの範囲で、大人の目の高さぐらいの位置に、ピンで直接壁にとめてある。

「ほら、ここに写ってますし、こっちに写ってるのもやっぱり本郷君です」

幸恵の指摘を受け、浩介と重森は壁に顔を寄せた。

店で酒を飲みながら撮影した写真がほとんどだったが、街角や、どこかの建物を背景に写したものも交じっていた。服装や背景から判断して、同じ日に撮影したと思われるものが多かった。そうした中に何枚か、則雄たちと同じ年ごろの女性が写っていた。

白木則雄か本郷智巳のどちらかがつきあっている相手だろうかと思ってみたが、三人で仲よく写っているものもあれば、則雄と彼女、智巳と彼女、という取り合わせで写っているものも同数ぐらいずつあって、ふたりのどちらとも同じように親しそうに見えた。

浩介の頭の中で、何か不吉《ふきつ》な音が鳴った。

騙《だま》し絵の絵柄をじっと見つめたときのように、違うものが見えてきた。

「この子は、まさか……」

つぶやいたが、目にしているものがまだ信じられなかった。いったい、これはどういうことだ……。

「どうした、浩介？　その子がどうかしたのか？」

重森が訊き、ひとり部屋の戸口に立ってなりゆきを見ていた岩戸も傍に近づいて来た。

浩介は、自分が目にしているものがまだ信じられないまま、思い切って指摘した。

「磯部和也が死んでいたラブホの部屋から逃げ出した女性は、おそらくこの子です」

2

「そんな馬鹿な……」

重森がつぶやき、改めて写真を凝視する。その表情から、確信を得たように察せられたが、重森はあくまでも慎重だった。

「浩介、タブレットで防犯カメラの映像を再生してくれ。お母さん、このお嬢さんと直接お会いになったことがあるのならば、一緒に動画を見ていただきたいのですが」

「はい、一度ですが、会ってます。ぜひ一緒に見せてください」

浩介はタブレットを操作し、動画を呼び出した。再生を始めると、じきにエレヴェーターのドアが開き、若い女性が飛び出して来た。その後すぐ、白木則雄と本郷智巳が階段を駆け下りて来るところでいったん停止させ、少し前に戻し、女性の顔が一番見やすいところでとめた。

重森が確信したことを示すために、浩介に小さくうなずいて見せた。だが、そのまま何も言わず、幸恵が何か言うのを待った。

「そんなはずはなかろうが……。そうしたら、則雄のやつは、つまり……、自分の知った子を呼びつけ、馬鹿な『儀式』を行なおうとしたというのか……」

しかし、堪えきれずに老人が口走るほうが早かった。

「ああ、なんということだ……。なんでそんな馬鹿なことを……」

悲嘆に暮れる岩戸兵衛の前で、幸恵の体が頽《くずお》れた。うずくまり、両手で顔を覆《おお》い、細い肩を震わせた。

「ああ、馬鹿な子……。どうしてそんなことを……。なんで当たり前のことがわからないのかしら……」

「このお嬢さんは誰ですか？　名前を御存じならば、教えてください」

重森が静かに問いかけると、幸恵の波打っていた肩が動きをとめ、やがて肺から息を吐いた分だけ位置を下げた。

「きっと違うんです……。その女の子のほうが、則雄や本郷君をハングレのグループなんかに入れようと引き込んだに決まっています」

だが、彼女が導《みちび》き出したのはそうした結論だった。

「いや、しかし……」

重森は、浩介が反論しかけるのを手で制し、

「なぜそう思うんですか？」

そっと問いかけた。相変わらず静かな声だったが、幸恵はそうして問われるとはっとし、言葉に詰まった様子で黙り込んだ。

「答えてください、幸恵さん」

重森に促され、苦痛を堪えるような顔で口を開いた。

「だって、何かおかしなドラッグをあの子たちに持ちかけたのは、このお嬢さんなんです」

「則雄君たちは、前から三人でドラッグをやってたんですか？」

「はい……。でも、それは、あくまでも持ちかけられたからです」

幸恵は改めて強調した。

「間違いありませんか、それは？」

「間違いありません」

「何という子なんです？　名前を教えてください」

「根津碧《ねづみどり》といいます」

「住所や連絡先は？」

「控えたものがリビングにあります」

動きかける彼女を、重森が手で制した。

「では、質問が済んだら一緒に二階に戻って教えてください。則雄君たち三人がドラッグをやっているのを見つけたのは、それはいつの話です？」

「一カ月ほど前です……」

「どうやってわかったんです？　警察には相談したんですか？」

「いいえ、すみません……。でも、もう二度とやらないと約束をしたので……」

「で、どうやってわかったんです？」

重森は同じ問いを繰り返し、

「もしかして、やはりお兄さんと西沖のふたりに相談したんですか？」

と、答えを促した。

「はい……」

白木幸恵は義父をちらっと見てから、苦しそうに言葉を絞り出した。

「教えてください。三人は、どこでドラッグをやっていたのでしょう？　誰か友人の部屋でですか？　それとも、どこか秘密の場所があったのでしょうか？　白木則雄、本郷智巳、根津碧の三人は、一緒に逃げている可能性があります。もしかしたら、今もそこにひそんでいるかもしれない」

重森がそう言葉を重ね、白木幸恵ははっとして顔を上げた。

「秘密の場所がありました……」

「どこですか、それは？」

「松陰《しょういん》神社の傍に、取り壊しが決まってほとんど住人が暮らしていない都市再生機構《UR》の集合住宅があるんです……。則雄たちは、そこの一室に潜《もぐ》り込んで、ドラッグをやっていました。なんでも、根津碧の祖父が、少し前までそこに暮らしていたそうです……」

「松陰神社とは、ここと同じ世田谷区ですね。確か、世田谷線に、松陰神社前って駅があったはずだが」

「はい、そうです。車でなら、ここからほんの五、六分の距離です」

「行ってみたことがあるんですね？」

「はい……。兄に頼んで、私も一緒に連れて行ってもらいました」

「人ってやつは、追い詰められたとき、案外と同じ場所に隠れたがるもんだ。行ってみようじゃないか」

苦虫《にがむし》を噛み潰《つぶ》したような顔でじっと話を聞いていた岩戸兵衛が、口を開いて低い声で言った。


フロントガラスの先に、チラッと人影が見えた。人けのない集合住宅沿いの道に入った直後のことだった。人影はちょうど建物の背後へと小走りで姿を消したところで、しっかりと顔を見ることはできなかった。

顔形ではなく、その服装が紺《こん》色っぽいスタジアムジャンパーらしく見えたことが注意を引いたのだ。

とはいえ、まさか……、という気持ちのほうが強かった。人というのは追い詰められたとき、案外と同じ場所に隠れたがるものだという、岩戸兵衛が白木幸恵の家で口にした言葉が浩介の頭に残ってはいたが、それにしても、まさか……。

「本郷君……」

後部シートに岩戸と並んで坐る幸恵が、ぼそっと小声でつぶやいた。しかし、彼女もまた大して自信は持てないらしく、いくらか問いかけるような声音《こわね》になっていた。

浩介は人影を追ってハンドルを切り、建物が並ぶ間の道へと入った。

だが、その先にそれらしい人影は、どこかに消えてしまっていて見当たらない。

昭和の、それもかなり早い時期に造られたらしいたたずまいの集合住宅は、外壁のあちこちにひび割れの修復痕《しゅうふくあと》が目立つ三階建てで、建物の横にはそれなりの幅で一階の住人の庭があった。

住人はほぼすべて立ち退《の》いているために荒れ果てた庭に注意を払いつつ、徐行に近いスピードで走っていると、

「おい、あそこ――」

重森が言って、指差した。

庭に面した裏口のドアに背中をつけて、へたり込んでいる男がいた。浩介は、男がいる正面に車を停止させて顔を確認した。本郷智巳だった。

本郷は車に気づいて顔を上げたが、もう逃げる気力がないらしく、その場から動こうとはしなかった。

「ここにいてください。車から出ないと約束してください。そうでなければ、外からロックをかけます」

重森が後部シートを振り向き、主に岩戸に向けて告げた。

「わかった。あんたの言うとおりにするよ。だから、早く行ってあの若者を助けてやってくれ」

岩戸の答えを聞いてうなずき、重森は浩介を促して覆面パトカーを降りた。

庭と歩道の境目《さかいめ》の植え込みをまたぎ、本郷智巳に近づいた。

「本郷智巳だな。安心しろ、警察だ。怪我《けが》をしてるようじゃないか。すぐに救急車を呼んでやるから、傷を見せてみろ」

重森が駆け寄って助け起こそうとするが、怯《おび》え切った若者は子供がいやいやをするように首を振り、両手を突き出してそれを拒《こば》んだ。

「俺はなんともないよ……。放っておいてくれ……」

口ではそうは言うものの、呼吸をすると体のどこかが痛むらしく、話しながら顔をしかめている。

「浩介、救急車の手配と応援要請だ」

重森が浩介に命じ、

「おい、おまえひとりか？　白木則雄と根津碧が一緒じゃなかったのか？」

若者のすぐ横に立膝《たてひざ》をついて腰を落とし、顔を覗き込むようにして訊くと、本郷は急に喚《わめ》き出した。

「則雄を助けてくれ……。碧のやつが裏切りやがった……。ちきしょう、あの女め……。あいつは磯部たちをここに呼んで、俺たちを引き渡そうとしたんだ……。そうでなけりゃ、磯部たちが、いきなり襲って来るわけがねえ……」

重森は、本郷の両肩を摑《つか》んで自分のほうを向かせた。

「落ち着け。落ち着いて、きちんとわかりやすく話すんだ。磯部祐一がここにいるんだな？　白木則雄と根津碧はどこなんだ？　正確な場所を教えてくれ」

浩介は現在地をタブレットの地図アプリで確認し、救急車と応援を要請したところだった。ふたりのやりとりが聞こえ、重森の隣から本郷の顔を覗き込む。

「集会所みたいな建物の中だよ。もう使われてなかったんで、ガラスを割って中に入ったんだ……」

「その集会所とは、どこだ？　やはり、この集合住宅の敷地の中か？　前におまえらが潜り込んでドラッグをやってた場所の近くか？」

「そうだよ。前に潜り込んでた部屋は頑丈に入り口が塞《ふさ》がれてたんで、代わりにそこに潜り込んだんだ」

「シゲさん、これじゃないでしょうか」

現在地を確かめるために使用したアプリで周囲を探っていた浩介が、それらしい建物を見つけてタブレットを重森へと向けた。本郷智巳は車の通る舗装道路をふらふらとここまで来たようだが、ここからならば建物の裏側を抜けたほうが早そうだ。

自転車を連《つら》ねて走って来る三人の制服警官が見え、浩介は伸び上がるようにして手招きした。

「ここです。こっちです」

白木幸恵の家を出る前にも、一応状況を説明して近隣の交番への注意喚起と応援の要請を行なっていた。そのため、予《あらかじ》め付近をパトロールしてくれていた警官たちだ。

「世田谷署交番の鈴木《すずき》です。大丈夫ですか？」

一番年配の警官が名乗り、訊いて来る。

重森が身分と姓名を名乗り返し、

「この若者は怪我をしています。すでに救急車は手配済みです。恐れ入りますが、ひとりはここに残り、あとのふたりは一緒に来ていただけますか。付近に、殺人の容疑者とハングレ集団のメンバーがいます」

そう簡潔に説明した。

「新宿のラブホ街であったヤマの容疑者だと聞いていますが」

鈴木が緊張した面持《おもも》ちで確認する。

「そのとおりです」

重森はうなずき、

「おい、磯部たちハングレのほうの人数は?」

本郷に訊いた。

「かなりいた……。七人とか八人とか、もっとかもしれない……」

それだけを確かめると、重森は先に立って走り出した。

「お願いします。こっちです。武装している可能性が高いので、気をつけてください」

建物の裏側へと回り込むと、そこには遊歩道っぽく設《しつら》えられた、幅の狭い舗装道路が延びていた。積年《せきねん》の劣化で道のコンクリートはあちこちひび割れ、土がむき出しになっている箇所もある。住人のいなくなった集合住宅の裏窓が、物寂《ものさび》しく連なっている。

三階建ての建物を数棟越えた先に、遊具も何もない小さな公園があり、かつて集会所だったらしいコンクリート造りの平屋の建物がその公園に面して建っていた。

公園と向き合う側は広い窓で、そこはテープが米の字の形に貼られて塞がれていた。その奥にカーテンが引かれていて、中の様子はわからない。

向かって右手にある玄関口に差し掛かると、一般の日本家屋と同じタイプの玄関引き戸がわずかに開いているのが見え、重森が携帯していた特殊警棒の先を伸ばした。他の者も無言のうちに伸ばした警棒を構え、慎重に玄関へと近づいた。

「突入します」

重森が小声で合図し、一斉《いっせい》に中へ飛び込むとともに、板張りの床に倒れた男たちに出くわした。男たちはみんな二十代くらいで、全部で六人、それぞれが痛みにのたうち回っている様子だった。色とりどりに染めた髪がにぎやかで、中には耳や鼻にピアスをした者もいた。

男がひとり、そうした男たちの間にしゃがんで介抱《かいほう》をしていたかに見えたが、すぐにそれは見間違いだと知れた。

男は手にガムテープを持ち、倒れた男のひとりを俯《うつぶ》せに押さえつけ、両手を背中でひとつに固定しているところだった。改めて見回すと、他の男たちも同様にガムテープによって動きを封じられていた。

「そこで何をしてる⁉　武器を捨てろ！」

鈴木が大声で命じ、男はガムテープを床に取り落として素早く両手を上げた。

「武器は持ってない。俺は丸腰だ」

立ち上がり、抵抗の意思がないことを示しながら言った。角刈りの四十男で、小柄だが筋肉質の頑丈そうな体つきをしていた。ジーンズに黒の丸首シャツ、その上に緑のミリタリージャケットを着ていた。

浩介は部屋の片隅《かたすみ》に、肩を並べてしゃがみ込んだ若い男女に気がついた。そこから少し離れたやはり壁際《かべぎわ》には、見覚えのあるスキンヘッドの男がやはりガムテープによって両手両足をそれぞれひとつに固定された不自由な格好で転がっていた。

男女は白木則雄と根津碧で、床に転がったスキンヘッドは辻村宏太だ。

だが、磯部祐一の姿はどこにも見当たらなかった。

部屋の状況を見渡していた重森が、鈴木たち世田谷署の制服警官に手で合図を送って自分に任せてほしい旨《むね》を伝え、両手を上げている男のほうへと近づいた。

「白木直次だな？　妹の幸恵さんから、話は聞いている」

そして静かに問いかけると、男ははっきりとうなずいた。

「そうです。しかし、妹は関係ありませんよ。あくまでも私の一存で、甥《おい》っ子を救いたくて……」

「その件は、あとでじっくり聞かせてもらうさ。手を下ろしていいぞ。これは、おまえと西沖でやったんだな？」

重森が床に倒れた男たちを見回して問うと、直次は微かにうなずきかけたが、

「いえ……、それも俺ひとりで……」

あわてて首を振った。

「磯部祐一はどこだ？」

重森は取り合わずに質問を進めた。

「逃げました」

「西沖が、あとを追ってるんだな？」

図星を突いたことが、答えを得る前に見て取れた。

「つまらん隠しごとはやめて、正直に答えろ」

「はい、そうです……。西沖さんが追いました……」

「磯部は、車で逃げたのか？」

「ええ、おそらく。ここまで乗って来た車を使ったと思います。ちょっと前に、エンジン音が聞こえましたので――」

そう述べながらジーンズのポケットに手を突っ込み、そこからメモを取り出した。

「これが磯部の車のナンバーです」

「西沖のほうは？　妹さんの家の前で確認された、おまえの車を使ってるのか？」

「そうです……。あの車です……」

「浩介――」

重森に命じられて浩介がメモを受け取り、すぐに無線で手配を済ませた。

「一応、手錠をかけさせてもらうぞ。後ろを向け」

重森は白木直次に命じて手錠をかけてから、壁際の男女の前へと移動した。

「白木則雄と根津碧だね――？」

則雄のほうは無言でぷいと顔をそむけたが、

「だったら何なのよ」

碧はそう言いながら、尖《とが》った目で睨み返して来た。

写真では同じぐらいの年齢に見えたのだが、こうして直接目にした印象では女のほうがいくつか年上に感じられた。いや、白木則雄という青年が、二十四歳にしては眼つきや表情が幼いのだと、浩介はじきに気がついた。

重森が、ふたりの前に立て膝をついた。目線を相手と同じ高さにし、真正面から根津碧を見つめた。

「きみに連絡を寄越して呼び出したのは、則雄と智巳のうちのどちらなんだ？　それとも、連名でメールが来たのかね？　状況からして、きみから誘ったとは思えない。きみはただ、誘われ、一緒に遊ぶつもりで出かけて行ったんだ。そうだろ？　だが、そこには磯部和也もいて、乱暴されそうになった。だから、怖《こわ》くなり、磯部を刺してしまった。違うかね？」

静かな口調で問いかけると、白木則雄よりもいくらか大人びて見えていた根津碧の顔つきが変わり、幼い表情が浮かび上がってきた。碧の衣服には、かなり大量の血液が付着していた。

「私は……、そんなつもりじゃなかったんだ……。私は……、私は……」

泣きそうになりながら、必死で言葉を探そうとする彼女の声を押しとどめて、白木則雄が大きな声を発した。

「違うんだよ、おまわりさん。あれは、和也さんのナイフなんだ。あいつが碧を脅《おど》すために突きつけたんだよ。そして、こいつのことを殴るから……、だから、俺と智巳でとめたんだ。そしたら、みんなでもみ合いになって……」

最初は威勢のいい声だったが、視線を転じた重森がじっと見つめていると、尻《しり》すぼみに小さくなってしまった。

「わかった。詳しい話は、取調室でまたきちんと話すんだぞ」

重森はそう告げて話を切り上げかけたが、浩介にはどうしてもひとつだけ訊いておきたいことがあった。

「ひとつだけ教えてくれ」重森の許しを得て則雄の前に近づき、話しかけた。「なぜきみらは親しい女性を呼んで、『儀式』をやろうとしたんだ?」

則雄の顔が苦痛に歪んだ。

「『儀式』をやると宣言した夜のうちに、必ず成功させなければならないのが掟《おきて》だと言われたから……」

「彼女は、きみらの共通の友人なんだろ。彼女の気持ちを考えなかったのか……?」

「考えたさ……。でも、俺と智巳で相談して、ふたりのうちのどちらかが一生責任持てばいいって――」

一瞬、言葉をなくした浩介は、やがて強烈な怒りが湧《わ》いてくるのを感じた。

「馬鹿野郎……、女性を何だと思ってるんだ」

堪えきれずに怒鳴《どな》りつけた浩介に、根津碧のほうが食ってかかってきた。

「待ってよ、おまわりさん。悪いのは、磯部って男なんだから。私、この子たちのためならばと思ってついて行ったの。でも、ラブホの部屋に入ったら、磯部ってやつもそこにいて、そして、私たちがやってるところを動画に撮るって言うじゃない。バッカじゃないのって呆《あき》れたわ。私、則雄も智巳も好きだから、三人でってだけならまだ我慢したけれど、それを撮られたりしたら、一生残っちゃうでしょ。お嫁に行けなくなっちゃうもの。だから、そんなこと嫌だって言ったのよ。そしたら、磯部って男が急にキレちゃって……。早くやれって怒鳴りつけて、俺が見本を見せるとか言って、私を脅すためにナイフを出したの。そして、則雄たちに、私を押さえつけろって……。でも、私が泣いたら、則雄たちがとめにかかってくれて、磯部が持っていたナイフが床に落ちたの。私、もう無我夢中で、何がなんだかわからないまま、その落ちたナイフを拾い上げて、気がついたら、そのナイフが、磯部の胸に刺さってた――」

淀みなく一息に話す根津碧の口調には、夢中でまくし立てているように見えて、何度か頭でなぞった言葉を口にしているような感じもあった。彼女はいったん口を閉じ、重森と浩介の顔をそっと盗み見た。

「でも、狙ったわけじゃないのよ……。血を流している磯部を見て、私たち三人とも、初めてそれで我に返ったって感じ……。ねえ、私も則雄も智巳も、みんな正当防衛になるんでしょ……」

「まだ何とも言えんよ」

重森が言った。

「これから、きみたち三人は警察署の取調室で、それぞれ別個に詳しく話を訊かれることになる。そのとき、包み隠さずにありのままを話すんだ。状況が考慮され、情状酌量《しやくりよう》される可能性はある。いいね、わかったね」

3

部下の男たちを引き連れて現われた深町しのぶは、《ゴールデン・モンキー》の男たちを全員連行させる一方、ヴェテラン捜査員と若い女性警官のふたりを従えて集会所の中に残り、その場で白木則雄と根津碧のふたりを聴取した。

浩介と重森は集会所の出入り口付近に立ち、遠目にその成り行きを見ていた。いざとなると女のほうが度胸が据《す》わっているようで、主に根津碧のほうが質問に答えていた。彼女は、ちょっと前に浩介たちにしたのと同じ説明を繰り返し、自分たちの正当防衛を主張しているらしかった。

深町しのぶがふたりを連行して集会所の表に出たときのことだった。

捜査員に促され、パトロールカーに乗り込もうとしていた白木則雄が、ふっと動きをとめた。曲げかけた腰を伸ばして直立の姿勢に戻り、パトロールカーのルーフ越しに浩介たちのほうへと目を向けて来た。

白木幸恵が、岩戸兵衛に支えられるようにして、浩介と重森の隣に並んで立っていた。

「ごめんよ、母さん……。ごめんよ……」

白木則雄が、泣き崩れた。

「ちょっとだけ母さんと話をさせてくれよ。母さん、ごめんよ……。こんなつもりじゃなかったんだよ……。母さん、ほんとにごめんよ……」

白木幸恵は真《ま》っ青《さお》になり、助けを求めるように浩介と岩戸を交互に見たが、約束を守ってその場を動こうとはしなかった。

腰を落とし、足を突っ張り、パトカーに乗せようとする捜査員たちに必死に抵抗しながら泣きじゃくる則雄を見るうちに、この男の部屋の様子が浩介の脳裏によみがえった。大学入試の過去問の問題集や、専門学校時代の教科書が並ぶ勉強机が思い出されて、苦しくなった。

ああした本を使って勉強していた頃、白木則雄はいったいどんな未来を思い描いていたのだろう。そんなに遠い昔の話じゃない。わずか数年前のことなのだ。

「俺が悪いんだ……。俺が、則雄の前に姿を見せたりしなければよかった……」

パトカーの後部シートで岩戸兵衛が話す声が、やけに遠く微かなものに聞こえた。浩介は、岩戸兵衛と白木幸恵のふたりを乗せ、彼女が暮らす豪徳寺の自宅を目指していた。

白木直次を解放するわけにはいかなかった。西沖達哉と一緒にどんなふうに動き回り、白木則雄たちや《ゴールデン・モンキー》についてどういったことを探り出したのかを、逐一《ちくいち》細かく聴取する必要がある。

しかし、岩戸兵衛と白木幸恵のふたりへの聴取は、現時点ではこれ以上の必要はないと判断した深町しのぶが、重森と浩介のふたりに言って送らせることにしたのだった。岩戸は、しばらく幸恵についていてやりたいと主張し、彼女の自宅で一緒に降りることになっていた。

「あなたは時折、三軒茶屋にある白木直次の店で飲んでいたと言ったが、そうしたら、則雄ともそこで初めて会ったんですね？」

助手席の重森が確かめた。後ろを振り向こうとはせず、日が暮れ始めたフロントガラスの先に目をやっていた。

「ああ、そうだよ。あそこで初めて会った。長男は俺とは昔からウマが合わず、大学を出てサラリーマンをやってる。どこぞの一流会社さ。暴力団を仕切っていた親父の俺とは縁を切り、もう何十年も会ったことがないよ。しかし、一度だけ俺に頼みごとをしたことがある。それが、この人と別れたいってときだった。当時はまだある組の組員だった兄の直次が、妹が俺の長男と不倫の末に赤ん坊を身ごもったことを知り、長男のもとへねじ込んだのさ。大学出のエリートってのは、何かあると脆《もろ》いもんだな。長男は、真っ青な顔をしていたよ。だけど、親なんて馬鹿なもんさ。それでも頼られたことが嬉《うれ》しくて、よしゃあいいのに話をつけに行った。そして、初めてこの兄妹《きょうだい》と会ったんだ。子供を堕《お》ろす気はない。別れても、自分ひとりで育てると、この人はもう覚悟を決めていた。それ以降、俺はなんとなくこの人と則雄と、それに直次のことを見守っていた。直次がヤクザ稼業に愛《あい》想《そ》を尽かし、足を洗いたいと言ったときも、間に入って話をつけてやった。そして、俺が組を退《ひ》いてからは、時々、直次の店に足を運ぶようになったんだ」

岩戸兵衛はふっと口を閉じ、しばらく何も言わなかった。

自分の思いを整理しているようにも、込み上げる思いを堪えているようにも、あるいはただぼんやりと景色を眺《なが》めているようにも感じさせる間をあけて、ぼそっとつづきを話し始めた。

「則雄が直次のところへ修業に来たときは、嬉しかった。名乗ったことはないが、血のつながった孫だ。カウンターの端っこに坐り、直次の指示で動く則雄を眺めながら飲むことが嬉しかった……。ええと、若い坂下さんはどうか知らんが、重森さんならば、組にいる次男や三男と、俺の間の噂を何か耳にしたことがあるだろ？」

重森は、チラッと浩介に目をやってから、相変わらず前を向いたままで口を開いた。

「あなたは、血のつながりのない幹部に《仁英会》を譲った。血縁で組を運営するより、実力本位の体制を徹底させた。しかし、次男と三男はそれを面白く思っておらず、父親であるあなたとの間に隙間風《すきまかぜ》が吹いている。そういった噂のことですか……？」

「隙間風か……。そんな大人しい噂ばかりじゃあるまいが、気を遣ってくれたらしいな。新宿は、生き馬の目を抜く世界だ。組織を長く繁栄させるには、それなりの力量を持つトップじゃなけりゃ務まらない。俺は、自分の決断を悔やんではいないよ。しかし、その結果として、次男も三男も、もう俺のところへは寄りつかなくなった。連中のかみさんや、孫たちもだ」

「――――」

「俺はいつしか、直次の店に足を運ぶことに、安らぎを覚えるようになっていたのさ……。店で自分がどういう人間だか名乗ったこともないし、則雄との関係を口にしたこともない。しかし、則雄に目をかけ、時には小遣いを握らせたりもした。則雄は、そんな爺《じじい》に興味を覚えたのかもしれん。あるいは、人の噂を耳にしたのかもしれん……。板前の道を諦めてしばらくした頃、俺を訪ねて来たことがあるんだ。やつは両手をつき、ヤクザになりたいと言った。なんとかして、組に入れてほしいとな」

「で、あなたはどうしたんです――？」

「無論、断わったさ。ヤクザなど、いいもんじゃない。なりたくてなるもんじゃない。他に生きようがない人間が、落ちるだけ落ちて、仕方なくなるもんだと言い聞かせた。だが、ひとりでこんな爺を訪ねて来たあいつが不憫《ふびん》でな、何が食いたいか訊くと、鰻《うなぎ》がいいと言うので連れて行き、腹いっぱい食わせたよ。そして、小遣いを握らせて帰した。自分を頼ってくれる孫のいることが嬉しかったんだ……。馬鹿なことさ……。あのときに、もっときつく叱《しか》りつけるべきだった。幸恵さん、すまなかった。則雄は、おそらく俺に何かの幻影を見たんだ。そうするよう、俺が無意識に仕向けちまったにちがいない……。そうでなけりゃ、あいつがハングレに入りたがるはずがない……。あいつはきっと、俺に言われてヤクザにはなれないと思い詰め、そんなバカなことを考えたんだ……」

「そんなふうに、自分を責めるのはやめてください……。お義父《とう》さんのせいじゃありません……。あの子が、愚《おろ》かだっただけです……」

「しかし……」

「お義父さんは、私たち兄妹によくしてくれました。勝手に子供を産んだ私を見守ってくれたんですもの……。それに、兄が板前で身が立つように手助けしてくれたのも、あなたです……。私も兄も、親との縁が薄いので、だから、あなたを本当の父親のように思うときがありました」

「幸恵さん……」

「だから……、則雄がもしもあなたに憧《あこが》れを抱《いだ》いたのだとしても、それは血のつながる祖父に愛情を感じたということだと思います……。あとは、あの子が、馬鹿だったんです……」

白木幸恵は、静かに言った。ちょっと前に連行された息子を前にしてさんざん泣いたあとは、かえって腹が据わったのか、それまでとは違う落ち着きを見せていた。

会話が途切《とぎ》れた。

浩介は、ただ前方に注意を払い、黙々と運転をつづけるしかできなかった。

びゅんと何かが体のすぐ間近をかすめ、白木幸恵の自宅の外塀《そとべい》で弾《はじ》けた。パンという乾いた破裂音《はれつおん》がすることを、浩介は意識のどこか片隅で聞いた。

岩戸兵衛と白木幸恵のふたりを彼女の自宅に送り、一緒にパトカーを降りたところだった。岩戸兵衛が白木幸恵をいたわるように並び、門扉《もんぴ》を開けて入ろうとしていた。

破裂音よりむしろ、体のすぐ傍を、何かが目に見えないスピードでかすめたことが本能的な恐怖を生んだ。

時の流れがとまり、浩介は自分がその外へと放り出されたような気がした。玄関前の公園の敷地と道路の境目に、黒い人影が立っていた。人影は、両手を前に突き出していた。それが磯部祐一であり、磯部が拳銃を発射したことが、ほぼ同時に、しかも焼けつくようにはっきりと脳裏に意識された。

磯部が何かを喚いている。今度は妙な時間差を伴《ともな》って、その声がこんな言葉につながった。

「岩戸、てめえ――！」

何かを考えるよりも早く、体のほうが反応した。

浩介は地面を蹴《け》り、ほんの数歩で岩戸兵衛のもとへとたどり着き、その体に覆いかぶさった。老人の骨ばった体を抱きかかえるようにして、地面に倒れた。

再び、びゅんと弾丸が風を切り、体のすぐ脇の地面に弾けた。なぜだか今度は恐怖を感じなかったが、かつて経験したことのない冷たい塊《かたまり》が胸の奥に沈んでいた。浩介は、老人の体を庇《かば》いつづけたままで顔をひねり、襲撃者の姿をその目に捉《とら》え直した。時がやけに緩慢《かんまん》に流れ、すべてが驚くほど鮮明に見えた。

公園の街灯の明かりが、夜の暗がりを一定間隔で薄めていた。遠くの空には、まだ黄昏《たそがれ》の明るさがあった。わずかな赤みが残る空を、都会の鳥の小さな群れが飛んでいく様《さま》すらはっきりと見えた。

何もかも太く深く彫りつけられたような景色の中で、磯部祐一の黒い影が、大股《おおまた》でこちらに向かって近づいて来る。狙いを外したことを悔やみ、今度はもっと近くで発砲しようというのだ。

(撃たれる……)

胸の中を、そんな言葉が頼りなく流れ去り、体全部が冷たくなった。

その瞬間、薄闇の中を、うなりを上げて何かが飛んだ。闇を切り裂いたそれは、浩介の顔前で拳銃を構える磯部祐一のこめかみを打った。石つぶてだ。

こめかみが血を噴《ふ》き、磯部祐一がグラッとした。

痛みと怒りに鬼のような形相となり、自分の頭部を狙った何者かを求めて銃口を向けた。

そのときにはもう、パトカーの傍から走っていた重森が特殊警棒を抜き、その先端を伸ばして振り下ろす構えに入っていた。

重森の警棒が磯部の手首を打ち、骨の折れるポキッという乾いた音がした。

拳銃が、地面に転がった。

「磯部、貴様《きさま》!」

重森の口から、憤怒《ふんぬ》に満ちた言葉が飛び出した。

「痛《いて》えよ……。ちきちょう、骨が折れた……。ちきしょう、放せ! 馬鹿野郎、放せ!」

だらだらとこめかみから血を流し、折れた手首の痛みに悲鳴を上げながらも、暴れ馬の如く荒れる磯部に容赦《ようしゃ》せず、重森は足をかけてその体を押し倒した。腕をねじ上げ、手錠を手首に叩き込んだ。いつも冷静沈着《ちんちゃく》なこの上司は今、抑《おさ》えきれない怒りを煮え滾《たぎ》らせているのだ。

「大丈夫か、浩介――？　怪我はないか？」

磯部を地面に膝で押さえつけたまま、顔をこっちに向けて問いかけてきた。重森は怒っているだけでなく、恐怖で顔が強張《こわば》ってもいた。それは、浩介が初めて見る上司の姿だった。

そうか、ひとつ間違えば部下を失っていただろうことが、この人をこんなに怯えさせているのだ……。そう思うと、自分の身に起こっていたかもしれない事態が意識され、急に恐怖が広がった。

舌が、からからに乾いていた。

「大丈夫です……」

なんとかそう応えかけたときのこと――。公園の柵を飛び越えて走り寄ってきた人影が、浩介の正面で膝を折って屈み込み、荒々しい手つきでその両肩を握り締めた。

「大丈夫か、浩介――？　怪我はないか……？」

その真《ま》っ直《す》ぐな両眼が浩介の胸を刺し、これとまったく同じ目をした男の記憶がよみがえった。

あの夏……。

最後の公式戦を間近に控えた練習試合、相手はノーコンだが一四〇キロを超える速球を投げると評判の投手だった。そのピッチャーの一球が、浩介の頭部を直撃し、一瞬、意識が遠のいた。

目を開けると、明るすぎてむしろ白く見える夏空の手前から、監督の西沖達哉が浩介の顔を覗き込んでいた。

「大丈夫か、浩介——?」

心配そうに問いかけ、大丈夫ですと答えて体を起こそうとする浩介をあわててとめた。

そのまま動くな、頭の場合は、決してすぐに動いてはならんと命じたときの、あの目——。

今、目の前に、紛《まぎ》れもなくあの夏の監督がいた……。

だが、浩介の様子を窺い、体に出血がないことを確かめると、その姿は潮《しお》が引くように消え失《う》せてしまった。

それに代わって、みずからに戸惑《とまど》うヤクザ者の姿が現われた。

「どうやら、大丈夫のようだな……」

西沖は低くかすれた声で言い、浩介の体を突き離すようにして立った。

「ええ、大丈夫です。なんともありませんよ——」

浩介のほうでも急にきまり悪さを覚え、他人行儀《ぎょうぎ》に振る舞うことしかできなかった。

浩介も西沖から顔をそらして、そそくさと立ち、「岩戸さん、あなたは大丈夫ですか？」

岩戸兵衛に手を貸してやりつつ訊いた。

「ああ、俺は大丈夫さ」

「バカか、おまえ」

西沖が、吐き捨てるように言った。

「拳銃を持った人間の前に飛び出すなど、おまえは何を……」

気持ちが抑えられない様子でまくし立てかけたが、その途中ではっとして口を閉じた。

興味深そうにふたりのことを見ている岩戸兵衛に、白木幸恵が走り寄り、

「大丈夫ですか、お義父さん……」

心配そうに尋ねながら、体を支える。

西沖は、宵闇《よいやみ》には不釣《つ》り合いなサングラスをかけた。

磯部祐一の体をパトカーの後部座席に押し込んだ重森が戻って来た。無線で手早く応援要請を終えて、浩介たちの前に立った。

「見事なコントロールだったな、西沖」

重森が言って微笑《ほほえ》みかけると、サングラス姿のヤクザ者は不機嫌そうに顔をそむけ、

「フン」とふて腐《くさ》れたように鼻を鳴らした。

「背中を狙ったんだよ。手元が狂っちまった」

4

寮の部屋で死んだように眠り、次のシフトがやって来るまでの間、テレビ、ネット、それにスポーツ新聞などで、ハングレ集団の〝入団儀式〟絡みのニュースは大々的に報じられ、世間の耳目《じもく》を集めつづけた。

――ハングレ集団の野獣のリーダーが、住宅街で発砲！　警官に取り押さえられる!!

――ますます凶悪化するハングレグループ！　リーダーの狂気の暴走が、ついに発砲事件にまで発展！

――新事実発覚！　ハングレの〝入団儀式〟は、女性を乱暴し、それを動画に撮影せよ、とのものだった。

――被害者の悲惨!!　動画を撮影されそうになり、抵抗して見張り役の男を刺した女性に全国から同情の声！

ニュースはどれもそういった具合に、《ゴールデン・モンキー》というハングレグループの凶悪さと、とりわけリーダーである磯部祐一の凶暴さへの非難を煽《あお》る一方、儀式の生贄《いけにえ》にされそうになって相手を殺害した根津碧に同情を示していた。

浩介は、いつもよりもずっと熱心にネットに接し、テレビのニュースやワイドショーにも目を光らせたが、いくらそうしようとも心を占めたもやもやが消えることはなかった。むしろ、拳銃を持って岩戸兵衛を襲って来た磯部祐一という男を、凶暴で凶悪だと世間を煽れば煽るだけ、その陰で見えなくなっているものがあるような気がした。

確かに磯部は凶暴で凶悪な男にちがいない。しかし、いくらそんな男であっても、暴力団の元会長を拳銃で襲うなどは、命知らずにもほどがある。たとえ怒りに駆られた上での犯行だったとしても、それだけの理由が何かあったのではなかろうか……。

岩戸兵衛の次男が《仁英会》の幹部から外されたことはニュースネタにはならず、浩介はそれを数日後のシフトの朝礼で聞いた。《仁英会》に組織の改編があったので、何か内部での小競《ぜ》り合いが起きないか目を光らせるようにと、新宿及びその周辺を管轄《かんかつ》とする各所轄の捜査係にお達しが回ったのである。

自転車で担当エリアの巡回に出て間もなくのことだった。坂下浩介は、背後から大排気量のオートバイが近づいて来る爆音を聞いた。

ラブホテル街の外れの狭苦しい通りだったので、自転車を端に寄せて道を譲るとともに片足をついてとまり、背後を振り向いた。あまり無謀な運転をしているようならば、バイクをとめて注意を促す必要があると思ったのだ。

ところが、黄昏時のまだ人通りの少ない通りを走って来た巨大なハーレーダビッドソンは、こちらから何の合図もしていないのに減速して浩介のすぐ隣に停まった。

黒いライダージャケットを着た、細身だが、がっしりとした体格の男が乗っていた。

「坂下さん、俺に少し時間をくれ」

そう告げる声に、聞き覚えがあった。浩介は、サングラスを外したヘルメットの中の顔に驚き、思わず見つめ返した。

「岩戸さん……」

ライダージャケットを着ていると、老人とは感じさせないような体つきをしていた。岩戸兵衛は、驚く浩介を前にして、ちょっと得意げに微笑んだ。あるいは相手のこうした反応には、すでに慣れているのかもしれなかった。

「ストリートボブ一一四だ。ヴィンテージバイクを愛する連中もいるが、俺は新しもの好きでね」

グリップの位置が高いハンドルからガソリンタンクにかけて、岩戸兵衛は愛《いと》おしげに撫《な》でた。黒い車体が、渋い光沢《こうたく》を帯びていた。

「はあ……」

毒気を抜かれた浩介を前に辺《あた》りを見回し、少し先にあるコインパーキングのほうを指差した。

「ホテルの入り口じゃ迷惑だ。あそこがいい。ちょっとあそこで話そう」

巨大なバイクを低速で器用に操《あやつ》り、浩介の答えも待たずに走り出した。

浩介が自転車をこいで追い着いたときには、もうサイドスタンドをかけてヘルメットを脱ぎ、リーゼントの乱れを直していた。

夜が本格的に始まる前の時間とあって、コインパーキングも空《す》いていた。

その端っこで、浩介は岩戸兵衛と向かい合って立った。

「きちんと礼を言っていなかったので、言いに来たのさ。ありがとう。あんたは、俺の命の恩人だ」

岩戸は変に生真面目《きまじめ》な顔つきで言い、武道など何か規律が厳しいスポーツの部活に属する若者がするように、折り目正しい仕草で頭を下げた。

浩介は、あわてて両手を前に突き出して振った。

「いや、そんな……。警察官として、当然のことをしたまでですから」

「いいや、それは違うな。たとえ警官だって、ああしたときにゃ、足がすくんじまって動けないいやつが必ずいるものさ。あるいは、命を惜《お》しみ、体を投げ出す勇気など持てないやつがな。人間だから、それで当然だ。警官なら誰もが、身を以て他人の命を守るなんて綺《き》麗《れい》ごとを、少なくとも俺は信じちゃいないよ」

「――――」

「だが、あんたはそうしてくれた。ありがとう。このとおり、感謝する」

再び礼儀正しく頭を下げたが、岩戸兵衛はその後、真正面から浩介の目を覗き込むようにして来た。

「夜は、ちゃんと眠れるか？」

浩介は咄嗟に答えられず、思わず相手の目を見つめ返した。

眠りは、浅かった。そして、目覚めると、嫌な汗をかいていた。夢とも現《うつつ》ともわからない中で、拳銃を構えてこっちを狙う磯部祐一の姿が生々しく見えた。その前には、被弾してのたうち回るもうひとりの自分がいた……。いや、今こうしていてさえも、頭の片隅にはずっとあの男の姿が焼きついている。いくら振り払おうとしても、離れていってはくれないのだ。そして、隙あらば、浩介の日常を蝕《むしば》もうとしていた。

だが、それを他人に打ち明けるのは、なぜだか恥であるように思われた。

「眠れます。何の問題もありませんよ」

「そうか、それならばよかった」

岩戸兵衛はそう口にしたものの、浩介にはなんだか心の中を見透かされたような感じがした。

「ひとつ訊いてもいいですか？」

挑むような気持ちが頭をもたげ、問いかけた。

「何だね?」

「《ゴールデン・モンキー》の磯部祐一は、どうしてあなたを襲って来たんでしょうか?」

「そんなことは知らんさ。相手は、凶暴なハングレのリーダーだ。血の気《け》の多い馬鹿者の考えてることなど、理解できん。それで目立ちたいとか、何かそういうことではなかったのかね」

「世間もそう考えているようで、テレビでもネットでも、ニュースはどれもみなハングレ集団の凶暴さを煽って伝えるようなものばかりです」

「ほう、そうか。俺はあんまりニュースは見ないんだ」

浩介は言葉を選んだ末、

「そうやって磯部祐一の凶暴性を強調して伝えれば伝えるだけ、その陰で見えなくなっていることがあるような気がしたんです」

結局、感じたままを口にした。

「というと?」

「あなたは《仁英会》の礎《いしずえ》を創《つく》った人です。いくら磯部が凶暴な男だとしても、そんなあなたに向けて怒りを爆発させるのには、何かそれなりの理由があったのではないでしょうか」

「俺が何かしたと言うのかね?」

岩戸兵衛は表情を消し、冷たい目で浩介を見つめて来た。背筋をぞっとさせる眼つきだった。

「いいえ、そうは思いません。しかし、あなたの周りで、あなたに内緒で勝手なことをしていた人がいた。違いますか?」

「――――」

「あなたの次男が、《仁英会》の幹部から外されたと聞きました。それは、あなたの指示ではありませんか?」

「俺はもう引退した身だぜ」

「しかし、今でも《仁英会》に大きな影響力を持っているはずです」

「じゃあ、俺がこの手で次男を外したというのか? 坂下さん、俺だって人の親だぜ。なんでそれが、わざわざ次男を組の権力の座から外すんだ?」

「《仁英会》の中に、ハングレグループと手を結びたがっている一派があった。そのトップが、あなたの次男だったからです。ハングレを手足のように使うことでシノギの幅を広げ、組の中で主導権を取り戻すことを狙っていたんでしょう。そのハングレグループに、会長だったあなたの孫がいるとなれば、権力はさらに盤石《ばんじゃく》になる。おそらくあなたの次男は甥っ子に当たる則雄に何らかの形で接近し、何か甘い話を吹き込み、則雄が《ゴールデン・モンキー》に入団するように焚《た》きつけたんです。もちろん、磯部祐一たちのほうにも、則雄をグループに入れれば悪いようにはしないし、グループにとって大きなメリットがあるといった話を吹き込んでいた。だからこそ、《ゴールデン・モンキー》のほうでも、幹部クラスが対応した。則雄たちの『儀式』に立ち会ったのは、磯部祐一の従弟である磯部和也でしたし、その磯部和也が殺害されたあとには、磯部祐一本人が、グループのいい顔である辻村宏太とともに、白木則雄の自宅に姿を現わしました。そもそも冷静に考えてみれば、あの行動自体が変でした。則雄の自宅を見張ったところで、逃げている先がわかるとは限りません。それが狙いだったならばむしろ、仲間や行きつけの店を探るはずです。それにもかかわらず、磯部祐一みずからが白木則雄の自宅にやって来たのは、幸恵さんからあなたの居場所を聞き出し、あなたと直接話すためだった。おそらく次男は磯部祐一に、あなたの話をいろいろ吹き込んでいたんです。引退したとはいえ、あなたが組に大きな影響力を持っていると話して聞かせ、そんなあなたも《ゴールデン・モンキー》と《仁英会》が手を結ぶことを歓迎している。そして、孫の身柄を《ゴールデン・モンキー》に預けたいと願っている、といった具合に、あれこれ吹き込んでいたにちがいない。だからこそ、磯部の怒りが爆発したんだと思います。自分は磯部があなたを襲って来たときに、こう叫んでいたのを聞きました。『岩戸、てめえ――！』と。あれはテレビやネットが騒いでいるように、ただ凶暴な怒りの矛先《ほこさき》を定めずに爆発したわけではありません。あなたに対して爆発したんです。もう少しつづけていいですか？」

「充分だ」と、おそらくはそう言いかけたことを、岩戸の表情が告げていた。

だが、それを呑み込み、こう言った。

「そうだな、最後まで聞こう」

静かな目になった老人を見つめ、浩介は改めて口を開いた。

「立ち退きが始まって使用されなくなっていた集会所に則雄たちが隠れているのを、磯部祐一たちが見つけたのも変でした。則雄と一緒に隠れていた本郷智巳は、根津碧が裏切って居場所を磯部たちに教えたのだと勘《かん》ぐっていましたが、それは見当違いに聞こえたし、実際、取調べに当たった捜査員に確かめたところ、そんな事実はないとのことでした。それならば、なぜ磯部たちにあの場所がわかったのか。それは則雄から助けを求められたあなたの次男が、則雄たちの居場所を磯部祐一に教えたからです。磯部和也が殺されて警察が動き出し、《ゴールデン・モンキー》はもう終わりだと踏んだ次男は、自分が裏で動いていたことが発覚するのを恐れた。たぶん、それをあなたに知られることを最も恐れたのではないでしょうか。それで、磯部に則雄の居所をそっと耳打ちした。磯部祐一が従弟を殺害された報復に、則雄たちを殺すことを期待したんです。そのあとは、知らぬ存ぜぬで通すつもりだったのかもしれないし、誰か人を使って磯部祐一の口を塞いでしまうつもりだったのかもしれない」

岩戸兵衛は、ひとつ大きい息を吐いた。これはため息だ、と強調しているような仕草《しぐさ》だった。

「俺が、血のつながらない人間を、組のトップに据えた理由がわかったろ。次男も三男も、馬鹿なんだ。少なくとも、人の上には立てないようなやつらさ」

そう言って言葉を切りかけたが、

「長男は賢かったが、そもそも賢いやつはヤクザになんかならねえよ」

とつけ足して唇を歪めた。

「いずれにしろ、今回は世話になった。そして、あんたは俺の命の恩人だ。大の大人が、ただ礼を言うだけで済むわけがない。あんたが示してくれた誠意に対して、俺もきちんと報《むく》いたい。引退したヤクザが何をしてやれるかわからんが、もしも何か俺に頼みごとがあるときは、遠慮なく訪ねてくれ。俺は、あんたに何を頼まれたかも、頼まれたこと自体も、決して誰にも漏らさずに墓場まで持って行くさ」

岩戸兵衛は、浩介の様子を見てふっと笑いを漏らした。

「そんなことを言われても、ありがた迷惑かね。ま、いつか何か思いついたら、訪ねてくれ。ぶっちゃけた言い方をすれば、あんたは俺にひとつ貸しを作ったわけさ。今日は、それを伝えに来たんだ」

「今でもいいんですか?」

自分の口がそう動くことに、浩介自身が驚いた。ひとつの願いごとが突然頭に閃《ひらめ》き、そうすると今、この人に伝えなければ、いったいいつ誰にどう願えばいいのだろうと、そんな切羽詰《せっぱつ》まった気持ちになっていた。

「もちろんいいが、そんなに簡単に思いつくのかい？」

「はい、ずっと思っていたことです」

「何だね？」

「西沖達哉の足を洗わせ、カタギに戻してください」

岩戸が、急に黙り込んだ。どことなく会話を楽しんでいた雰囲気が掻《か》き消え、代わりに気難しげな男の顔が現われた。それは裏社会の組織をひとつ、長年にわたって束《たば》ねる間に育《はぐく》まれて来た顔にちがいない。

「なるほど、それがあんたの頼みごとか」

「はい」

「しかし、それはダメだな……」

「なぜです？　あなたにならば、できるはずです」

岩戸兵衛は、黙ってじっと浩介を見つめた。

「坂下浩介か……。つかぬことを訊くが、元は高校球児か？」

この人は、何かを知っている。少なくとも西沖が元は高校野球の監督だったことは知っている。——そう思う浩介の前で、岩戸は再び静かに口を開いた。

「すべてのヤクザに共通する特徴とは何だか、あんたにはわかるか、坂下さん？」

「――――」

「それはな、こんなモンにはなりたくなかったと思っていることとさ。たとえ成功しているヤクザでも、心のどこか片隅にゃあ、そんな気持ちがひそんでいる。こんなモンになりたくてなったわけじゃないと、密《ひそ》かにつぶやいて生きているのさ。それまでの生活から転がり落ちて、行き着いた先がこの世界だってことだ。だけどな、西沖だけは違う。やつは、自分からこの世界に飛び込んで来たんだ」

「嘘《うそ》です――」

「嘘をついてどうなる」

「しかし、あの人は……」

「知っているさ、やつの前身についちゃ――」

「それならば、なぜです……？　なぜ、自分から……？」

「それは、俺の口からは言えん。そういう約束だからな」

「誰とのです？　西沖さんとのですか？」

「話しすぎたようだ。とにかく、自分の意思でヤクザになった人間の足を、他人が洗わせることなどできんさ。そうだろ」

「つまり、本人がその気になるまで待てと……？」

な」

「坂下さん、訊けば何でも答えを得られると思うのは、まだ若い証拠だ。だが、答えってやつは、誰にもわからないことがある。その時が来るまで、誰にもわからないってことがな」

「しかし――」

「まあな」

「…………」

煙《けむ》に巻かれた気がしたが、きっとそうではないのだろう。曖昧《あいまい》な言葉で伝えるのが最も正確だという場合がある。浩介はそれを、警察官になって初めて知った。

岩戸兵衛はヘルメットをかぶり、サングラスをかけた。

「世話になった。ありがとう。パトロール中に、時間を取らせて悪かったな」

ハーレーダビッドソンに跨《また》がり、エンジンをかけた。サイドスタンドを払い、クラッチを切り、ギアを入れかけてふとやめ、浩介のほうに顔を向けた。

「今の望みは聞けなかったから、貸しは生きたままだよ。何か頼みごとができたら連絡をくれ」

そう言い置き、改めて半クラッチでギアを入れた。

重たい爆音を轟《とどろ》かせたハーレーダビッドソンは、浩介を残して遠ざかり、あっという間に見えなくなった。

汚名

1

すうすうと低い寝息が聞こえた。ほんのちょっと前まで明るく騒いでいた山口勉は、坂下浩介がトイレに行って戻ってくると、カウンターに突《つ》っ伏《ぷ》して眠ってしまっていた。

（まさか……）

たぶん冗談なのだろうと思い、笑いかけるつもりで顔を覗《のぞ》き込んだが、つまみの韓国海苔《かんこくのり》の細かい欠片《かけら》を貼りつけた唇を半開きにして、気持ちよさそうに寝息を立てている。完全に熟睡《じゅくすい》しているために体の力が抜け、背中が反《そ》って止まり木に坐《すわ》ったお尻が後ろに突き出していて、あと少しでもバランスが崩れれば床にへたり込みそうに見えた。

浩介は驚いて腰を伸ばし、カウンターの奥に立つマリに微笑《ほほえ》みかけた。

「びっくりしたな。あんなに元気だったのに」

「驚いたのは私よ。あなたがトイレのドアを閉めた瞬間だもの。グラスを後ろの棚に戻してたら、寝息が聞こえてきたので、ふざけてるのだと思って振り返ったの。そしたら、ほんとに寝ちゃってた」

「ヤマさん、そろそろ帰りましょうよ」

そう言って揺り動かそうとする浩介を、マリがあわててとめた。

「疲れてるのよ。少し、寝かせておいてあげたら。それよりも、もう一杯、ふたりで飲みましょうよ。さあさ、坐って坐って」

立ったままの浩介に向け、彼女はスツールを手で示し、コースターに載《の》ったグラスを取って引き寄せた。氷を足しながら、

「同じのでいいわね。私も、もう一杯もらっちゃうわよ」

「ああ、同じので。遠慮なく、きみもやってくれ」

マリはにっこりし、バーボンのキャップを開けて注いだ。彼女も大分酔っているのかもしれない、ワンフィンガー以上の量を無造作《むぞうさ》に注ぎ、大して水も足さずにかき回して浩介の前に戻すと、自分の分も同じような濃さにしてグラスを持ち上げた。

「じゃ、改めて乾杯」

浩介が掲《かか》げ返すグラスに、マリはグラスのエッジを軽くぶつけた。

「ほんとは、全然来てくれないので膨《ふく》れてたのよ。こんなに目と鼻の先なのに、ひどいじ

やないって。早苗《さなえ》さんだって、そうよ」

早苗というのは、マリとふたりでゴールデン街にこの《ふたり庵《あん》》というバーを経営する女だが、最近は週の中日《なかび》は交代で出ることにしているとのことで今夜はいなかった。

一昨年のクリスマス・イヴのこと。彼女は部屋の金庫に保管していた「箪笥《たんす》貯金」を、そっくり盗難に遭《あ》ってしまった。浩介はその事件の解決のために奔走《ほんそう》し、それが縁でこのマリとも知り合ったのである。当時の彼女たちは、歌舞伎町にある高級クラブに勤めていたが、じきにホステス暮らしに愛想《あいそ》を尽《つ》かし、ふたりでゴールデン街に店を開いたのだった。

ゴールデン街には、広さ三坪《つぼ》とか四坪半とかの店がずらっと軒《のき》を連ねている。狭《せま》いカウンターに、止まり木が四つとか五つ。どこもその程度の広さで、この《ふたり庵》もまたしかり。マリの後ろの棚を占《し》めるのは、大概《たいがい》は値段が手ごろな焼酎《しょうちゅう》で、一角に洋酒の瓶《びん》が並ぶ。どのボトルにもマジックインキで、ボトルの持ち主の名前かニックネームが書いてある。その数からして、ある程度の常連客がついているようだった。

浩介が勤める花園裏交番とゴールデン街とは、今、マリが言ったように目と鼻の先の距離だ。

「近くなのだから、飲みに来てよね」

去年の夏、ここの開店準備をしているマリとばったり出くわしたときにそう誘われたことがあるが、結局、ずっと訪れないままで時間が経《た》っていた。巡回コースの中にある店で飲んでも落ち着かない、と思ったのも事実だが、本当は、もう少し別の理由もあった……。

「自分がオフの日に、坂下さんが来たって知ったら、早苗さん、絶対にがっかりするわ。なんてったって、浩介さんは、あの事件を解決したヒーローだもの。だから、絶対よ。すぐにまた来てちょうだいね」

マリはそんなふうに言葉を継《つ》ぐと、グラスをくいっと飲み干《ほ》した。そして、今度は何の断わりもなく新たにバーボンを注いだ。

高級クラブのホステスだったときとは違い、今夜の彼女はラフなジーンズにTシャツ姿だった。あの頃とは違い、髪型はいかにも無造作でボーイッシュなショートヘアーにして、化粧っ気もほとんど感じさせない。

だが、客の気を逸《そ》らさない応対や、酒の飲み方そのものは、いかにもこなれたものだった。今だって、微妙に「坂下さん」と「浩介さん」を交ぜて呼びかけてくる。たぶん、そんなふうにすると、客が喜ぶと知っているのだろう。

もしかしたら、彼女は自分に気があるのかもしれない。――浩介は、早苗の事件がきっかけでマリと知り合ってから、ふっとそう思うことがあった。だが、それは飲み屋の女性ならば誰でも示す、「好意」の類《たぐい》にすぎない気もする。

仕事中は制服警官として、日々、大勢の人間を相手にしているし、ときには普通の人間ならば到底《とうてい》出くわさないような世界を垣間見《かいまみ》ることだってある。しかし、女性との接し方については、相変《あいか》わらずわからないことが多かった。

君子《くんし》危《あや》うきに近寄らず。マリは確か同い歳《どし》のはずだが、仕事柄、大勢の男と接しているし、その何人かとは、きっと深い関係になったことだってあるのだろう。そんなふうに思うことで、自然と足が遠のいていたのだ。

しかし、今夜は、山口に強引《ごういん》に連れて来られてしまった。

制服警官は、勤務中は私物の携帯電話を身に着けてはならないのが決まりだ。三日前、勤務明けにロッカーから携帯を取り出すと、山口の名が着信履歴にあった。留守電は残っていなかったが、懐《なつ》かしさで電話をするとすぐに山口が出た。

「すみません。勤務中で、携帯に出られませんでした」

「わかってるさ。だから、伝言も残さなかった。こっちからまたかけるつもりだったんだが、電話をもらっちまって悪かったな」

そんなやりとりをして、そして、飲みに行かないかと誘われたのだった。

新宿東口のアルタ前で落ち合ったのが、今日の夕方六時。焼き肉屋で焼き肉を奢《おご》ってもらいながら飲み、その後、安く飲めるいわゆる「せんべろ」の店に回り、そろそろ引き上げどきかなと思っていたところに、

「そうだ、ゴールデン街に行ってみようぜ。花園裏にいた頃、あそこで飲みたくても飲めなかったんだ。つきあえよ、浩介」

山口がそんなふうに言い出し、引きずられるようにして連れて来られてしまったのである。

区役所通りの側からゴールデン街に入ったので、花園裏交番の前を通らなくても済んだが、もしも前を通っていたら、今夜のシフトの人間に見られていたところだ。いや、こっちが酔っていて気づかないだけで、とっくに巡回中の誰かの目にとまっているかもしれない。

「ねえ、訊《き》いてもいいかしら?」

マリは両肘《ひじ》をカウンターにつき、上半身をそこにもたせかけるようにして、顔を浩介に寄せて来た。

「山口さんって、どうして異動になったの?」

浩介は、口に運びかけていたグラスをコースターに戻した。

「ま、いろいろあったんだ……」

そんなふうに、口を濁《にご》すしかできないことだってあるのだ。

山口の寝息が鼾《いびき》に変わり、ふたりは思わず寝顔を見つめた。その後、くすっと笑い合ったが、

「ねえ、もしかして、山口さんて、今の交番が辛《つら》いんじゃないのかしら？」

浩介は、答えに詰まってしまった。

「だけど、今夜は楽しそうにしてたし……」

つまらないことを言ったと、すぐに後悔した。たった今マリが口にしたのは、他でもなく浩介自身が気にしていたことだった。浩介だけじゃない。重森だって、庄司だって、かつて花園裏交番で山口と同じ釜《かま》の飯《めし》を食った人間たちはみな、それを心のどこかでずっと気にしていた。

山口は警察官をつづけるために、現在の勤め先である秋川西交番への異動を受け入れたのだ。

しかし、あのときの山口に、いったいどんな落ち度があったというのだろう。戸田明音という女性を救い出せたのは、山口の熱意のおかげではなかったのか……。それを一顧《いっこ》だにせず処分だけを行なった警察という組織への不満と不安が、時を経《へ》れば経るだけ大きくなり、胸の底に溜《た》まっているような気がした。

「はしゃぎ回って飲むときってていうのは、大概、何か辛いことがあるのよ。それに、本当に仕事が性《しょう》に合ってると思ってる人は、他人に自分の仕事のことをぺらぺら喋《しゃべ》ったりはしないものよ。そうでしょ？」

「――――」

カウンターに突っ伏していた山口の体がずれて、バランスが崩れた。

浩介があわてて手を差し伸べようとすると、はっとして目覚めて辺りをきょろきょろした。

「ああ、悪かったな。寝落ちしちまった。ええと、何時だ……？」

唇の周囲を手の甲でぬぐい、ポケットからスマホを出して時間を確かめた。

「ヤマさん、そろそろ帰りましょうよ」

「なあに、まだ宵《よい》の口《くち》じゃないか。飲み直そうぜ。心配するな、この時間なら、俺はどうせタクシーだ。おまえを寮で落として行ってやるから、安心しろ」

そう主張しつつ、たばこを取り出して口にくわえた。

そういえば、これは大きな変化だった。同じ花園裏交番にいた頃、山口がたばこを喫《す》うのを見たことなどないが、今夜はすぱすぱと煙を振り撒《ま》いていた。二軒目に寄った「せんべろ」の店では、屋外の決められた場所でしか喫煙できないようになっていたから、何度か浩介をテーブルに残してたばこを喫うために席を外したほどだった。

カウンター越しに、使い捨てライターで火をつけてくれたマリに、

「少し喉《のど》が渇《かわ》いたな。マリちゃん、ビール。冷たいやつね」

と、本気でまだ飲むつもりだ。

「明日は、仕事は大丈夫なんですか？　そろそろ、お開きにしましょうよ」

浩介は腰を浮かしたが、

「いいから、浩介。坐れって」

山口に強い力で引かれ、仕方なく元のスツールに腰を下ろした。

ほんとにいいのね、と尋ねるように目配せしてくるマリは、浩介が目顔でうなずくのを確かめ、冷蔵庫に屈《かが》み込んでビールを出した。

「それじゃ、私ももらっちゃおうかな。みんなで飲み直しましょうか」

そう言いながら栓《せん》を抜き、ビール用のグラスを出して注いだ。

2

勤務に就《つ》いて間もなく、「立番《りつばん》」として花園裏交番の表に立っていた浩介は、先輩の藤波新一郎に声をかけられた。

「おい、浩介。奥で、重森さんが呼んでるぞ。俺が代わる」

浩介が礼を述《の》べて交番の奥の休憩室へ行くと、班長の重森周作がロッカーの前に立って、備品を身に着けていた。それで巡回のおともかと思いきや、

「おまえも出られる準備をしろ。今、本署から連絡があって、至急、戻れとのことだ」

「今からですか……?」

浩介は、思わず問い返した。本署で業務開始の朝礼を済ませ、自転車でこの交番に移動して夜勤シフトの連中との引き継ぎを済ませてから、まだ一時間と経ってはいなかった。

「そういうことだ」

浩介が、自分のロッカーを開けて外出の準備を始めると、重森がまた声をかけて来た。

「おまえ、山口と飲んだのは、いつのことだったかな？」

「ええと、およそ二週間ぐらい前ですが……、どうしてですか？」

「なにね、最近、交番で同じシフトだったメンバーで、誰か山口と会った者がないかと訊かれたので、おまえの名を挙《あ》げたら、それなら一緒に来るようにとのことだったんだ」

「――なんででしょうね？」

「俺にもよくわからん」

そんな会話を交《か》わし、ふたりは自転車で交番から走り出した。花園裏交番にとって「本署」とは、このエリアの管轄署である四谷中央署を示す。花園裏交番から富久町西交差点傍《そば》の四谷中央署までは、靖国通り経由で一キロちょっと、徒歩でも男の足ならば十分ほどだし、自転車ならばあっという間の距離だった。

それでも晩夏の日差しはひりひりと皮膚を焼くような強さで、アスファルトの照り返しにもやられ、署に着いたときには制服の背中にびっしょりと汗をかいていた。

駐輪場に自転車を入れたふたりは、汗で張りつく背中や太腿《ふともも》の布地《ぬのじ》を指でつまんで剝《は》がし、ハンカチで汗をぬぐいながら、横手の通用口から中へ入った。

エアコンの冷気にほっとしつつ階段をのぼり、直接の上司である地域課長を訪ねると、

「ああ、来たな。待っていたぞ。すぐに一緒に来てくれ」

どうしたことか課長の桐原《きりはら》は、すぐにふたりを連れて部屋を出た。

でっぷりと太った男で、後ろから見ると白いワイシャツの下でベルトの左右に余った肉が、でれっと垂れているのがわかる。桐原は巨体を揺すって廊下を進み、階を移動し、刑事課の大部屋へとふたりを連れて行った。

「連れて来ましたよ」

部屋を横切り、部下たちを見渡せる位置に陣取った刑事課長の机へと近づいて言うと、刑事課長の島岡《しまおか》が執務デスクから立って三人を迎えた。

「ああ、御苦労様です。勤務開始早々に、悪いね」

こちらは桐原とは対照的に、引き締まった体つきの男だった。地黒《じぐろ》で、ゴボウのような印象がある。家族での山歩きを趣味にしているといった話を、署内報に書いていた。

「そうしたら、会議室を取ってあるので、そこへ行こうか」

島岡は、誰にともなくそう告げると、刑事部屋の片隅《かたすみ》にある小部屋へと先に立って向かった。

なんだか妙な雰囲気だ。浩介は部屋を歩く間に、捜査員の何人かがそっとこちらを窺《うかが》う

視線を感じた。

「さ、入ってくれ」

島岡が小会議室のドアを開けて自分が先に入り、そこでドアを押さえて三人を招き入れた。島岡と桐原が並んで片側に、その向かいに重森と浩介が坐った。

桐原が、ズボンのポケットから出したハンカチで肉厚の顔の汗をしきりとぬぐいつつ、

「悪いな、交番に出たばかりだというのに、すぐに呼び立ててしまって……」

改めて、ちょっと前の島岡と似たようなことを言った。いかにもただ間をもたせただけの言い方で、本題を告げるのを島岡に譲っているような雰囲気があった。

「そうしたらね、さっそくなんだが、山口巡査のことなんだ」

案《あん》の定《じょう》、桐原の目配せを受け、島岡がそう切り出した。こうして真正面から向き合うと、その顔が心持ち強張《こわば》っているのが明らかで、浩介の嫌な予感はますます大きくなった。

「北沢署から連絡があってね、彼は現在、北沢西病院に入院している。今朝《けさ》がた、下北沢にある女性のマンションで、意識不明の状態で発見されたそうだ」

「そんな、まさか……」

浩介は、思わずつぶやいた。

「いったい、なぜそんなことになったのでしょうか?」

さらには、問いかけが、口をついて飛び出した。普通、上司の重森が一緒にいるときには、ましてやこうしてふたりの課長を前にして、目下の者として発言を控えるように気をつけているのだが、そんな戒《いまし》めなど頭から飛んでしまっていた。

「わからんよ。まだ、詳《くわ》しいことは何もわかっていない」

島岡に代わって、桐原が答えた。

「判明していることを教えていただけますか。その女性は、いったいどういう人物なのでしょう？」

重森が訊いた。いつもの冷静な口調であり、そのことがいつも以上に頼もしく感じられた。

「飯坂郁恵《いいさかいくえ》という二十二歳のモデルだ。今朝六時二十分頃、一一九番通報があり、彼女の部屋に駆けつけた救急隊員たちが、下着姿で倒れている飯坂郁恵と山口巡査のふたりを発見した。ふたりとも、合成麻薬の過剰摂取《かじようせつしゆ》と思われる症状を示しており、緊急搬送《はんそう》されたが意識不明の重体だ。いわゆる《エクスタシー》系のドラッグである《ラヴ・アフェア》が部屋から見つかったため、それを使用したと思われる。ただし、幸い、性交の痕跡《こんせき》はなかった」

桐原は、感情を抑《おさ》えてメモでも棒読みするような口調《くちよう》で告げたが、眉間《みけん》にしわを寄せており、《エクスタシー》系のドラッグが見つかったと告げる前にはわずかな間《ま》があいた。

現役の警察官が女性の部屋で、薬物の過剰摂取で発見されたのだ。しかも、ふたりとも下着姿だった……。

こんなのは、絶対に何かの間違いに決まっている。

「誰が一一九番通報をしたのですか？　山口ですか？」

「ああ、そうだ。朦朧《もうろう》とした口調だったが、身分を名乗り、救急車の出勤を要請した」

「自分から名乗ったんですね？」

「そうだ。通話の記録が残っていて、我々もそれを聞いて確かめた。それと、彼の愛車である青のＳＵＶが、マンション前に路駐されているのが見つかっている」

「――――」

「これがその女性だよ」

黙り込む浩介たちの前に、島岡は顔写真を提示した。モデルというだけあって、飯坂郁恵はロングヘアーの綺麗《きれい》な女性だった。

「心当たりはないかね？」

重森が、写真を見つめたまま首を振る。

「いいえ。初めて見る顔です」

浩介も同様の答えを口にした。

「うむ、なるほどね」

島岡は写真をすぐに仕舞《しま》い、代わって桐原が質問役となった。そうか、ここからは、山口の身辺調査なのだ……。

「重森君は、山口君の奥さんとは？」

「ええ、何度か会っています」

「最近は？」

「いえ、最近は」

「秋川西交番に異動して、そろそろ一年か……。最近、何か彼に悩みを打ち明けられたりしたことはなかったかね？」

「いえ、これといっては特に──」

「うむ」桐原は低く唸《うな》るような声で言い、顔を浩介のほうに向けた。「坂下君、きみは最近、彼と会ったんだったね？　それは、なぜ？」

「山口さんから食事に誘われて、一緒に飲みました」

「そのとき、何か相談を持ちかけられたとかは？」

「いえ、そんなことはありません。ただ、誘われて飲んだだけです」

「何かおかしな様子を感じたりはしなかったかね？」

「いえ、そんなことは何も……」

なんだか嫌な感じだった。桐原は忙《せわ》しなく質問をつづけながら、意識の半分以上は別のことを気にしているような感じがした。この事件がどう波及《はきゅう》し、警察のスキャンダルとしてどこまで大きくなるのか、ということを……。

どことなくうわの空なのだ。

「では、落ち着きがなかったとか、そういうことは何もなかったんだね？」

「いえ、特にそんなことは……」

くどくどと訊いて来るのに対して嫌気《いやけ》を覚えつつ答えたとき、浩介の中に、あの夜マリから言われた言葉がよみがえった。

――はしゃぎ回って飲むときっていうのは、大概、何か辛いことがあるのよ。

時間が経てば経つほど、山口はあの夜、本当は何か心のうちを吐き出したかったのではないかと思えてならなかった。だが、そう感じたにもかかわらず、その後、浩介から山口に連絡を入れることもなく時間が過ぎていた。後輩の自分に心配などされたくないにちがいないと思ったのも確かだが、本当は心のどこかでは、別のことを思っていたような気がした。

およそ一年前の今頃、山口は不本意な異動を受け入れた。組織の中で生きている以上、それはすべての警察官に起こり得ることだった。もしかしたら、山口から悩みを打ち明けられることで、そうした現実を改めて突きつけられるのが嫌だったのかもしれない。

「で、彼は酔い潰《つぶ》れたりはしなかったのかね？」

浩介は、こんなことを根掘り葉掘り尋《たず》ねる桐原と、それを隣で黙って聞いている島岡のふたりに、だんだんと腹が立ってきた。

「いいえ、しゃんとしていました。最後はタクシーで自分を寮まで送ってくれて、山口さんはそのままその車で帰りました」

「うむ、そうか……」

「少し、うかがいたいことがあるのですが、よろしいでしょうか？」

重森が改めて口を開いて言い、

「何だね？」

直接の上司である桐原が応じた。

「飯坂郁恵さんという女性と山口の関係について、具体的に何かわかっているのでしょうか？」

「うむ、そのことか……」

桐原は、苦《にが》いものを呑《の》み込んだような顔つきになった。

「五年前、彼が大久保交番にいたときに、当時はまだ未成年だった飯坂郁恵を非行で補導している。そして、今からちょうどひと月ほど前、勤務中に偶然再会したそうだ。そのことは、山口の細君《さいくん》や、現在の上司の話から明らかだ。それに、奥さんの同意の下《もと》で彼のパソコンを調べたところ、ここ数日、彼女から何通かつづけざまにメールが来ていた事実が確認された」

「どのような内容のメールだったのでしょう？」

「それは詳しくはわからないよ。ただ、悩み事を打ち明けられて、相談に乗っていたのは間違いないそうだ」

「勤務中に再会したというのは？」

「なんでも彼女のモデルとしての撮影が、秋川渓谷《あきがわけいこく》であったらしい。山口君の交番は、五日市線《いつかいち》の秋川駅前にあるだろ。撮影隊が駅の周りで休憩を取るか何かしているときに、飯坂郁恵を見かけたんだ」

「しかし、そのことを、山口さんは、包み隠さず上司や奥さんに話しているわけですね。それは、飯坂郁恵という女性に対して、何の疚《やま》しいこともなかったからではないでしょうか」

浩介は、つい我慢しきれずに抗弁した。

「その時点ではたとえそうであっても、それからふたりの関係に変化が生じた可能性はあるだろ」

島岡は、冷ややかに言い返した。

「しかし……、相手はまだ二十二だと……。しかも、未成年だったときに非行で補導した相手に対して、そんな感情を持つでしょうか……。山口さんに限って、そんなことは……」

「私だってそう信じたいさ。当然だろ。その上で、我々は真実の究明をだね」

「しかし……」と三度食ってかかりかけた浩介は、重森に手で制されて口を閉じた。ここで上司に食ってかかっても、それが何になるとその目が言っていた。

「メールの内容は、具体的にわからないのでしょうか？」

重森はあくまでも落ち着いていたが、そう粘《ねば》るのをやめなかった。

「いや、詳細についてはわからない。北沢署も、そこまでは情報をオープンにしてくれなかったのでね」

島岡はそう言って言葉を切りかけたが、思い直した様子であとをつづけた。

「ただし、現物を見せてもらったわけではないので何とも言えないが、女からのメールの中には、読みようによっては愛情表現と思われる言葉も交じっていたらしい。つまり、相談を持ちかけられるうちに、深い仲になった可能性が考えられるということだ」

（そんな馬鹿なことのあるはずがない……）

島岡の口にした推測が、浩介の気持ちを逆撫《さかな》でした。それはこうして浩介たちの目の前に坐り、山口の最近の行動について根掘り葉掘り詮索《せんさく》をつづけるこのふたりへの嫌悪感ともつながっていた。この人たちや、その背後にいるもっと上の人間たちにとっては、いわゆる身内の不祥事に対して、組織としてどう対処すべきかが最大の関心事なのだ。

「とにかくだ。署長も深く気にしておられる……。もしも山口君が飯坂郁恵とそういう関係にあり、いわゆるセックスドラッグを使用してこんな事故を引き起こしたのだとすれば、警察そのものの信用に関わるからね。まずい……、これは、まずいよ……」

桐原のほうが、狼狽《うろた》え方が激しかった。最後のほうは口の中でつぶやくように言ってから、顔を上げ、目を細めて浩介たちを見つめて来る。

「まあ、こうして話を聞けば何かわかるかと思ったのだが、仕方ないか……。しかし、そうすると、うちの署の人間は、何も知らなかったということでいいんだね」

そして、わざわざそう念を押すことを忘れなかった。それを確かめるために、こうして浩介たちを呼びつけたのだ。

「はい、そのとおりです」

重森が淡々《たんたん》と応じると、

「では、事態を冷静に見守るしかあるまい。仕事中に、わざわざ来てもらって悪かった」

そう話を締めくくった。

「すぐにもマスコミが騒ぎ出すだろう。わかっていると思うが、下の者が何か余計なことを言ったりしないよう、監督を頼むよ」

重森は、素直にうなずいた。

「心得ています」

浩介を手振りで促《うなが》して席を立ち、

「山口の奥さんは、今はやはり病院でしょうか？」

さり気《げ》なく訊いた。

「ああ、そうだ。捜査員がつき添《そ》って、もう着いている頃だろう。——見舞うのかね？」

「はい、山口の容態《ようだい》が気になりますので」

桐原と島岡はチラッと視線を見交わし、桐原のほうが口を開いた。

「重森君、わかっていると思うが、彼はもううちの人間ではないんだ。もちろん、見舞うなと言っているわけではないが、くれぐれも余計なことはしないでくれたまえよ」

「はい、心得ています」

重森は、淡々と同じ言葉を繰り返した。

3

山口の妻は雅美《まさみ》といい、浩介はこれまでに二度ほど会ったことがあった。年齢は山口よりふたつ下の三十三。かつて彼女は、事務職の警察官だった。山口が警察官になって五年目に、ふたりはやはり警察官仲間の紹介で会い、一年ほどの交際を経て結婚した。

そういった話を、浩介は先々週、ふたりで飲んだときに、他ならぬ山口自身の口から聞いた。同じ交番の同僚同士だったときには照《て》れ臭《くさ》さもあったのか、あまり詳しく話したことはなかった夫婦のなれそめや、独身時代の話を聞かせてくれた。とにかく、あの夜の山口は饒舌《じょうぜつ》だった。

重森と並んで集中治療室を目指《めざ》すと、彼女が廊下の端《はし》の長椅子《ながいす》に坐っていた。その少し先に、私服警官と思われる女性がいて、浩介たちに気づいて軽く会釈《えしゃく》をした。

重森たちに気づき、雅美が重たそうに体を持ち上げた。瘦《や》せて背の高い女性だったが、肩を力なく落としているせいで、今はやけに首が長く見えた。

「ああ、重森さん……。それに坂下さんも……。お仕事中、お忙しいところをすみません」

すがるような目を、主に重森に向けて頭を下げた。浩介は、彼女の細くて長い首筋に浮いた青い血管から視線を離せなかった。

「山口はどうですか……?」

「胃を洗浄し、点滴《てんてき》を打っていただいてるのですが、まだ意識が戻らないんです。合成ドラッグの副作用で、心臓だけでなく、横紋筋《おうもんきん》や肝臓《かんぞう》などあちこちに機能障害が出ているそうです……。それに、一緒にかなりの量の睡眠薬も服用していたそうで……」

「睡眠薬を、ですか……?」

「はい……。ただ、意識がない間に胃の中のものを戻したのが幸いしたようです。それで明け方になって、山口はいったん意識を回復し、自分で一一九番に通報したんです」

「なるほど、そうでしたか……。ところで、今はお子さんたちは？」

重森の問いに、雅美は視線を虚《うつ》ろに彷徨《さまよ》わせた。

「義理の父と母がふたりを連れて、ここに向かっているところです……。お医者様が、家族を呼んだほうがいいと言われましたので……」

雅美は言葉に詰まりかけ、そして、彼女の中で何かが切れた。

「重森さん、私、いったいどういうことなのか……。こんなこと、信じられません……。勉さんは立派な警察官です。真面目《まじめ》な人なんです。これは、きっと何かの間違いにちがいありません……。あの人は、何かの陰謀に巻き込まれたんです。そうでなければ、こんなこと……」

声が少しずつ大きくなり、彼女は足りない空気を懸命に肺に入れようとするように喘《あえ》いだ。

「山口が立派な警察官であることは、私がよくわかっています。だから、落ち着いてください。お辛いとは思いますが、あなたがしっかりしなくては……」

「そうですね……。はい、私は大丈夫です……。私は大丈夫……」

自分に言い聞かせるように繰り返したが、堰《せき》を切ってあふれ出る感情を押しとどめることはできなかった。

「あの人が、自分の意思で変なクスリを飲むことなどあり得ません。きっと、女に騙《だま》されて飲まされたんです……。あるいは、誰かに強引に飲まされたとか……」

「とにかく、坐りませんか。そして、落ち着いて話を聞かせてください。奥さんの口から、しっかりと話をお聞きしたくてやって来たんです。さあ、坐って。そして、ゆっくりと深呼吸してください」

重森に言われて長椅子に坐り直し、雅美は何度か息を深く吸っては吐いた。少しするとスカートの太腿に両手を乗せ、そろえた両膝《ひざ》ごと体を重森のほうに向けた。

「もう大丈夫です。ですから、何でもお訊きになってください」

「そうしたら、いくつか教えてほしいのですが、山口は大久保交番に勤務していた頃に、当時はまだ十代だった飯坂郁恵さんを非行で補導したそうですね。その当時、山口から、何か彼女の話を聞いたことはありますか？」

「いいえ……、それはありません。つきあい始めた最初の頃こそ、お互いの職場の話を面白おかしく話したりしたものですけれど、その後は、彼はほとんど仕事の話はしなくなりましたので。やっぱり、警察官として、公私の区別をしたかったのだと思います」

最後に雅美はそう言い足してから、少し離れたところに立つ私服の女性警官に視線を走らせた。彼女は雅美が話し始めてから、しきりとこちらの様子を気にしていた。直接、事件に関わるような話はしないようにと目を光らせているのだ。

「そうすると、雅美さんが飯坂郁恵の話を初めて聞いたのは、山口が秋川駅前で彼女と再会したときですか？」

「はい、そのときには、家に帰って来て話してくれました。昔、未成年の頃に補導した女性とばったり再会したと――。目が合って、すぐにお互いがわかったそうです。でも、相手は何人かのスタッフと一緒だったので、声はかけなかったと言っていました」

「つまり、あとでわざわざ彼女を訪ねて行ったということでしょうか……？」

「そういうことになりますが、わかりません……、私には……」

　雅美が答えたとき、ついに女性警官が意を決した様子で体ごとこちらを向いた。

「恐れ入りますが、事件の話は、あまりしないようにしていただけますか。捜査に混乱を招く恐れがありますので」

　混乱とは、いったい何のことだ……、と気色《けしき》ばむ浩介の隣で、重森が静かに口を開いた。もともと物静かな人だったが、今やその静けさには、重たい威厳《いげん》のようなものが感じられた。

「わかりました」と、女性警官にうなずいてから、

「そうしたら、ひとつだけ教えてください。飯坂郁恵さんから山口に来ていたメールを、お宅を訪ねた捜査員とともに見つけたそうですね？」

　改めて雅美に向き直って訊くと、彼女は強い風に煽《あお》られたみたいな顔をした。太腿に置

いた手を握り、人差し指と親指でスカートの布をはさんで揉《も》み始めた。

「はい……。息子が宿題で主人のパソコンを使ったりもするので、私もパスワードを知ってるものですから……」

だが、雅美がか細い声で答えると、女性捜査員が恫喝《どうかつ》するような声を出した。

「メールの内容については、捜査上の秘密です。口外《こうがい》なさらないでください」

生真面目《きまじめ》そうなその顔には、上司からの命令を正確に遂行《すいこう》している者の確固たる威厳があふれていた。そうすることこそが正義だと信じる者の顔だった。

「どうしても、ひとつだけお願いします。飯坂郁恵さんは悩み事を相談するうちに、愛情をほのめかすようなことも書いてきたと聞いたのですが、山口はその気持ちに応えるような返信をしていたのですか？」

「いいえ、それはありません。むしろ、あの人は戸惑《とまど》ってるようでした。重森さん、勉さんは、決してそんな誘いに乗る人ではないんです」

「わかっていますよ。私もやつを信じています。そのメールを見つける以前から、山口に何か気になる点があったりはしましたか？」

「このところ、帰りが遅かったり、非番の日に、何か適当な理由をつけて出かけることが何度かありました。私、気にはなったんですけれど、きっと何か仕事で動き回ってるのだろうって……。だから、私のほうから尋ねるのはよそうって……。でも、あの人、飯坂郁恵に会いに行ってたんでしょうか……」

「たとえそうだとしても、ヤマさんは、きっと、何か仕事絡《がら》みだったんですよ。さっき雅美さん自身が仰《おつしや》ったじゃないですか。結婚後は、仕事の話をしなくなったと。仕事絡みだったので、何も言わなかったにちがいありません」

力を込めて主張する浩介のことを、雅美は黙って見上げて来た。

「ありがとう、坂下さん……」

唇に、ごく短い間だけ、ほんの微《かす》かな笑《え》みが浮いた。そのまなざしには、しかし、どこか年端《としは》のいかない弟を慈《いつく》しむような光があった。

彼女はふっと息を吐き、廊下の先に目をやった。沈黙が浩介たちにも伝染し、女性捜査員も含めて全員がなんとなく同じほうを見つめた。山口が今、生死の境《さかい》をさまよっている治療室のほうを……。

そのとき、忙しない足音が聞こえ、ちょっと前に浩介たちが通って来た廊下のほうから、制服姿の小柄な男が大股《おおまた》で近づいて来るのが見えた。頭の禿《は》げ上がった脂顔《あぶらがお》の男は、同じ制服姿の浩介たちを見るといっそう歩く速度を上げ、途中で長椅子にしゃがんでいる雅美に気がついた。

「秋川西の菊川《きくかわ》です。山口君の奥さんですか？　いつも、彼にはすっかりお世話になっておりまして……」

彼女の前に立ち、礼儀正しく頭を下げた。雅美が再び腰を上げた。

「山口の妻です。主人が、いつもお世話になっております」

「早朝からずっとバタバタしっぱなしで、こちらにうかがうのが遅くなってしまいまして、誠に申し訳ありませんでした――」

菊川は病院という場所を気遣《きづか》って小声になっていたが、その喋り方には気持ちの高ぶりを抑えかねている感じがした。

「それで、山口君の具合はどうですか……?」

いっそう声をひそめて尋ね、雅美が言葉に詰まりながら浩介たちにしたのと同じ話をするのを心配そうに聞いた。

「そうですか、まいったな……。山口君のところは、お子さんは、おいくつでしたっけ……?」

「中一と小四です」

「そうか……。そうですか……」

菊川はポケットからハンカチを出し、噴《ふ》き出す顔の汗をしきりとぬぐい始めた。やがて、ハンカチを右頬《ほお》に当てたまま、雅美から重森へと顔を向けた。改めて名乗って挨拶《あいさつ》を済ますと、「ちょっと失礼します」と雅美に断わり、重森と浩介のふたりを廊下の先へと促した。

ちょうど目の高さにある菊川の頭部を見ながら、浩介はその後ろを歩いた。艶《つや》を帯びた禿頭《とくとう》が、青白い蛍光灯《けいこうとう》の光にてかっていた。菊川は、廊下を曲がってもなお立ちどまらず、無言で先を急ぐように歩きつづけ、やがて待ち合いロビーのざわめきが廊下の先に聞こえると、急に体ごとこちらを振り向いた。

「いやあ、突然、こんなことになってしまって……、何がなんだかわからない状況なんです……」

重森と浩介を交互に見ながらそう前置きし、

「奥さんは、おふたりに何か言ってましたか？」

と訊いて来た。浩介は口を閉じ、重森に任《まか》せることにした。

「いや、今、菊川さんに直接話した以外のことは何も——」

「飯坂郁恵というモデルとの関係については、何か？　その女と山口君がやりとりするメールを、奥さんが発見したというような話を聞いたのですが……」

「捜査員とともに見つけたようですね。しかし、捜査に当たる北沢署から口止めをされているとのことで、詳しい内容については、我々も聞き出すことができませんでした」

「なるほど。そうですか……」

菊川はしばらく口を閉じ、顎《あご》を引いてじっと何か考えていた。

「まさか、とは思うのですが……、そちらの交番にいたときに、山口君には何かドラッグ使用にまつわる噂《うわさ》があったりはしませんでしたか……？」

浩介は、奥歯を嚙《か》み締めた。口を開けば、自分が何を言うかわからない。

「いいや、山口は真面目な警察官ですよ。やつに限って、そんなことはいっさいありません」

「そうですね……。私もそれは信じているのですが……、こういう事態になってしまって、なにしろ署の上層部がすっかり狼狽えてましてね……。」

菊川は、顔の汗を拭《ふ》きつづけた。外にいることが多いため、すべての制服警官と同様に、顔が浅黒く日焼けしていた。目尻から耳の付け根に向かって、綺麗な笑いじわが刻まれていたが、今はそれが行き場を失ったように力なく伸びていた。

「それに、昨日《きのう》は一日、山口君は勤めを休んだりもしていたものですから……。それで、私も心配していたんです……。このところ、勤務中も何かが心に引っかかっているような感じがしましたし……」

「山口が、勤めをですか……」

「はい……。朝、連絡があって、熱があるので休ませてほしいと言って来たんです。ところが、北沢署の刑事によると、どうも奥さんには仕事に行くと話していたようなんですね。いったい、一日、どこで何をしていたのか……」

「私たちからも菊川さんにひとつ質問があるのですが」重森が言った。「一カ月前に山口が飯坂郁恵さんと再会したとき、菊川さんも勤務に就いていたのですか？」

「ああ、もちろんです。同じシフトですからな。私も、彼女の撮影隊を見ていますよ。モデルの女性が何人かいて、全部で七、八人のグループでした。そのときは、遠くから見ていただけだったのですが、山口君はあとで飯坂郁恵に会いに行ったんですね」

「そのときには挨拶も交わさなかったのですか――？」

「ええ、撮影隊が引き上げてしまうまで、我々は遠目に見ていただけですよ。困ったな……。ほんとにいったい、どういうことなのか……。無論、山口君に限って、あのモデルさんと何かあったなんて考えられませんよ。そんなことを考えたくはないんだが、人には魔が差すということがありますから……。まいった……、いや、まいった……」

ぶつぶつとつぶやく菊川が、はっと表情を変えた。初老の男女ふたりが、姉弟《きょうだい》らしいふたりの子供を連れて、表のロビーのほうから廊下を歩いて来るのが見えた。姉のほうは、中学校の制服を着ていた。山口の娘と息子だった。

素早く反応した菊川が、彼らへと走り寄った。

自己紹介をし、

「奥さんは、向こうにいらっしゃいます。さ、どうぞ……」

と案内を始めた。

重森と浩介も彼らに挨拶し、一緒に雅美のもとへと戻ったが、子供たちを抱き締め、堪《こら》えきれずに泣き始める雅美を目《ま》の当たりにして、三人ともそれ以上近づくことができなかった。

「なぜヤマさんは、その場で声をかけなかった飯坂郁恵に、あとになってわざわざ会いに行ったんでしょうか？」

浩介は、重森にそっとささやいた。

「何か気になることがあったのかもしれんが、わからんな……。いずれにしろ、事の起こりは、撮影で秋川に来た飯坂郁恵と山口が再会したことだ」

4

飯坂郁恵が所属する芸能事務所は、西麻布《にしあざぶ》にあった。雑居ビルの入り口付近には事件を嗅《か》ぎつけた報道陣が大挙《たいきょ》して押し寄せ、ビルへの来訪者や通行人の妨《さまた》げになっていた。

事務所の電話もひっきりなしに鳴りっぱなしで、「とにかく、近いうちに記者会見を行ないますので」「質問は、その場で受け付けますから、今は御勘弁《ごかんべん》ください」等、電話にかじりついた社員たちが、口々にそんなことを言って応対していた。

その片隅で、工藤《くどう》という名の四十男が、浩介たちの相手をした。名刺によると、フルネームは工藤和正《かずまさ》で、肩書には「代表取締役」とあった。

事務所を切り盛りするだけあって、目端《めはし》が利《き》きそうな男だった。さっぱりとソフトモヒカンに刈り上げ、横に細い眼鏡《めがね》をかけ、仕立てのいい背広を着ていた。

「それで、どういった御用件でしょうか？」

と促す口調には、協力的な響きは少しもなく、これ以上警察の、ましてや制服警官の相手などしていられないと言いたげな雰囲気を匂《にお》わせつつ、重森と浩介のふたりを細い眼鏡の奥から睨《ね》め回した。

「お忙しいところを申し訳ないです。少しだけ、協力をお願いします」

重森はあくまでも低姿勢ではあったが、あとに退《ひ》く様子はなかった。

「飯坂郁恵のことならば、刑事さんたちにもうさんざんお話ししましたよ。これ以上、いったい何を話せばよろしいんでしょう？」

「私がうかがいたいのは、ひと月前のことです。秋川西交番に勤務する山口巡査は、ロケ隊と一緒にやって来た飯坂郁恵さんを秋川駅前で見かけているんですが、そのことは御存じでしたか？」

「ああ、それが発端のようですね。で、それがどうしたのですか？」

「山口はその後、改めて彼女に会いに行ったと思われます。もしかしたら、当日、何か気になることがあったのかもしれません。その日のロケに一緒に行った方から、お話を聞かせていただきたいのですが」

「そんなことをして、何か意味があるのでしょうか。飯坂郁恵に対してよからぬ下心《したごころ》を抱《いだ》き、それで会いに行った。あなた方警察官は否定するでしょうが、客観的に見て、そういうことではないんですか?」

「飯坂さんが、何らかのトラブルに巻き込まれていた可能性はありませんか?」

「トラブルって、何です?」

「例《たと》えば、ドラッグ絡みです。彼女は、どこからドラッグを入手したんでしょう?」

「そんなこと、わかりませんよ。第一、どうして郁恵が入手したと言うんです。決めつけないでください。山口という警官が入手した可能性だってあるでしょ」

喧嘩腰《けんかごし》になる工藤に対して、重森は穏《おだ》やかに微笑んだ。

「工藤さん、言い合いはやめませんか。我々は、事情をきちんと調べて把握《はあく》したいだけなんです。飯坂さんのマネージャーならば、当日のことがわかるのではありませんか。マネージャーは、何という方ですか?」

「ああ、それは、永峰《ながみね》という者が担当してます。永峰英子《えいこ》です。ただ、うちは大勢のモデルを抱《かか》えてますので、マネージャーも、いっぺんに何人もの担当を持っているんです。そのときも、別のモデルを担当するマネージャーがつき添ったのかもしれないし、ちょっとわかりませんが……」

視線を合わせないようにして答える工藤の態度に、浩介は小さな違和感を抱いた。

「永峰さんは、今日はどこに?」

　重森が訊いた。

「いや、彼女ならば今日はおりません。たまたま昨日から休暇を取って、里帰り中でしてね」

「なるほど、そうですか。郷里はどちらでしょう?」

「鹿児島《かごしま》です」

「一応、電話で話をうかがいたいので、番号をお教え願えますか。できれば実家と携帯と、両方の番号をお願いします」

「実家の番号ですか……。いや、それはちょっとすぐには──」

「それでは、とりあえず携帯番号だけで結構です」

　工藤は自分のスマホをしぶしぶ操作し、電話番号を読み上げた。

「でも、休暇中ですから、出るかどうかわかりませんよ」

「何度かかけてみます。それと、一カ月前、飯坂郁恵さんと一緒に秋川に行ったスタッフを調べてください。他のモデルの方も御一緒でしたら、その方たちの名前もお願いします」

「えっ……、スタッフやモデルもですか……。永峰君から聞くだけではダメなんでしょうか……」

「ただ、お話をうかがうだけですから。お願いします」

浩介も重森とともに頭を下げると、工藤はソフトモヒカンの頭を指先で掻《か》いた。

「まいったな、もう……。ええと、秋川ロケですね……。もちろん、モデルが何人か一緒でしたよ。それと、カメラマンと、うちのスタッフと、ああ、あとは、広告関係だったか――。それじゃあ、ちょっと調べてみましょうか……」

応接ソファから程近いところにある自分のデスクに戻った工藤は、ノートパソコンを操作した。共有のプリンターへと歩き、プリントアウトしたものを持って戻って来た。

それはＡ４判の紙二枚に印刷された簡単な企画書だった。

「これを見ていただければ、当日の概要がわかると思います」

どこか不機嫌そうな口調は変わらなかった。さあ、もうこれで引き上げてくれ、という気持ちを顔に色濃くにじませている。

礼を言って重森が受け取り、その場で企画書に目を通した。浩介は、横からその手元を覗き込んだ。撮影予定地、仕事のコンセプトや当日のタイムテーブルに加え、参加したモデル及びスタッフの名前が並んでいる。

その中にひとつ気になる名前を見つけ、浩介は思わず声を漏《も》らして指差した。

「あ、これは……。重森さん、この名前を見てください。藤井ですよ。藤井一成です」

去年の暮れに山口が異動する原因となったあの事件で、大津富雄と一緒になってマッチングパーティーを主催していた男だった。

そこで出会った複数の女性と同時につきあっており、刃物を持ってパーティー会場に乗り込んで来た駒谷美見に切りつけられて大事件になった。彼女は実刑判決を受けたが、藤井のほうは危険ドラッグの使用によって逮捕されたものの、執行猶予《ゆうよ》になったのだった。

企画書にある藤井一成の肩書には、映像制作会社の名前があった。あの事件の当時は確か広告代理店で働いていたはずだが、そこは馘《くび》になったのかもしれない。

「きっとヤマさんは、この男を見かけたから、心配して飯坂郁恵に会いに行ったんですよ」

浩介は、そう確信した。ふたりが親しく話している様子を目撃したのではないか。そして、心配になって彼女を訪ね、あれこれと悩みを聞いていた。きっとそうに決まっている。

浩介は気持ちを抑えきれず、前にのめるようにして工藤のほうに身を乗り出した。

「この藤井という男を御存じですか？」

「いや、私は、直接は……」

「誰か、直接知っている社員の方はいませんか？」

「さあ、急にそう言われても……」

「永峰英子さんはどうです？」

「ええ、まあ、彼女ならば何か知ってるかもしれませんが……、しかし、私には、なんとも……」

工藤は煮え切らない応対をつづけた。

プロダクションの建物を出た浩介たちは、すぐに永峰英子の携帯番号にかけてみたが応答はなく、留守電に切り替わってしまった。重森が身分を名乗り、飯坂郁恵のことで話が聞きたいと伝言を残した。

執行猶予中の人間の住所は、警察のデータベースにすべて登録されている。藤井一成の現住所は大田《おおた》区の東六郷《ひがしろくごう》で、浩介は重森をパトカーの助手席に乗せて環状七号線を南に向かった。馬込《まごめ》で第二京浜《けいひん》に入り、今度は環状八号を使ったのち、第一京浜を少し行って生活道路へ折れた。

カーナビの住所に該当する場所には、かなり年代物で、外観から賃貸物件と推測できるタイプのマンションが建っていた。専用の駐車場はなく、自転車置き場とゴミ置き場が並んで敷地の隅にこじんまりと設《もう》けられていた。マンションの表の道には、車が横を通り抜けられる幅があったので、浩介は建物の入り口脇に寄せてパトカーを駐《と》めた。

藤井一成の部屋は、三階建ての建物の二階だった。階段で二階へ上がり、該当する番号の部屋に近づいた重森と浩介は、その部屋の手前でふたりそろって足をとめた。部屋のドアが薄く開いていた。

　足音を忍ばせ近づくと、やがて中からぼそぼそと低い声で交わされる話し声がした。どうやらふたりで、両方とも男だ。

　部屋のプレートに藤井の名は入っていなかったが、部屋番号はここで間違いない。隙間《すきま》に顔を寄せて中を覗くと、狭い三和土《たたき》に革靴がふたつ無造作に脱いであり、キッチンの向こうの部屋で何か家捜《やさが》しをしている男の背中が見えた。

　浩介と重森は目を見交わし合い、重森の合図で中に飛び込んだ。

「警察だ。動くな！　ここで何をしている⁉」

　重森が鋭い声を浴びせかけると、男がゆっくりとこちらを振り向いた。玄関からは死角になった部屋の横手からも、もうひとりが出て来て、やはりこちらに顔を向けた。ともに安物のスーツを着て、髪を短く刈り上げていた。

　互いの顔を見合わせてから、部屋の死角から出て来た男のほうが口を開いた。この男は四十代の半ばぐらいで、もうひとりは三十代に見えた。

「私は蒲田《かまた》署刑事課の海堂《かいどう》。こっちの若いほうは平井《ひらい》といいます」

　男はもうひとりの分も合わせて名乗り、現場保存用の手袋をした手で警察官のＩＤを提示した。

　いわゆる家宅捜索及びそれに準ずる行為を行なうときは、部屋を密室状態にしてはならないと定められている。玄関ドアが細く開いていたのは、そのためだったのだ。

「失礼しました。四谷中央署花園裏交番所属の重森です」

「坂下です」

浩介たちも名乗り返してから、

「蒲田署の刑事課の方がここで何をされていたのか、うかがってもよろしいでしょうか？」

重森が改めて口を開いて訊いた。

「実は、多摩川《たまがわ》で、ここの住人である藤井一成さんの水死体が見つかりましてね」

海堂と名乗ったほうの捜査員がそう答えるのを聞いて、浩介たちは驚いた。

「えっ……、水死体で──。それは、事故ですか？　それとも、他殺の可能性が？」

重森にしては、珍しく冷静さを欠く訊き方になった。

「他殺かどうかについては、まだ解剖《かいぼう》の結果待ちです。ただ、現場での検視から、死後、四、五日ほど経過していると判断されました。身元がわかるような物は何も身に着けていませんでしたが、幸いに指紋が残っていて確認できたので、身元が割れました」

海堂が答えて言った。水中に長時間あった死体は、末端から腐敗が進行する。特に手足の指先は先端故《ゆえ》に腐敗して剝がれてしまうことも多い。「幸いに指紋が残っていた」とは、そういう意味だった。

「遺体は、多摩川のどの辺りで見つかったのですか？」

　重森が訊いた。

「河口付近ですよ。多摩川は東京湾の潮の干満の影響を大きく受けるため、いったん羽田《はねだ》沖まで流れ出た死体も、満ち潮に押し戻されることがあるんです」

「そうすると、五十間鼻《ごじゆつけんばな》の辺りですな」

「ああ、御存じでしたか」

「ええ、あの辺りに勤務している同僚から、そういった話を聞いたことがあります。関東《かんとう》大震災や空襲のときにも、大量の水死体が漂着したと」

「そうです。五十間鼻には、そうした水死体のための無縁仏堂《むえんぼとけどう》があります。ただし、遺体には、かなり長時間にわたって河底を転げたためにできた擦過痕《さつかこん》がありました。ですから、あの河口付近で落ちたわけではなく、どこか上流で多摩川に落ちたものと思われます」

「死後四日から五日というと、先日の台風の日かもしれないですね」

　浩介が思いついて言った。五日前の午後から四日前の明け方にかけて、関東を激しい台風が襲い、あちこちで浸水等の被害が発生した。その日はちょうどナイトシフトに当たったが、関東に台風が直撃し、新宿もマンホールから水があふれたり、一階の店舗に水が入ってしまったりして大変だったのだ。

「そのとおりだ。五日前の夕方までは職場にいたことが確認されているので、ちょうどあの台風の夜に何かあった可能性が高いだろうね」

海堂が答え、

「あの夜は、多摩川も大変だったんじゃないですか？」

重森が訊いた。

「ええ、かなりすごい状況になりまして、ニュースで御覧になったかもしれないが、数十年ぶりで洪水が発生した地域もありましたよ。あの夜の状況からすると、どこで川に落ちたとしても、河口を越えて東京湾まで流されて不思議じゃありません。むしろ、こうして五十間鼻付近に流れ着いたのが幸運でした。しかし、多摩川の全長は確か一三八キロメートル。奥多摩から河口まででも一〇〇キロ近くあります。どこで川に落ちたのかを調べるとなると、かなり厄介《やっかい》ですよ」

「そういえば、ここからも多摩川まで近いですね。せいぜい一キロ程度ですか？」

運転中に見ていたカーナビの地図を思い出して、浩介が言った。

「いや、直線距離にしたら、せいぜい五、六〇〇メートルってところだろうね。この近辺の河川《かせん》エリアは、別班が調べてるよ。何か見ている人がいるかもしれませんからな。なにしろ、あの雨ですから、誤って川に落ちた可能性も考えられますが、事件性も否定できません。藤井一成は薬物所持で執行猶予中だとわかったものですから、こうして部屋を調べておりました」

海堂は、顔の向きを浩介から重森へと移すに従って敬語を復活させた。捜査員の中には、相手が制服警官だというだけで横柄《おうへい》な態度を取る者もあったが、この男は違った。

「ところで、失礼ですが、花園裏交番ならば、ここはまったく管轄外ですね」

「実は、藤井一成が執行猶予になった事件を捜査したのは、我々なんです」

重森はそう前置きをした上で、去年の事件のあらまし及び、今回の一件でこれまでに判明していることを説明した。

「なるほど、そのときに藤井逮捕のきっかけを作った巡査が、藤井と関係のあるモデルの部屋から、意識不明の重体で見つかったのですか……。しかも、そのとき問題になった合成ドラッグを服用していたと……。これは、何か裏があるかもしれませんな……」

海堂は顎を引き、つぶやくように言った。何かをじっと考えていたが、やがて隣の平井に向かって顎をしゃくった。

「おい、あれをお見せしろ」

「しかし……」

「いいんだ。同じ警官同士じゃないか」

ためらう平井は、そう促され、ポケットから証拠保存用の袋を取り出した。中には、携帯電話と現金、それにあのピンク色の錠剤が入っていた。《ラヴ・アフェア》だ。

「実は、ちょっと前に、これらが風呂場の天井裏から見つかりました。こいつが発見したんですよ。プリペイド携帯に、現金がおよそ五十万。それと、合成麻薬が十錠ちょっとありました。携帯には同じひとつの番号しか登録してありませんでしたし、通話もその番号としか行なわれていません。相手もプリペイド携帯にちがいない」

海堂は携帯を操作し、通話履歴を浩介たちに見せ、

「藤井一成は、合成ドラッグの売り子をしていたのではないでしょうか」

と、結論を口にした。

つまり、この携帯は、卸《おろ》し元《もと》との連絡を取るためのものなのだ。ドラッグの不法所持で捕まった人間が、幸いにして執行猶予になったにもかかわらず、それから売り子に転じていくのはよくあるケースだ。

特に藤井一成の場合は、不法所持で逮捕されたときから、あのときに殺人未遂等の容疑で逮捕された駒谷美見を含む複数の女性に対して、《ラヴ・アフェア》を渡していた疑いが持たれていた。

「それと、藤井の女関係についてですが、女性と撮影した写真がパソコンに大量に保存されていました。これは、それをコピーしたものです」

と、海堂は今度は自身のタブレットの画面を見せてくれた。

「何人もの女性たちの写真が納められていましたよ」

そう告げる声には、かなりの嫌悪感がにじんでいた。

重森が受け取って操作するタブレットの画面を、浩介も横から覗き込んだ。何枚か同じ女性との写真がつづくと、他の女性が現われた。こじゃれたレストラン等で写したものに加えて、女が下着姿だったり、何も身に着けていないものも交じっていた。

浩介も嫌悪感に襲われた。個々の女性には、全員にフルネームとスリーサイズが記されていた。あの男にとっては、口説いて落とした女は〝戦利品〟のようなものだったにちがいない。

海堂のポケットで携帯電話が鳴り、「ちょっと失礼」と断わってやりとりを始めた。言葉の端々《はしばし》から、何か新たな事実が判明したらしいと察せられた。

「解剖の結果が出ましたよ」

やりとりを終えた海堂は、その内容を開陳《かいちん》してくれた。「頭蓋骨《ずがいこつ》後頭部が、鈍器《どんき》で殴《なぐ》られて陥没《かんぼつ》していました。それに、肺に水がそれほど入っていませんでしたので、死後、何者かによって多摩川に落とされたものと思われます」

「つまり、何者かに後頭部を殴られて殺され、その後、多摩川に捨てられたと？」

「そういうことです。つまり、他殺ですよ」

海堂は、刻み込むように最後の言葉を口にした。

「それから、藤井の財布《さいふ》が見つかりました。驚くなかれ、拾得物《しゅうとくぶつ》として、うちの保管庫にありました。台風一過《いっか》である四日前の朝、ここから程近い多摩川沿いの道に落ちているのを、通学途中の女子高生が見つけて交番に届けてくれていたそうです」

「そうすると、藤井はこの自宅の近所から多摩川に落ちたと考えてよさそうですね」

平井が意気込んだ様子で意見を述べた。これで捜査の範囲を大きく絞《しぼ》り込むことができる。

だが、海堂はあくまでも慎重だった。

「ま、断定は急がないことさ。だが、とにかくはここから多摩川の間に、聞き込みの人手を大きく割《さ》くことになったぞ」

海堂の動きから、話を切り上げる気配を感じた重森がタブレットを返そうとしたとき、そこに表示されている写真が浩介の目にとまった。

「あれ、この名前は……」

スリーサイズとともに書かれた写真の女性の名前を見て、浩介が指摘し、重森と顔を見合わせた。

「誰です？　知っている女ですか？」

海堂が訊き、重森が浩介に答えるように促した。

「永峰英子。彼女は、プロダクションで飯坂郁恵を担当していたマネージャーですよ」

5

一時間待った。そろそろ出て来るはずだと思ってからも、さらに十分、また十分と何度か時間が徒《いたずら》に過ぎたのち、目当ての男が現われた。表側はマスコミの人間たちで占められている。裏口を見張っていたのは正解だったのだ。

工藤は裏通りを小走りに進んでいたが、たまたまやって来たタクシーに手を上げて乗り込んだ。少し距離を取ってそのあとを尾《つ》けると、タクシーはワンメーターぐらいの距離で路肩に寄って停《と》まった。工藤はウィークリーマンションの前でタクシーを降りて、そのエントランスを入った。

それほど広さはないロビーの奥に、エレヴェーターが二基、片側の壁に並んでいた。その前でエレヴェーターを待つ工藤に追いつくことができた。

ロビーを横切ってくる制服警官ふたりに気づき、工藤は明らかに表情を変えた。

「マネージャーの永峰英子さんを、ここに匿《かくま》っているんですね？　これ以上、下手《へた》な隠し立てをすると、捜査妨害になりますよ」

工藤は何か言い訳を探しながら、視線を忙しなく動かした。

「飯坂郁恵のマネージャーである永峰英子は藤井一成とつきあいがあり、しかも、ふたりでドラッグを使用している関係ですね。永峰英子には、お宅のモデルたちにドラッグを流していた疑いがあります。それとも、あなたもグルですか」

藤井のパソコンにあった写真の彼女は、下着姿で藤井と寄り添い、カメラに向かって笑っていることが多かったのだ。しかも、その表情は、藤井ともども、なんらかのドラッグをやっていることを窺わせるものだった。

重森に問い詰められ、工藤はうろたえ出した。

「私は何も知らなかった。ほんとです。今度の事件を知って、担当の永峰君を問い詰めたら、いかにも彼女の様子がおかしかった。それで初めて彼女が何かおかしなクスリをやっていると知ったんです……。このままでは警察と会わせるわけにはいかないと思い、それで、一時的にここで休ませることにした。それだけです」

「ドラッグの効果が薄れるのを、待っていたんですね？」

「いや、そういうわけでは……」

工藤は首を振りかけたが、

「そうです」

重森の冷ややかな視線にさらされ、みずからそう訂正してうなだれた。

「エレヴェーターが来ましたよ。何階ですか？」

「五階です……」

工藤が案内した一室には、同じ事務所の女子社員がひとり、見張り役としてつき添っていた。

玄関ドアを開けて入ると、その見張り役の女性が奥から飛んで来た。四十過ぎぐらいで、化粧のきつい女だった。

「社長、もう私、無理です……。誰か他の人と――」

必死の形相《ぎようそう》で訴えかけようとしたが、一緒に制服警官がいるのを知って言葉を呑み込んだ。

「入りますよ」

重森が断わって玄関に入り、女性社員の横をかすめて奥へと向かった。浩介は、工藤とその女子社員を促して一緒に移動した。短い廊下の先にはキッチンが片隅についたリビングに加え、もう一部屋が横に並んでいた。

リビングには永峰英子の姿はなく、小さなテーブルに、コーヒーと灰皿、それに女性社員のものと思われるスマホが載っていた。

隣の部屋との間は壁紙と同じ色の三本引き戸で仕切られており、開け放《はな》てば二部屋がひとつの空間になる造りだった。重森が、今はぴたりと閉められた引き戸に近づいた。

「永峰さんは、向こうですね」

という声が、隣室にも聞こえたにちがいない。じっと息を殺すような雰囲気が壁越しに伝わって来る。

「四谷中央署の重森といいます。ここを開けますよ」

重森は断わり、一呼吸置いてから引き戸を開けた。

隣の部屋は窓の遮光《しやこう》カーテンを閉め、天井灯《てんじようとう》を消していた。部屋の奥の壁につけてセミダブルぐらいの大きさのベッドが置いてあり、その端っこに、こっちを向いて女がひとり、うずくまるようにして坐っていた。

こちらの部屋からの明かりで、ぼんやりと顔がわかる程度だった。そのせいもあるだろうが、やつれて疲れ果てた様子の女は、一瞬、年老いて見えた。

顔を上げ、虚ろな目を向けて来た。それで印象がやっと四十前後に若返った。だが、写真で見た彼女と比較すると、それでもまだ老《ふ》けて見えていることになる。

ベッドサイドに小さなサイドテーブルが引き寄せてあり、そこにウイスキーの小瓶と何種類かのつまみが置いてあった。

「おいおい、どうして酒を飲ませたりしたんだ——」

隣の部屋からこちらの様子を窺っていた工藤が、素《す》っ頓狂《とんきよう》にも聞こえる声で隣の女性社員をなじった。

「だって、飲めなけりゃここを出て行くって言うんですもの……。私だって、好きで飲ませたわけじゃありません。ひとりで見張ってるなんて、無理だったんですよ」

言い合いを始めそうなふたりを、重森が手で制した。

「おふたりは、そちらの部屋にいてください」

工藤たちふたりに告げ、浩介とふたりで奥のほうの部屋へと入って引き戸を閉めた。

「永峰さんですね、部屋を明るくしますよ。いいですね」

彼女は重森がそう尋ねても、相変わらず虚ろな表情をしているだけだったが、実際に壁のスイッチを押し上げようとすると目を剝《む》いてきつい口調でとめた。

「電気をつけちゃ嫌よ……。暗いままにしておいて！　光が眩《まぶ》しいんです……」

重森はスイッチに指をかけたままでちょっと考えてから、そこを離れて彼女に近づいた。ベッドサイドの明かりと遮光カーテンの隙間から入る外光で、部屋には相手の表情がわかるぐらいの明るさはあった。

「どういうこと……？　どうして警察がここに来たの？　私、何も知らないわよ……。話すことなんかないわ」

「今朝、藤井一成の遺体が見つかりました」

重森は、静かに告げた。喋りつづけようとする彼女の鼻先に、ひょいと小石を投げ出したような言い方だったが、その口を閉じさせ、注意を引きつけるのに充分だった。

「そんな……、嘘《うそ》よ……」

　永峰英子はかすれ声でつぶやくように言いながら、重森をじっと見つめて来た。

「残念ですが、本当です。水死体となって、多摩川の河口付近に流れ着いているのが見つかったんです。何者かによって殺害されたものと思われます」

「そんな……。彼、殺されたんですか……」

「はい」

「ああ……、なんてこと……」

　ふらつく彼女に、浩介が手を差し伸べた。二の腕を摑《つか》んで支えると、拒《こば》まれるかと思ったが、彼女はその腕を支えにして体重をかけて来た。

「郁恵よ。犯人は、あの子に決まってる……。あの子が藤井を殺した挙句《あげく》、どうしていいかわからなくなって、山口っていうおまわりを巻き添えに自殺したんだわ……」

「どういう意味だ、それは？」

　重森が聴取を行なっている最中だったが、自分を抑えることができずに浩介が訊くと、永峰英子は蔑《さげす》むような目を向けて来た。

「わからないの？　迫られて、無理心中《しんじゅう》に引きずり込まれたってことよ」

「バカを言うな。ヤマさんに限って、そんなことは絶対にない。飯坂郁恵から相談を受け、そして、独自に何か調べていたに決まってる」

「なんでそれで、一緒にドラッグをやることになるのよ。あんたこそ、バカ言わないで。

男と女だもの、そんな綺麗ごとで済むはずがないでしょ。あの子は両親が早くに離婚して、誰もあの子に愛情をかけてこなかったから、男たちの前じゃいい顔してたけれど強《したた》かそのものだったわ。おまわりさんの歳じゃまだわからないでしょうけれど、女って怖《こわ》いのよ」

「いい加減にしろ！」

と食ってかかろうとする浩介を、重森がすっと手で制した。

「なんで飯坂郁恵が藤井一成を殺害したと思うんだね？　根拠を教えてくれないか？」

「根拠ね――。死んだ人のことを悪くは言いたくないんだけれどさ、あの子って、ストーカー気質だったのよ。故郷にいたときも、担任の先生を好きになって、つけ回してたことがあるんですって。本人は恋愛話のつもりで話してたけれど、あれって、冷静に考えるとストーカーよ。だって、その先生の家を捜して途中で待ち伏せたり、もう来るなって厳《きび》しく言われてからは、奥さんのほうにつきまとって泣き喚《わめ》いたりしてたみたい。あの子、惚《ほ》れるともう、何がなんだかわからなくなっちゃうのよ」

「なるほど、それは確かに引っかかるが、しかし、それだけじゃあな――」

「いいえ、それだけじゃないわよ。あの子は藤井につきまとってたの。藤井は時々、誰かが留守中に部屋に入ってるように感じることがあったんですって」

「きみにそう話したのか？」

「ええ、そうよ。ものの配置がちょっと違っていたり、飲み物が減ったりしてたことがあるって、気味悪がってた」

「だが、飯坂郁恵が、こっそり部屋に入ってたという証拠はないんだろ？」

「証拠はないけれどさ、きっと郁恵じゃないかって」

「藤井一成が、はっきりそう言ったのか？」

「そうよ。藤井の部屋を調べてみてよ。きっと何か証拠が出るから」

「わかった。それじゃ、その点は藤井一成の事件を捜査している捜査官に伝えよう。それから、一言言っておくが、飯坂郁恵さんも山口も亡くなっていない。生きているぞ」

「――――」

「そしたら、次は《ラヴ・アフェア》のことを教えてくれ。きみは《ラヴ・アフェア》という合成ドラッグを、藤井一成からもらっていた。そして、それを飯坂郁恵さんたち、自分が親しいモデルにも渡していた。そうだね？」

「――――」

「わかるよ。最初はふたりでちょっと楽しむだけのつもりだったんだろ。しかし、気がついたときには、もう後戻りができないところまで来てしまっていた。でも、勇気を出すのは今だよ。何もかも正直に話してくれ。そして、一から出直すんだ」

重森がじっと見つめていると、永峰英子の中で何かがひび割れたらしかった。

「私……、そんなつもりじゃ……。私、彼のことを愛していたんです……。だから、彼が望むことは、何でもしてあげたかったし……、ふたりで幸せになりたかったんです……」

「藤井一成の求めに応じて、何をしたんだ？」

「パーティーに、女の子たちを紹介しただけよ……」

「パーティーとは、どんな？」

そう尋ねかけた重森が、はっと何かに思い当たった顔を浩介のほうに向けた。

「それって、いわゆるセレブが集まるマッチングパーティーのことですか。一流企業で働く男とか、みずから起業している男たちなどと、才色兼備の女性たちが集まるパーティーですね？」

浩介の問いかけに、永峰英子はうなずいた。何を思ったか、わずかに誇らしげな表情をよぎらせていた。

「ええ、そうよ。彼は、そのパーティーの幹事役をやっていたの」

「そして、あなたはそのパーティーに、飯坂郁恵さんたち事務所のモデルを紹介していた？」

「それは、ただ……、女の子たちの人数が足りないときに、男たちと頭数を合わせる必要があるからと言われて……」

「サクラということですね」

「ええ……」

「しかし、サクラ以上のことまでしていたのでは？」

浩介は、そう切り込んだ。「つまり、出席者の何人かの男性とモデルの女性の間を、あなたが取り持っていたとか？」

「いいえ、私は取り持ったりしません。私がしたのは、事務所のモデルの何人かを、サクラとしてパーティーに呼ぶところまでです」

「じゃあ、その先は、藤井一成がしていた？」

「彼ひとりの仕業《しわざ》じゃないわ。主催者のリーダーは、別の人ですもの」

「その男の名前を知ってますね。パーティーの名簿を持っているんでしょ？」

「ええ……、スマホにデータがあります……」

「で、リーダーの名は？」

「大津富雄という人よ」

浩介は、なんだかデジャブを見ているような気分になった。去年、行方《ゆくえ》が知れなくなった戸田明音という女性を捜すため、山口とふたりで必死に走り回った日のことが思い出された。大津富雄と藤井一成は、少しも懲《こ》りず、ふたりそろって同じようなことを繰り返していたのだ。いや、今度は金を介在させ、モデルを男たちに斡旋《あっせん》していたのだから、いっそう悪質になっている。

（ヤマさんはきっとこのことを知り、調べていたにちがいない）

浩介は、そう確信した。

「飯坂郁恵も、大津富雄や藤井一成の口利きでサクラになり、誰か特定の男とつきあっていたんだね？」

重森が質問役に戻って訊いた。

「はい……。でも、パトロンってことよ、あくまでも。売春とかとは違うわ……」

「わかった、パトロンだね。会って事情を訊きたいので、その男の名前と連絡先を教えてください。パーティーの名簿には、勤め先なども書いてあるはずだ」

「――――」

「永峰さん！」

重森に一喝《いっかつ》され、永峰英子は声を絞り出すようにしてひとつの名前を口にした。

「溝端智久《みぞはたともひさ》っていう人よ」

「それは、どんな男です？　仕事は？　起業家か、それともどこかのエリート社員ですか？」

「いいえ、彼はあの会では変わり種《だね》だった。芸術家なのよ。写真で見せてもらったけれど、鋼鉄とかコンクリートとかを使って、巨大なオブジェを作ってました。――だけど、芸術家って、みんなああなのかしら、なんだか少し変な人だったわ。気味が悪いっていうか……。郁恵もちょっと怖がってたみたい……」

「どう変だったんだね？」

「何というか……、何を考えてるかわからない感じで、暗いんです。普段はおどおどしているくせに、お酒が入ると別人みたいに強気になって……。子供みたいに自分がずっと話の中心じゃないと許せない人っているでしょ。そんな人でした」

「よくそんな男がパーティーのメンバーに入れたね？」

「お兄さんが常連メンバーだったのよ。株のディーラーをしてる人で、湾岸エリアの高級マンションに暮らしていて、大津さんたちとも長いつきあいだったみたい」

「兄の紹介で入ったってことか？」

「そう。だけど、そのお兄さんのほうは、行方不明になっちゃったの。そろそろ半年ぐらいになるかしら。私、そういう世界のことはわからないから、詳しい事情は知らないけれど、顧客に大損をさせて、その中には危ない筋の人がいたんですって……。パーティーでも、ずいぶん噂になってた」

「兄の名前は？」

「名前……。ええと、佐藤智也《さとうともや》」

「弟と苗字《みょうじ》が違うのか――？」

「両親が離婚したそうよ」

重森は考え込むように顎を引き、念のため、データ検索にかけるようにと浩介に命じた。

浩介が公務用のタブレットで検索したところ、兄弟ともにヒットした。佐藤智也のほうは、およそ半年前、行方不明者として警察に届けが出されており、当時の現住所は芝浦《しばうら》のマンションだった。

一方、弟の溝端智久には前科があり、その内容が浩介の注意を引いた。一昨年、強制わいせつ罪で、執行猶予つきの有罪判決が下っていたのだ。懲役《ちょうえき》三年で、執行猶予五年。まだ執行猶予中だということだ。

街の灯《あか》り

1

海堂に連絡を入れてひととおりの説明をしたあと、永峰英子を蒲田署に連行した。工藤及び、この部屋で英子につき添っていた女性社員も、事情聴取があるからと言ってタクシーで同行させた。

アルコールや薬の効き目が切れてきたせいか、永峰英子はパトカーの後部シートでまさに塩を振った青菜《あおな》のようにしょんぼりとしていた。

彼女たち三人の身柄を託された海堂と平井のふたりは、浩介と重森を小会議室に待たせ、しばらく戻って来なかった。

「どうも、お待たせして失礼しました」

やがて、そう言いながら小会議室に入って来たのは海堂ひとりで、こんな説明を聞かせてくれた。

「実はですね、ひとつお耳に入れておいがほうがいいだろうと思いまして。鑑識が藤井一成の部屋を調べたところ、大量に飯坂郁恵の指紋が出ました。それも、ただ訪問しただけならば出ないような、流しの下ですとか、押入れの奥ですとか、そういったところにまで指紋が付着していたんです」

海堂の顔には、捜査が詰めに入ったことによる興奮が感じられた。

「家捜《やさが》しをしていたと——?」

重森は、ちらっと浩介のほうを見てから訊《き》き返した。

「ええ、家捜しというか、物色というか、そういうことでしょう。古い指紋も新しい指紋も交じっていた。ですから、何度か繰り返し侵入していたものと思われます。それに、飯坂郁恵の部屋から、藤井一成の部屋の合鍵が見つかりました。彼女は藤井に内緒でこっそりと合鍵を作り、そして、留守中に忍び込んでいたわけです。ストーカー行為に及ぶ人間の中には、こうしたことを好む者もいるんですよ」

「ええ、確かにそうした人間がいることは私も知っています」

永峰英子の指摘どおりだったのだ。重森はそう言ってうなずき、相手に先を促《うなが》した。

「藤井一成の部屋でお会いしたとき、やつの財布《さいふ》の件をお話ししましたね。台風一過の翌朝、あそこから四、五百メートル離れた多摩川沿《ぞ》いの道に落ちているのを届けた者があり、拾得物《しゅうとくぶつ》として保管されていたと」

「はい」

「我々は、あの台風の夜に、飯坂郁恵が藤井一成をその財布が見つかった近辺で殺害し、遺体を多摩川の濁流《だくりゅう》に落としたのではないかと考えています」

「台風の夜の飯坂郁恵の足取りは、確認されているのでしょうか?」

「スマホのスケジュール表に、赤坂のホテル名がありましたので確認したところ、溝端智久が部屋を取り、そこにふたりでチェックインしたことがわかりました」

「それならば、アリバイが——?」

「いえ、ところが違うんです。こういうことなんですが、午後六時頃に一緒にチェックインしたあと、七時過ぎになって、溝端ひとりだけがフロントに降りて来て、急に用事を思い出したので自分は帰ると言って支払いを済ませたそうです。そのとき、連れは朝までいると告げたのですが、深夜十一時頃になると今度は飯坂郁恵も降りて来て、自分もやはり帰ることにしたと言い、ミニバーの支払いを追加で済ませて帰りました。捜査員がホテルに飛び、写真を見せて確かめましたし、支払いはふたりともカードでしたので、ともに本人であることは間違いありません。ですから、アリバイは成立しないんです。それと、藤井一成が暮らしていたマンションで目撃情報が出ましてね。同じ階に住んでいるサラリーマンが、深夜〇時近くにタクシーでマンションに乗りつける飯坂郁恵らしき女を見ているんです。現在、彼女を乗せたタクシー会社を調べているところです」

「――それにしても、ふたりのホテルでの行動は変ですね。なぜホテルに泊まるのをやめて帰ったんでしょう。しかも、溝端は、チェックインしてからわずか一時間後に引き上げたとは。理由はわかってるんでしょうか？」

「それはですね、フロント係の話によると台風のせいだそうです」

「台風の――？」

「ええ。ちょうど七時頃に、多摩川氾濫《はんらん》の危険を伝える速報が、テレビ、ラジオ、それにネットで一斉《いっせい》に流れたんですよ。フロントロビーにもテレビがあって、溝端智久は、支払いの間もそれをチラチラと気にしていたそうです。そして、自分は芸術家で、自宅にたくさんの作品が置いてあるので、それが心配になって飛んで帰ると、自分のほうから話したそうです」

「ほお、自分からですか」

「はい、フロント係がそう証言しています」

「溝端智久にも確認したのでしょうか？」

「捜査員が本人にも会って確かめました。ところで、山口巡査は、青のＳＵＶに乗っていましたね」

「ええ、そうです。そのＳＵＶが、飯坂郁恵の暮らす賃貸マンションの前に駐《と》まっていたと聞きましたが」

「ああ、御存じでしたか。Nシステムのデータを検索したところ、この車が昨日の午後六時頃に、二子玉川《ふたこたまがわ》付近を走っていたことが確認されましてね。聞き込みの結果、溝端の自宅から近い多摩川近くの舗道《ほどう》に、それぐらいの時間から駐車されていたことがわかりました」

「じゃあ、山口は、溝端を？」

「ええ、訪ねていましたよ。この点も溝端に質《ただ》しましたところ、午後七時頃に来たと認めました」

「なぜ訪ねたのかについては？」

「それが、呆《あき》れたことを言ってましてね。山口巡査に脅《おど》され、偽証を強要されたと言うんです」

「どういうことです……？」

「台風の夜、一晩中、飯坂郁恵と一緒にいたと証言するように脅されたと言うんですよ」

「ヤマさんは、そんなことをする人じゃない……」

浩介が思わずつぶやいた言葉に、海堂はちらっと視線を向けた。その目は案外と温かなものだったが、どうにもできないジレンマを抱《かか》えた苦悩も窺《うかが》えた。

「山口巡査のSUVは、その後、これもNシステムの記録によって、深夜一時頃にニコタマ付近から飯坂郁恵が暮らす下北沢へと向かったことが確認されています」

「そうすると、山口はおよそ七時間近くもの間、溝端の自宅付近にいたことになりますね」

「まあ、少なくとも、ニコタマの近辺にはいたことになります」

「何をしてたんでしょう……。溝端は、何と言っているのですか？」

「話をして、すぐに引き上げたと証言してますよ」

「ＳＵＶに、山口以外の同乗者がいたかどうかはわかっているのですか？」

「いいえ、残念ながらそれも不明です。溝端智久の自宅も飯坂郁恵のマンションも閑静《かんせい》な住宅街にありまして、周囲に防犯カメラは皆無《かいむ》でした。目撃証言も、まだ何も出ていません」

　海堂はいったん口を閉じ、少ししてから意を決した様子でつづけた。

「ちょっと前まで捜査責任者と話していたのですが、飯坂郁恵が藤井一成殺害の重要容疑者となりました。台風の夜、飯坂郁恵は溝端智久がホテルから引き上げたあと、ひとりで過ごしていたが、十一時頃になって急に思い立ち、ホテルをチェックアウトして藤井の部屋に向かった。しかし、そこで藤井との間で何かトラブルが起こった。例《たと》えば、部屋に勝手に上がり込んで物色しているところに藤井が帰宅し、それを責められたのかもしれません」

再びふっと口を閉じ、今度は少し言いにくそうにした。

「それでですね……、この捜査方針を、飯坂郁恵と山口巡査の一件を調べている北沢署に伝えたところ、飯坂郁恵と山口巡査の体内から、ドラッグとともに睡眠薬の成分も検出されたことを教えてもらいまして」

「その件は我々も聞いておりましたが……、それでどういうことだと——？」

重森の声が、微《かす》かにかすれた。

「藤井一成を殺害した飯坂郁恵が、山口巡査を道連れにして、無理心《しんじゅう》中を図《はか》った可能性が考えられるということです」

「————」

「じきに重森さんたちの耳にも入るでしょうが、うちにも監察の人間が来て、捜査の状況を聞いて行きました。どうやら、上層部はこの件に対する世間やマスコミの動きをだいぶ気にしていて、一刻も早く幕を引きたがっているようです」

監察官とは、いわば警察官を取り締まるための警察官であり、浩介たち警察官の行動に何か不正がなかったかを調べる立場にある。内部調査だ。

彼らは飯坂郁恵が藤井一成殺害の犯人であり、山口を巻き添えに無理心中を図ったという線で落ち着けるつもりなのだ。

「ちょっと待ってください。マネージャーの永峰英子の証言はどうなるのでしょう？　大津富雄や藤井一成が売春の斡旋《あっせん》をしたり、《ラヴ・アフェア》のような合成ドラッグを売りさばいていた疑惑については？」

堪《たま》らずに問いかける浩介に、海堂は小さくうなずいた。

「無論、そうした点は調べるさ。大津のところにも、既《すで》に捜査員を派遣《はけん》した。しかしな、それはまた別件ということだ」

「────」

（本当にそうなのか……）

浩介には納得できなかった。山口は、飯坂郁恵から何か相談を受け、大津や藤井のことを調べていたのではないのだろうか……。

重々しい沈黙の中で、携帯電話が鳴った。重森の携帯だった。

「ちょっと失礼──」と断わった重森が通話ボタンを押し、席を立って部屋の隅《すみ》へと移動したが、やりとりは長くはかからなかった。

携帯を元のポケットに戻した重森は、そこから近づこうとはせずに浩介たちへと振り向いた。

「病院についている山口の上司が連絡をくれました。こちらにもすぐ連絡が来ると思いますが、飯坂郁恵が、たった今しがた亡《な》くなったそうです」

「えっ……、そうですか……。被疑者死亡、か──」

海堂が砂を嚙《か》むように言い、あわてて席を立った。

「恐れ入りますが、失礼します。すぐに上司に報告しなければ」

取り残された部屋の静けさが急に増し、海堂が閉め忘れたドアから遠くの物音が聞こえ、浩介を落ち着かない気分にした。

「シゲさん、これからどうしたらいいんでしょう……？　俺には、ヤマさんは大津富雄と藤井一成のことを調べていたとしか思えないんです。しかし、このままでは、まったく無関係なところで事件が決着してしまうのでは……」

浩介が話す途中で携帯が再び鳴り、表示を見た重森が顔をしかめた。

「本署からだ。どうやら、勝手に動いてることがバレたようだな。俺は、叱《しか》られに戻るよ」

「そうしたら、俺も……」

「よせよ。叱責《しっせき》を受けるのはひとりで充分だ」

2

「ああ、昨日でしょ。確かに来ましたよ。秋川西交番勤務の山口巡査ですね。溝端智久という住人について教えてほしいと言うので、私が対応しました」

坂下浩介に応対した巡査長は、定年間際《まぎわ》に見えるヴェテランの男だった。浩介が所属を名乗った上で質問を向けると、すぐに答えてそう言った。沢野《さわの》という苗字《みょうじ》だった。溝端智久の自宅区域を管轄《かんかつ》とするのは、二子玉川駅の傍《そば》にあるこの二子玉川駅前交番だった。制服警官には制服警官のやり方がある。山口は、やはりここに立ち寄って情報収集を行なっていたのである。

「それは昨日の何時頃のことです?」

「夕方ですよ。五時半過ぎだったんじゃないかな」

沢野という巡査長はすぐに答えを口にし、

「彼は私服で、ブルーのSUVに乗ってました」

さらには、自分からそうつけたした。若手警官である浩介に対しても、敬語を崩そうとはせずに応対をつづけていた。

「そのとき、山口はひとりでしたか?」

一応尋《たず》ねてみると、

「車を降りて話を訊きに来たのは山口巡査ひとりでしたが、助手席に女がいましたね」

との答えを聞いて、びっくりした。

「女性が一緒だったんですか——?」

浩介はあわてないように自分を抑《おさ》えつつタブレットを操作し、飯坂郁恵の写真を画面に出した。

「もしかして、それはこの女性ですか？」

沢野はタブレットの画面をじっと凝視《ぎょうし》したが、やがてすまなさそうに首を振った。

「似ているようには思うのですが、はっきりわかりません。女性は車から降りなかったし、それにサングラスをしていましたのでね……。しかし、年格好はこの写真の女性と同じでした……」

「それで、山口は何を尋ねて行ったのでしょう？」

浩介の次の問いかけに、沢野は微笑《ほほえ》みを浮かべた。

「それは、同じ立場としてわかるでしょ。我々制服警官に答えられるのは、巡回連絡で判明していることとか、住人の印象とか、そういった程度ですよ」

「溝端智久は、巡回連絡に協力していたのですか？」

住人の家族構成などを調べる「巡回連絡」に答えるかどうかは、あくまでも個々人の自由だ。しかも、近年はプライバシーの保護を声高《こわだか》に言い立て、拒否する住人も増えている。

「答えたのは、母親でしょう。回答年を見ましたら、母親がまだ生きていた時分に答えたのが最後でした。その母親が亡くなったのが、三年前。その後は、息子である智久がひとりでそのまま暮らしてきたようです。逆に過去に遡《さかのぼ》ると、十五年ほど前までは、智久の兄である佐藤智也と父親の佐藤智樹《ともき》も、同じ家に暮らしていました。その頃の世帯主名義は、父親の智樹です。流れからすると、離婚し、家を妻と次男の智久に残し、父親は長男の智也を連れてそこを出たということでしょうね。一応、データを見ますか？」

そう言って、沢野は端末データを見せてくれた。現在では、だいぶ過去まで遡り、「巡回連絡」の結果はデータ化されている。

浩介はそれを読み、今、沢野が説明してくれた流れを確認した。智也と智久の父親である佐藤智樹の職業欄には『国家公務員』とあり、生前の母親は『専業主婦』となっていた。

「他には、どういった話を山口に？」

「溝端智久について、何か印象に残っていることはないかと訊かれたので、答えました。実をいうと、ちょっと印象的な住人でしてね。それで、我々も覚えていたんです。芸術家だそうですが、なにしろ家の前庭にも、駐車場にも、わけのわからないオブジェを並べているんですよ。それが道のほうまでせり出していることに対して、何度か苦情が持ち上がったこともありますし、強風で倒れて、隣のガレージの屋根にぶつかり、喧嘩《けんか》になって我々が出動したこともありました。庭で鉄骨の溶接を行なったり、制作に何か化学薬品を使用することもあるようで異臭がしたり、とにかく苦情が絶えない男です」

「先日の台風の夜、溝端智久はホテルに一泊する予定を途中で取りやめ、自分の作品が心配だと言って家に飛んで帰っているのですが、何か御存じではありませんか？」

「五日前の夜ですね。あのエリアは、水にやられて大変でしたよ。こんなことは、七〇年代のあの『岸辺のアルバム』というドラマになった水害以来だそうですな。溝端智久のところも、表に置いてあった作品が流されたようです。それに、あの家は地下室があるので、それも大変だったみたいです。ああ、それについちゃ、詳《くわ》しい者がいますよ。ええと、そろそろ巡回から戻ると思うのだが」

そう言って道の先に目をやると、折よく自転車で近づいて来る制服警官の姿が見えた。

「ああ、噂《うわさ》をすればだ。おおい、ちょっと話を聞かせてほしいことがあるんだ」

沢野は部下の警官を手招きして呼び寄せ、ここまでの話を掻い摘《つま》んで聞かせた上で、知っていることを話すようにと促した。

その警官は山口と同年配で、花園裏交番にいたときの山口と同様に主任の役職にあり、苗字は町村《まちむら》といった。

「あの家のことですか。いやあ、実はですね、オブジェは多摩川に流されただけじゃなく、付近の家の外壁を壊《こわ》して庭に侵入しましてね。その家の住人が怒って、大変なことになってますよ。しかし、溝端智久のほうは、あくまでも台風による不可抗力《ふかこうりょく》だから、弁償の義務はないと言い張ってるんです。あれは、訴訟騒ぎになるんじゃないかな」

「そんなことがあったのか」

町村は上司の沢野とそんな会話をしたのち、浩介のほうを向いて、さらにつづけた。

「溝端智久は、確かにかなりの変わり者みたいですね。台風で洪水が起こった夜と翌日は、あの付近の住人は体育館などに避難したのですが、溝端は集団生活が嫌《いや》だと言って自宅から動きませんでした。あの辺《あた》りは床上一メートル二、三〇センチまで水が来てしまったので、家屋《かおく》に泥が流れ込み、このままではとても住めたものではありません。溝端はその後も、自宅前にテントを張って、そこで過ごしているんです。役所やボランティアの手助けも拒《こば》んでますね。普段から人を家に近づけないようなところがあったんですが、今度の災害でその傾向がいっそう強まって、室内にも貴重な芸術作品があるから、素人《しろうと》には触《さわ》らせられないと言うんです。そんな強情を張らずに、手伝ってもらえばいいのに」

「じゃあ、彼はひとりで住宅の清掃を――？」

「ええ、やってますよ。さすがに少しは清掃が進み、夜は二階で眠るようになったのかもしれませんが、まだ異臭が大変だと思いますよ」

「地下室の水はどうしたんですか？　それは個人ではどうにもならないと思うのですが？」

浩介が思いついて尋ねると、町村はいよいよ呆れたという顔つきになった。

「やっぱり役所の手配を拒み、それも自分でやってましたよ。今日の午後の巡回で、やっとポンプと発電機を使って作業をしているのを見かけました。どこからか自分で調達したようです」

浩介は、沢野と町村に礼を述《の》べて二子玉川駅前交番を後にした。

白というより、クリームイエローといった色合いの二階屋だった。その外壁の地面から一メートル以上の高さに、水がそこまで来たことを示す痕跡《こんせき》が薄く残っていた。家の屋根は南側が高い片流れで、道に面した前面の二階にはやや広めのテラスがあり、地上部分の建物の広さは周囲の家と同じ百平米《へいべい》前後だろう。

家の前に車二台分の駐車場があった。そこには今、簡易テントが張られ、その周囲に鉄やコンクリートで造られたオブジェだかガラクタだかわからない代物《しろもの》が並んでいた。そして、男がひとりテントの入り口付近に置かれたキャンピングチェアに坐《すわ》り、退屈そうにスマホをいじっていた。

その姿を目にした瞬間、浩介の中で何かが動いた。とにかく本人と話して当たりを取ってみるつもりでここまで来たのだが、踏み出しかけた足をとめ、見つからないようにあわてて物陰に身をひそめた。

浩介は、ゆっくりと深呼吸をした。そうしながら思考を整理しようとするが、いくつもの疑問と答えが目まぐるしく飛び交《か》い、そのどれかに手を伸ばすとどれかが抜け落ち、全体を捉《とら》えることが難しかった。

だが、ひとつの推測が、段々と形を取り始めた。

相手に気づかれないように注意しつつそっと物陰から顔を出し、溝端智久の様子を改めて窺った。そして、胸に彫りつけるようにして、こうした疑問を問いかけた。

(どうしてあの男は、あそこから動こうとしないんだ……?)

この辺り一帯は浸水し、一メートル二、三〇センチの高さまで水が来たそうだ。だが、溝端智久は、避難することを拒んで自宅に留《とど》まった。その後も、ずっとああしてテントを家の前に張って過ごしている。自分が制作した作品を他人に触《ふ》れさせたくないと言って、清掃のボランティアが室内に入ることを拒んだばかりか、役所が手配したポンプで地下室の水を汲《く》み出すことまで拒み、わざわざ自分でポンプと発電機を調達して水を汲み出した。

(そうした行動の意味することは、何なのか……)

さらには、ここを管轄する二子玉川駅前交番の警官が教えてくれた話のひとつが、浩介の注意を引いていた。あの家からは異臭がして、苦情が出ていたという話が……。それを溝端智久は、作品の制作に化学薬品を使うせいだと説明していたようだが、本当にそうなのか。

《ラヴ・アフェア》などの合成ドラッグは、製造過程で独特の異臭がするのだ。

3

どっぷりと日が暮れた夜の闇の中で、物陰に身をひそめた坂下浩介は、着信音をオフにしたスマホで時刻を確かめた。妙に落ち着かない気分で、短い間にもう何度もそうしていた。

区の回収サービスが追いつかないため、冷蔵庫、机、洋服ダンスといった大型家具の「災害ゴミ」が、道の両側に並んでいた。日が高かったうちとは違ってそうしたものが殺《さつ》伐《ばつ》とした印象を強めていたし、明るい中ではそれほど気にならなかったドブ臭さも気になった。

靴音が聞こえて振り向くと、夜道の先から複数の人影が近づいて来るところだった。街灯の灯《あか》りで、そのひとりが重森だと知れ、さらには驚いたことに同じ花園裏交番の庄司肇と藤波新一郎、それに班の最若手である内藤章助も一緒だった。

全員が私服姿だった。

「大勢を巻き込みたくはなかったんだが、半日も内緒で何をしていたと問い詰められてな……。どうしても一緒に行くと言われ、こいつらにも協力を求めることにした」

浩介の傍まで来ると、重森が言った。

「ヤマさんのことなら、俺たちにとっても他人事《ひとごと》じゃありませんよ」

庄司が抗弁するように言って、

「シフトは終わったんです。あとは何をしようと俺たちの勝手だし、もしもそれで叱責を受けるならば、今度は全員で受けましょう」

藤波がそうつけたし、

「だいたい、浩介さんだけズルいですよ。ヤマさんの潔白《けっぱく》を証明するのならば、俺たちにだって手伝わせてくれなけりゃ不公平です」

章助が言って口をとがらせた。

「そうだ、着替えを持って来たぞ」

重森の目配《めくば》せを受け、内藤章助が浩介に向かって紙袋を差し出した。制服では目立ってしまう。いつまで張り込まなければならないかわからないので、重森と相談の上、ロッカーの私服を持って来てもらったのだった。浩介はそれを受け取り、暗がりで着替えを始めた。

「どうだ、何も変化はないか？」

そっと溝端の家の様子を窺ってから、重森がひそめた声で訊く。

「ええ、相変わらず、駐車場にずっとひとりで陣取ってます」

浩介は、ズボンに足を通しながらそう報告した。

深夜〇時を回った頃だった。人気《ひとけ》のない道を近づいて来た車のヘッドライトから身を隠しつつ、浩介は胸の鼓動が高まるのを感じた。

物陰からそっと顔を出して車の動きを追っていると、溝端智久の自宅前で停止するのが確認され、いよいよ鼓動が高まった。

溝端智久は運転免許を持っていなかった。したがって、必ず協力者が来るはずだと予測していたのである。

駐車場に張ってあるテントから、溝端智久が表に出て来た。停止した車はグレーのセダンだった。その運転席のドアが開き、男が表に降り立った。

街灯の灯りに照らされた男の顔を見て、浩介は予感の的中を知った。

「シゲさん……」

隣で様子を窺う重森に小声でささやきかけた。重森は、「落ち着け」というように、無言でそっと手の先を上下に振った。

大津富雄は、溝端と何か小声で言葉を交わしながら、しきりと周囲を気にしていた。油断のない仕草《しぐさ》というより、どこか怯《おび》えているようにも見える。

自分が乗って来た車の後部に回ってトランクを開けると、何か話しかける溝端を追いやるようにして、ふたりで家の中へと姿を消した。

「大津富雄がやって来たぞ。そっちからも確認できたか？」

重森が無線を使用し、声をひそめて庄司に確認した。庄司、藤波、それに内藤章助の三人は、道の反対側から溝端の家を見張っているのだ。

「はい、こちらからも見えてます」

「やつらは地下室の荷を運び出してくるはずだ。俺の合図で、一斉に飛び出せ」

重森は無線を終えると、

「あわてるなよ、浩介。職務質問で仕留《しと》めるぞ」

浩介の耳元に口を寄せてそうささやいた。

警察官には、路上で不審者を見かけた場合、「職務質問」をかけて身体検査を行なう権限がある。私有財産である住居や車の中を探《さぐ》るのには捜査令状が必要だが、公《おおやけ》の場所である路上はこの限りではないのだ。

おそらく実際にはわずか二、三分だったはずだが、じっと息をひそめて待つ間が、途轍《とてつ》もなく長い時間に感じられた。

玄関ドアが開き、溝端と大津のふたりが姿を現わした。布製の収納ケースをひとつ、ふたりがかりで抱えていた。溝端のほうはそれに加えてもうひとつ、小型の収納ボックスも、取っ手部分を腕に通して下げている。

玄関ドアをそっと閉め、駐車場を突っ切り、セダンの後部に移動した。

「よし、行け」

重森の合図で、浩介たちは一斉に動いた。

パトロールに使用する光度の高い懐中電灯《かいちゅうでんとう》を点灯してふたりを照らし、道の両側から走って近づいた。

大津富雄と溝端智久は光に驚き、すごい勢いで自分たちへと迫って来る複数の男たちにうろたえた。

浩介たち五人は、車と大津たちを取り囲んで立った。

「職務質問です。何を運んでいるんですか?」

重森が警察官のIDを提示して訊いた。いつもの静かな口調だったが、重たい響きがあった。

溝端の目が大きく膨《ふく》らんだ。何度か瞬《まばた》きするうちに、顔がくしゃくしゃに歪《ゆが》み、体全体が小さく震《ふる》え始めた。

大津のほうは対照的に、表情を奥に沈めて死んだような顔つきになった。一瞬、浩介と目が合って、猛烈な憎しみを込《こ》めて睨《にら》んで来たが、すぐに自分から視線をそらした。誰もいない一点を見つめて、頭をしきりと動かせているらしい。

「そんなことは許さない。調べたいなら、令状を持って来い」

やがて、大津は言った。声が微かに震えていた。

「職務質問に令状は不要です。こんな深夜にこっそりと、明らかに怪しい。そのふたつの収納ケースの中身は何です？　素直に中身を見せないのならば、連行して調べることになりますよ」

大津は青ざめた。呆然《ぼうぜん》とした様子で周囲を見回したのは、そうしながら何か口先で言い逃《のが》れる手段を探したのか、それともただ逃げ道を探したのか。

そのとき、溝端の震えが限界に達し、収納ケースから手が外れた。

ケースの一方が地面に落ち、それにつられて大津もバランスを崩してもう一方も落ちた。

「開けますよ。よろしいですね？」

重森が言った。有無《うむ》を言わせぬ口調になっていた。

庄司が言い、溝端が腕にかけている小さなほうの収納ボックスを取ると、車のトランクに置いてジッパーを開けた。

「失礼します」

浩介たち警察官の間を、低いため息が伝染した。

推測通り、庄司が開けた収納ボックスには、合成薬物を製造するためのものと思われる器具に加え、何種類かの薬物が入っていた。当然ながら、もっと早くに処分したかったにちがいないが、地下室の水を抜くまでは手がつけられなかった。そして、持ち出すのが今夜になったのだ。

「これは何です？」

重森の厳しい声が飛び、大津も溝端も固まった。

「浩介、そっちも開けろ」

重森に命じられ、浩介は大型収納ケースの脇に立膝《たてひざ》を突き、ケースを一周するジッパーを開けた。

だが、蓋《ふた》を持ち上げて中を覗《のぞ》くとともに、息が喉元《のどもと》で立《た》ち往生《おうじょう》し、体のバランスを崩して背後に倒れそうになった。

大型の収納ケースの中には、シーツらしき布に包まれたものが押し込まれてあった。それは布に包まれてはいても、明らかに人間とわかる形をしていた。腰を曲げ、両手で膝を抱え込むような格好をしていた。ミイラ化しているらしく臭いはなく、骨の輪郭《りんかく》が浮いていた。

「これは何です？」

重森の声が厳しさを増した瞬間、溝端が何かを大声で喚《わめ》いて逃げ出した。

車の脇を回って逃げようとするが、行く手を藤波と章助に塞《ふさ》がれて取り押さえられた。陸《おか》に打ち上げられた魚のようにのたうち回り、藤波たちから逃れようとするが、地面に組み伏せられ、背中に回した両手に手錠をかけられるとやっと大人しくなった。

その様子を黙って見ていた大津が体の向きを変えたのは、やはり反射的に逃げようとしたのだろうが、真正面に浩介が立ち塞がるとそれ以上動くことはなかった。鼻息荒く、浩介を睨みつけている。

「浩介、おまえの手でこの男に手錠をはめろ」

「はい」

浩介は、大津の手を取り、その手首に手錠を打ち込んだ。低い、しかし小気味《こきみ》のいい音がした。

「知らない……。俺は無関係だぞ……。ただ、頼まれて手伝っただけだ……。俺はそんな死体のことは何も知らないんだ……」

大津は手錠から目を上げ、主張した。大声で、堂々と主張するつもりだったのかもしれないが、声がかすれて詰まっていた。

「そうした言い訳が通ると思うなよ。今度は、加藤木匡のときのようにはいかないぞ。おまえは死体遺棄《いき》の現行犯だ。合成ドラッグ製造と密売、藤井一成や、さらにはその秘密に気づいた飯坂郁恵と山口のふたりに、おまえらが何をしたのかについても、取調室で洗いざらい正直に話してもらうことになるぞ」

重森の声には、いつにない激しさが込められていた。

溝端智久が暮らすこの家から多摩川の土手までは、数十メートルしか離れていない。土手の向こうには広い河川敷《かせんしき》があるが、台風の夜には増水し、すぐ向こう側を濁流がうねっていたのだ。

藤井一成が多摩川に落ちたのは、自宅のマンションがある大田区ではなく、この近辺だというのが浩介の推理だった。

溝端智久は、自宅の地下で、《ラヴ・アフェア》を造っていたのだ。そして、藤井一成は、それを売りさばく売人のひとりだった。藤井の自宅から見つかった《ラヴ・アフェア》も、溝端が製造したものにちがいない。

大津富雄や藤井一成が主催するマッチングパーティーにも、溝端智久の手による《ラヴ・アフェア》が流通していたはずだ。いくら兄の紹介だったとはいえ、場違いな溝端智久がこのマッチングパーティーに招かれ、そして、兄が行方《ゆくえ》不明になったあとでもなお単独で出席を許されていたのは、溝端が《ラヴ・アフェア》の製造者であり、大津や藤井が溝端から必要な量の《ラヴ・アフェア》を融通《ゆうずう》してもらっていたからにちがいなかった。

しかし、何らかの理由で藤井一成は、溝端の自宅から大量の《ラヴ・アフェア》を盗もうとしたのではないか。飯坂郁恵を通じて、あの夜、溝端智久が彼女とホテルに一泊することを知り、藤井は留守宅に盗みに入ったにちがいない。ところが、台風による洪水警報が発令され、溝端は急遽《きゅうきょ》、帰宅してしまった。

溝端智久が藤井一成を見つけて争いになり、藤井の後頭部を殴《なぐ》って殺害した。暴風雨で人目につかない中を狙《ねら》ってこっそり死体を運び、家の近所の土手から多摩川の濁流に捨てた。——事件の大筋をそう推測したのである。

しかし、それ以上の犯罪が隠されていたことが今や明らかだった。

この死体は、いったい誰なのだ……。

4

交番の「相談室」は三畳ほどの広さで、事情によっては「取調室」として使用される。浩介が昼間訪ねた二子玉駅前交番に協力を頼み、「相談室」を借りて溝端智久の取調べを行なった。狙いを大津ではなく溝端に絞《しぼ》ったのは、口を割りやすいと踏んだためだ。

正解だった。大津富雄には見張りをつけて「休憩室」に留《と》め置き、重森と浩介のふたりで溝端智久を責め立てたところ、じきに死体の身元が明らかになった。行方が知れなくなっている、兄の佐藤智也だと自白したのである。

兄の智也は、弟の智久が製造した《ラヴ・アフェア》の売買に、だいぶ前から関わっていた。大津や藤井が主催するマッチングパーティーの参加者たちに《ラヴ・アフェア》を売ることを思いついたのも、智也だった。

弟はむしろ、兄の言いなりでドラッグを造りつづけていた節《ふし》があるが、その状況が溝端智久に不満をもたらした。自分にドラッグを造らせ、兄だけがいい思いをしていると不満を募《つの》らせた智久を、佐藤智也は大津たちに言ってパーティーに出席させたのだった。

やがて株で大損をして、顧客たちの中には危ない筋の人間も含まれていた佐藤智也は、金策に困って弟を訪ねた。

弟は兄を家に匿《かくま》うことは承知したものの、株の損を補塡《ほてん》するために《ラヴ・アフェア》を大量に造ってほしいという願いのほうは頑《がん》として聞かなかった。

困った兄は、《ラヴ・アフェア》の化学組成式を入手するため、弟の留守を狙ってパソコンのデータを探っているところを弟に見つかって兄弟喧嘩になった。

「兄さんが悪いんだ。子供の頃からそうだった。いつでも、自分の意見を通そうとする。いいや、通してきたんだ。そして、いつでも馬鹿を見るのは俺のほうさ。それに、誰もが兄さんにばかり注目し、兄さんばかり優遇した。大津や藤井だってそうさ。俺が《ラヴ・アフェア》を提供していたからパーティーに招いたけれど、あれだって最初は兄さんだけが出てたんだ。親が離婚したときだって、父さんは兄さんだけを連れて行って、自分の子供は、出来のいい兄さんだけでいいと思ってたのさ」

溝端智久はそんなふうに話すうちに感情の抑制が利《き》かなくなり、しばらくはただ泣き喚くだけでまともな話ができなかった。

だが、休憩を入れて落ち着かせ、事情聴取を再開すると、台風の夜の出来事について証言を始めた。

浩介が推測したとおり、台風の夜、地下室に浸水することを恐れてあわてて帰宅した溝端は、そこで藤井と鉢合わせをしたのだった。

「やつはドラッグを探して盗もうとするうちに、兄さんの死体を見つけちまったんだ……。それで、これを黙っていてほしかったら、ずっと自分の指図《さしず》どおりに《ラヴ・アフェア》を造れと言いやがった。誰がそんな命令に従うもんか」

だが、溝端はそう証言をしたものの、藤井一成を殺害したことは否定した。言い争いになり、藤井はドラッグを持って逃げ出した。そのあとを追ったところ、自分で多摩川の土手へと逃げ、誤って足を滑《すべ》らせて落ちたと言って譲《ゆず》らなかった。

翌朝、溝端は、藤井の自宅がある大田区の多摩川付近に財布を置いた。藤井が自宅の近辺で川に落ちたと偽装するためだった。

あの夜の多摩川の水量は、すさまじいものだった。溝端は藤井の遺体がそのまま東京湾まで流れ出て見つからないことを期待したのだが、もしも見つかり、「不審死」として捜査が始められた場合でも、そうしておけば捜査の目をくらませることができると踏んだのだ。自宅から川の様子を見に行き、誤って川に落ちたと見なされると――。

「やつらは、俺がドラッグを造っていた証拠と、兄貴の死体を運び出そうとするのを見ちまったんだ……」

飯坂郁恵と山口勉に昨日、何が起こったのかについては、そんなふうに証言した。

「やっと発電機とポンプを入手した俺は、昨日、午後いっぱい時間をかけて地下室の泥水を汲み上げて抜いた。そして、ドラッグを造っていた証拠と兄貴の死体を収納ケースに入れて運び出そうとするのを、やつらは盗み見てたんだ。だけど、殺すつもりなんかなかった……。ただ、睡眠薬と合成ドラッグを飲ませて、郁恵の部屋に運んだだけさ。そして、ふたりが下着姿で絡《から》んでる写真を撮った。それを押さえておけば、口をつぐむと思ったんでな……」

溝端はそう主張し、殺意があったとは絶対に認めようとしなかった。

兄の佐藤智也を殺害し、藤井一成を殺害し、飯坂郁恵は睡眠薬と合成ドラッグの過剰《かじょう》摂取《せっしゅ》が原因で亡くなり、山口勉は生死の境《さかい》をさまよっているのだ。裁判で、極刑を言い渡される可能性がある。必死で言い逃れをしているにちがいなかった。

重森を中心に話し合った結果、溝端智久と大津富雄の身柄は蒲田署に連行することにした。山口勉と飯坂郁恵の事件を調べているのは北沢署だったし、溝端の家がある二子玉川は玉川署の管轄だったが、所轄をまたげばまたぐほど、引き継ぎが煩雑になる。既に面識がある海堂、平井両刑事のほうが、素早く正確に対応してくれると判断したためだった。その期待どおり、海堂は浩介たちの話を熱心に聞き、溝端と大津の身柄を引き受けてくれた。

ただし、大津富雄は溝端に輪をかけて言い逃れを行ない、ほぼすべての容疑を否認したままだった。今夜、どうしても手を貸すようにと言われて車を手配したが、何を積むのかは聞かされていなかったし、昨日、山口と郁恵のふたりを車で運んだのは絶対に自分ではない。自分には、昨夜のアリバイがあると言い張った。

だが、溝端智久は免許がなく、車の運転ができないのだ。昨夜、山口のＳＵＶを運転して郁恵のマンションへ向かうのには、絶対に協力者が必要だ。

それに、台風の夜の藤井一成殺害についても、いくら多摩川が溝端の自宅から近かったにしろ、男の死体をひとりで運ぶのは大仕事というしかなかった。特に土手の高さは三メートル以上あり、そこを運び上げるのには誰か協力者のいた可能性が考えられる。

「なあに、安心してください。今度は必ずすべてゲロさせて立件しますよ」

海堂は浩介たちから大津に関する説明を聞くと、そう言い切り太鼓判《たいこばん》を押した。

5

ところが、そうはならなかった。

翌日――。

交番勤務に就《つ》き、立番《りつばん》の役割を果たしていた浩介は、蒲田署の海堂がいきなり現われたことに驚いた。それは嫌な予感を伴《ともな》うものだった。こうして何の前触《まえぶ》れもなく足を運んで来たのは、何か言いにくい話があるからではないのか……。

「重森さんは、奥か――？」

浩介とあまり目を合わせないようにして尋ねる海堂の態度が、そんな予感をいっそう強くした。

案《あん》の定《じょう》、海堂とともに相談室に入った重森は、ほんの少しすると浩介を呼んだ。

「立番を章助と代わって、ちょっと来い」

部屋の戸口から半身を出し、そう言って手招きする重森の口調や表情もまた、海堂と同様にどこか重苦しいものになってしまっていた。

言われたとおり、内藤章助に交番前の立番を任《まか》せて相談室に入るなり、浩介は予感の的中を知った。

「大津富雄には、アリバイがあった。山口巡査と飯坂郁恵のふたりが、溝端智久の自宅から飯坂郁恵のマンションへと運ばれた夜、大津は出張で静岡に行っていたんだ。夕方から深夜まで商談と接待で仕事相手と一緒に過ごし、そのまま静岡駅前のホテルに一泊したことが確認された」

相談室の椅子《いす》に重森と並んで坐った浩介に、向かいに坐る海堂がこう告げたのだ。

「そんな……」

浩介の脳裏《のうり》に、すぐに去年の出来事が浮かんだ。

「きっと、何かの間違いにちがいありません。一年前も、大津はのらりくらりとアリバイを主張した挙句《あげく》に罪を逃れました。今度も、何か思惑《おもわく》があるんですよ」

「俺も去年の事件記録は読んだよ。しかしな、今度のアリバイは、それとは違う。静岡にいた大津には、犯行は不可能だ」

海堂はそう断言してから、ひとつ間《ま》を置いた。

「実のところ、あの夜の溝端智久の携帯の通話記録に、大津富雄の携帯番号が残っていた。これは俺の推測だが、溝端はあの家の地下室の秘密を山口巡査と飯坂郁恵のふたりに知られ、ふたりに無理やり睡眠薬を飲ませたあと、大津に助けを求めたのだと思う。しかし、大津は静岡にいたため、それが叶《かな》わなかったんだ」

「そうしたら……、誰か別の人物が溝端の手助けをしたと――?」

重森の問いに海堂はうなずいたものの、今度はもっと長く沈黙した。机に目を伏せ、自分の腹の底を探るような目をした。その後、何かを期した様子で目を上げ、重森と浩介の顔を交互に見つめた。

「溝端の携帯の通話記録によると、大津との通話を終えた二、三分後に、もうひとつ別の通話を行なっています。相手は、佐藤智樹の携帯電話でした。溝端の父親です」

「まさか、父親が手助けをしたと――？」

「そう思います」

海堂はそう答えてうなずいてから、

「それが、うちの署の結論です」

と、わざわざそう言い直した。

「Nシステムを調べたところ、佐藤智樹の所有するセダンが、同じ夜、息子からの通話を受けてからおよそ三十分後に、溝端の自宅があるニコタマ付近の幹線道路を走っていたのが確認されました。父親は、息子から助けを求められ、自分の車であの家に向かったんです。そして、睡眠薬で眠らされている山口巡査と飯坂郁恵のふたりを山口巡査のSUVに乗せ、この父親の運転で飯坂郁恵のマンションへと向かった。おそらく、昨夜、あなたたちが溝端と大津のふたりを検挙したときに使用されていた布製の収納ケースを、そのときにも使っていたのでしょう。ふたりをそうやって郁恵の部屋に運び込み、合成ドラッグを無理矢理呑《の》ませた上で、下着姿の写真を撮影したのだと思います。ちなみに、証拠となる写真については、溝端智久のパソコン内の隠しファイルにあるのを見つけて、押収しました」

「佐藤智樹にも、既に聴取したのですか？」

「はい、非公式に――」

「非公式とは、どういうことです……？」

「そうせざるを得ない相手だったということです。佐藤智樹は、警察庁の官房長です」

「あ……」

　さすがの重森が絶句し、浩介は一瞬、頭の中が白くなった。官房長は、警察庁長官、次長に次ぐナンバー3であり、警察庁長官官房のトップだ。

「しかし、いくら親子とはいえ、ましてや官房長の職にある人間が、そんな頼みを聞くはずがないのでは……」

　重森の指摘に、海堂はすぐにうなずいた。感情が高ぶるのを抑えているためか、顔がやけに平板《へいばん》になっていた。

「我々も同じ疑問を持ちましたよ。だが、その理由もわかりました。台風の夜、午後七時半頃、やはり佐藤智樹所有である同ナンバーの車両が、溝端智久の自宅付近でNシステムに捉えられていたんです」

　海堂の言葉の意味することが、重森と浩介の中に重たく染《し》み渡り、やがてそこからひとつの答えが浮かんで見えてきた。

「つまり、台風の夜、藤井一成を殺害したのは溝端智久ではなく、父親の佐藤智樹だと――」

「そう考えれば辻褄《つじつま》が合います。佐藤智樹は、何十年ぶりかの洪水警報が息子の暮らすエリアに発令されたことに驚き、様子を見に行ったのではないでしょうか。そして、藤井一成と鉢合わせをした。さらには、息子の智久が地下室で合成ドラッグを造っていることも知ってしまった。藤井と争いになり、何らかの不可抗力で佐藤智樹が藤井一成を殺害した。その場に、溝端智久が帰って来た。具体的な経緯については想像するしかありませんが、しかし、佐藤智樹が藤井一成の死に直接関係していたのは、間違いないと思います。その時点から、父と息子は共犯関係になったわけです。その夜、ふたりで藤井一成の死体を多摩川の土手へと運び、台風の濁流に投げ込んだ。さらには、後日、山口巡査と飯坂郁恵に地下室の秘密を知られてしまった溝端智久は、父親に連絡を取り、ふたりを飯坂郁恵のマンションへ運んで一緒に工作の手伝いをすることを依頼した。この時点では、むしろ息子のほうが優位に立ち、助けてくれなければ、台風の夜の出来事を何もかもぶらまけると、父親を脅したとも考えられます」

「溝端智久に、そういった推測をぶつけたのですか？」

海堂は、首を振った。

「いいや、ダメですよ。事件は、すでに我々の手を離れてしまいました――」

「それは、どういう意味です……？」

「すぐに弁護士が駆けつけました。さらには、本庁の一課が乗り込んできて、溝端智久と大津富雄の身柄をかっさらって行きました」

「警視庁の一課が……」

「ええ。佐藤智樹に繫《つな》がる誰か、もしくは警察幹部のスキャンダルを表に出したくない誰かが動いたということでしょう」

海堂はいったん口を閉じたが、それだけでは気持ちが収まらなかったらしい。

「警察組織の深い伏魔殿《ふくまでん》の奥へと持って行かれちまいましたよ」

どこか捨《す》て鉢《ばち》な口調で、そうつけたした。

「そうしたら、今後、どうなるのですか？　まさか、何もかもが有耶無耶《うやむや》にされるということですか？　そんな馬鹿なことはありませんよね……」

堪《こら》えきれずに感情をぶつける浩介の前で、海堂は細いため息をついた。

「そんなことにはならないさ……。溝端智久と大津富雄は裁かれる。どれぐらいの罪状になるかはまだわからんが、事件がこれだけ大きくなっている以上、何らかの形では裁かれるさ。だが、おそらく父親の佐藤智樹は、こっそりとどこかに天下りして終わりだろう……」

「そんな……、推測どおりだとしたら、佐藤智樹は殺人犯ですよ……。少なくとも、殺人の共犯です……。飯坂郁恵は、睡眠薬と合成ドラッグによって命を落としたし、もしかしたら、ヤマさんだって……。極刑になってもおかしくない犯罪者ですよ」

「そんなことは百も承知さ。だから、こうして歯嚙みしてるんだろ。しかし、相手は警察庁の官房長なんだぞ。誰が、どうやって捜査するんだ。本人だけじゃない。周囲の幹部連中だって、誰ひとりそんな警察の汚点になるような逮捕を望んじゃいないんだ」

「──────」

「所轄《しょかつ》にゃ、どうにもできないんだよ。うちにも、北沢署にもな──。おまえもいつか、デカになったらわかる……」

海堂は、ふっと苦笑した。

「それとも、デカになろうなんて気はもう失《う》せたかい？」

「──────」

「唯一、事態が変わるとしたら、山口巡査の意識が戻り、何があったのかを証言できた場合ぐらいさ」

6

酔っていた──。

何もかもわからなくなるぐらいに酔っていた。

最初はおよそ二週間前の夜に、山口とふたりで行ったセンベロの店で飲み出した。だが、あの夜の山口の明るい様子が思い出され、どうにも堪らない気持ちになって店を変えた。二軒目を出たあと、公衆トイレで吐いた。胃が空《から》になっても吐き気が治まらず、新宿の街をふらふらと歩き回った。

頭の中を、色々なことがぐるぐるした。そして、いつしか自分で意識せぬうちに、いつものパトロールコースを歩いていた。

新宿花園裏交番に勤務してから四年……、今ではその路地の一本一本が、すっかり馴染《なじ》みになっていた。どこにどんな店があるか順番に数え上げられたし、注意が必要なエリアの路地や建物も、人間そのものも、今ではもう頭に入っていた。

しかし、そうしたことが、今夜はやけに虚《むな》しく感じられた。

山口が不本意な異動を受け入れてからのこの一年、少しずつ浩介の体に溜まりつづけていた澱《おり》が、ついには心の縁《ふち》からあふれ出し、今やもう身動きが取れないような気がした。

——警察組織の深い伏魔殿。

海堂が口にしたその一言が、どうしても頭から離れなかった。

その伏魔殿の奥にあるものに対して、何もできない自分が腹立たしかった。自分だけじゃない。上司の重森にも、蒲田署の刑事である海堂にも、山口の事件を直接担当している北沢署の刑事たちにも、誰にも何の手出しもできないのだ。これが、警察という組織なのか……。そうだとしたら、警官は何を信じ、何を拠《よ》り所《どころ》として職務を全《まっと》うすればいいのだろうか……。

山口の意識が戻ったのは、浩介たちの勤務《シフト》が終わった直後のことだった。妻の雅美が交番に直接連絡をくれて、浩介たちはすぐに病院へ飛んで行った。

だが、ベッドに横たわった山口は、虚《うつ》ろな目を浩介たちに向けるだけだった。ドラッグと睡眠薬の過剰摂取による後遺症の記憶障害が起こり、雅美たち家族の顔ぐらいはなんとかわかるものの、それ以外の人間とはまだ話せる状態になく、事件当夜も含むここ数日間の出来事についてはまったく記憶がなくなってしまっていた。

今年の春、《仁英会》の会長だった岩戸兵衛から言われた言葉を、浩介は忘れていなかった。身を挺《てい》して銃弾から岩戸のことを守った浩介に、あの男はわざわざ礼を述べに現われた。そして、警察官として当然のことをしたまでだと言う浩介の言葉を否定して、たとえ警官であっても、足がすくんでしまって動けない人間が必ずいるものだと言った。

「あるいは、命を惜《お》しみ、体を投げ出す勇気など持てないやつがな」

と。

あれから折に触れてはずっと、あの言葉が胸によみがえっていた。自分の胸に問いかけていたのだ。次にもしも同じことが起こったならば、そのときにもまた身を挺して、誰かを守ろうとするだろうかと。それができなかったとき、自分は警察官でいてもいいのだろうかと……。

だが、今夜の浩介には、もうそんな問いかけ自体が虚しい無意味なものに思えてならなかった。

「おい、起きろ。大分《だいぶ》店に迷惑をかけてるらしいな」

揺り起こされて、頭を上げた浩介は、一瞬、自分がどこにいるのかわからなかった。カウンターの向こうから、呆れ顔のマリがこっちを睨んでいるのに気づき、ふっと山口と一緒に飲んだあの晩に戻ったような錯覚《さっかく》を覚えた。

だが、隣のスツールには誰もおらず、それればかりか他の客もみんな引き上げてしまっていて、西沖達哉がすぐ横に立って浩介のことを見下ろしていた。

「監督……」

ふっと口を突いてそんな言葉が飛び出してから、それが猛烈に照れ臭くなってすぐに言い直した。

「西沖さん……、どうして、あなたがここに――？」

「覚えてないの？　酔っぱらって、大声でおだを上げ、西沖さんの名前を呼びつづけてたんじゃない。だから、しょうがないから私が連絡したのよ」

マリが口を尖《とが》らせて言うのを聞いて、ぼんやりと記憶がよみがえったが、それが現実のこととは思えなかった。

「――」

頭痛を覚え、右手で頭を押さえて顔をしかめた。

「おい、こいつに水をやってくれ。それと、俺にはバーボンをショットで。馬鹿馬鹿しくて、飲まなけりゃこんな酔っ払いの相手などできねえや」

「そうね、じゃ、私も貰《もら》っていい？」

マリが言い、西沖と自分の分のバーボンを注いだ。

グラスを掲《かか》げ合い、一息に喉の奥に投げ込むようにバーボンを飲むふたりを見ながら、浩介自身は水を飲んだ。

そうするうちに、なぜだか笑いが込み上げてきて、浩介は腹を抱えて笑い始めた。涙とも鼻水ともつかないものが顔を濡《ぬ》らし、拭《ぬぐ》っても拭っても消えなかった。

「岩戸さんは、元気ですか……？」

「――――」

「俺は、あの人にひとつ貸しがあるんです。だから、あの人は、俺の望みをひとつ叶《かな》えてくれると約束したんだ……。それなのに、西沖さんの足を洗わせてほしいという願いは聞いてくれなかった。あいつは、自分からヤクザになったのだからと言って……。監督、ヤクザなんかやめてください……。そして、一緒に信州に帰りましょう。俺も警官など辞《や》めます。だから、一緒に帰ってください。あなたは、こんな街でヤクザをやってる人じゃない。俺には、それがわかるんです。監督、お願いです……。一緒に信州へ帰りましょう……」

頭がぐらぐらした。

スツールから体がずり落ちそうになったとき、いきなり強い力で腕を摑《つか》まれた。

「おい、流しを借りるぞ。どいてくれ」

西沖がマリに言うのが聞こえた。蝶番《ちょうつがい》でとめられた板を持ち上げてカウンターの向こうへと浩介を引きずって入ると、強い力でシンクに頭を押しつけた。

蛇口からすごい勢いで飛び出した水が首筋を打ち、浩介は背中が縮み上がった。

頭痛がさらに激しくなって、呻《うめ》いた。体を起こそうとするが、西沖は力を緩《ゆる》めようとはせず、容赦《ようしゃ》なく冷たい水を浴びせかけつづけた。

やっと浩介が体を起こすと、怒りに顔を赤くした西沖が目の前にいた。

「他人の人生に、口を出すな」

西沖は、浩介の両肩を強く摑み、身動きが取れないようにして吐きつけて来た。

「…………」

「それから、監督なんていう、その馬鹿馬鹿しい呼び方はもうやめろ……。俺のためじゃない。おまえのためだ」

「――――」

浩介が微かにうなずくと、西沖はふっと視線をそらし、カウンターから出て元のスツールに腰を下ろした。

「マリ、何か拭《ふ》くものはないか？　あったら、こいつにやってくれ」

「タオルがあるわ」

「大丈夫です――」

小声で言ってスツールに戻る浩介に、マリはタオルを差し出してくれた。小声で礼を言って受け取り、頭と首筋を拭いた。

「なぜ俺を呼んだ？」

浩介は、手をとめた。

「それは、つまり……、聞いてほしいことがあったからです……」

そう答える途中で急に熱いものが込み上げ、涙声になってしまった自分が嫌だった。

西沖は、そんな浩介を黙って見ていた。昔と同じ、静かで温かな目をしていた。

「それは、警察官であるおまえが、ヤクザの俺に話せることなのか？」

「いいえ……」

答えは、考えるまでもなかった。

「それじゃ、話すな」

「はい……」

「そしたら、水を飲み、寮に帰って寝ちまいな。そして、また黙って仕事に行け。仕事とは、そういうものだ」

「はい……」

財布を探る浩介を、西沖が手で制した。

「ここは奢《おご》ってやるよ」

浩介はスツールから立った。

きまりが悪くてマリのほうを見られなかった。それでもチラッと盗み見ると、マリは優しい目でこっちを見ていた。そのことが、逆に堪らなかった。マリにともなく西沖にともなく頭を下げ、浩介は小さな店のドアを開けて表に出た。

そして、思わず目を細めた。いつの間にか、外がすっかり明るくなってしまっていた。

考えてみれば、夜間勤務《ナイトシフト》でこうして街が明るくなるのはもう何百遍《ぺん》となく見てきたが、酔って朝を迎えるのは初めてだった。

ゴールデン街の細い路地に初夏の強い朝陽《あさひ》が射《さ》し、ものの影を何もかもくっきりと浮かび上がらせていた。明るくて、健全で、どこか間が抜けて感じられる光景だった。

靖国通りの方角には、浩介の職場である花園裏交番がある。浩介はそちらに背中を向け、逃げるような足取りで歩き始めた。

だが、じきに足音がし、人の近づく気配がして顔を向けると、朝陽をサングラスで遮《さえぎ》った西沖の姿があった。

西沖は、さり気なく浩介の隣に並んだ。

「朝だな、浩介」

「はい――」

「歩こうぜ。おまえの寮まで、送ってやる」

「いや、そんな……」

「大丈夫さ。寮が近づく前にゃ、ちゃんと姿を消す」

「いや、そういう意味じゃ……」

そんな言葉をいくつか交わしただけで、あとは黙って歩きつづけた。

7

「明日の午前中に、退院が決まった」

数日が経《た》ち、昼の勤務終了後に病室を見舞った浩介に、山口が言った。ちょっと前まで、秋川西交番の上司である菊川が見舞いに来ていたそうだが、今は妻の雅美がいるだけだった。

「それじゃ、明日ね。私が、お昼前に車で迎えに来るから」

下の子の塾の迎えがあるとのことで、雅美もまたそんな言葉を残してそそくさと帰って行った。

　幸いなことに、山口は睡眠薬と合成ドラッグを過剰摂取した日の前後の記憶が失われはしたものの、それ以外の記憶は徐々によみがえり、肉体的な後遺症もなかったので日常を取り戻しつつあった。これで退院して職場復帰をすれば、山口にも、家族にも、新たな日常が始まるはずだ。

「菊川さんが、職場復帰はあまり急ぐ必要はないと言ってくれたんだが、家にばかりいたんじゃ、体がナマっちまう。退院したら、できるだけ早く交番勤務に戻るつもりさ」

　山口は小型冷蔵庫から出した缶のウーロン茶を浩介に勧《すす》めつつ、そんなふうに言った。

「それが一番ですよ。とにかく、復帰が叶ってよかったですね」

「ああ、よかったよ」

　浩介は、実感を込めて言った。だが、お互いに相手の目を見られなかった。

　心配された山口への処分が行なわれずに済んだのが、とにかく何よりだった。山口と飯坂郁恵に地下室の秘密を目撃されたため、弱みを握って何も喋《しゃべ》らないようにするために睡眠薬と合成ドラッグを飲ませた上で下着姿の写真を撮影したことを、溝端智久が正式に自供したのである。

　それによって、溝端は薬事法違反や麻薬及び向精神薬取締法違反、それに死体遺棄など様々な起訴罪名とともに、傷害致死の罪でも起訴されることになった。

大津富雄のほうは、麻薬及び向精神薬取締法違反に加え、マッチングパーティーにおける売春斡旋、さらには佐藤智也の遺体を溝端とともに運んで始末しようとしていたことでの死体遺棄等、やはり複数の罪状で起訴されることが確実だった。

だが、予想どおり、溝端智久の父親である佐藤智樹については、いかなる罪状で起訴されることもなかった。溝端智久自身が無免許でSUVを運転し、山口と飯坂郁恵のふたりを二子玉川の自宅から下北沢にある郁恵のマンションへ運んだとする自白が採用されて、決着を見たのだ。

藤井一成については、台風の夜に自宅付近の川べりで転倒して頭を強く打った上で濁流に誤って落ちた故《ゆえ》の事故死と断定され、佐藤智也の件については、死後、長い時間が経過してミイラ化が進んでいたために死因の特定が困難とされて起訴が見送られた。

海堂が言っていたとおり、ある程度の捜査は行なわれ、ある程度の正義は実現された。溝端智久も大津富雄も刑務所へ行く。だが、これも海堂が話したとおり、やがて佐藤智樹は何くわぬ顔でどこかへ天下りするのだろう。疑問も矛盾《むじゅん》も宙ぶらりんにしたまま、「伏魔殿」の中で考え出された決着点がこれなのだ。

「なあ、外の空気を吸いたいんだ。ちょっと、屋上へつきあえよ」

当たり障《さわ》りのない話をして、浩介がウーロン茶を飲み終えると、山口はそれを待っていたようにしてそう誘った。

浩介は、ウーロン茶の空き缶をゴミ箱に入れた。

「いいですけれど……、外は、まだ暑いですよ」

「なあに、暑さを感じたいんだよ。夏なんだぜ」

山口はベッドサイドから両足を下ろし、浩介が引き寄せてやったサンダルを履《は》いた。病室を出たふたりは、ナースステーションの前を通ってエレヴェーターホールへ向かった。

だが、エレヴェーターはすべて一階に下りてしまっていたので、階段で上ることにした。山口の入院する病室は六階にあり、あとふたつ上れば屋上だった。

サンダルで階段を上る山口の足取りは比較的しっかりしており、体が回復を見せ始めていることを示していた。

屋上の扉を開けて表に出ると、風に頬《ほお》を撫《な》でられた。宵闇《よいやみ》が少しずつ濃くなる時間で、まだ日中の暑さが残ってはいたが、風はやっといくらか涼しくなり始めていた。

浩介たちは、並んで屋上の柵《さく》の前に立った。西の空が赤く染まっていた。低い角度から射す名残《なご》りの光が雲を照らし、その形や模様をくっきりと浮き上がらせていた。

病院は下北沢からいくらか池ノ上《いけのうえ》寄りの高台にあり、眼下には、既に宵闇に捉えられ始めている家並みが広がっていた。幹線道路の街灯がつき、家々も、ビルも、窓に明かりが灯っていた。

浩介は、その光景にふっと郷愁《きょうしゅう》を覚えた。子供の頃にも、野球にしか興味がなかった高校時代にも、こんなふうにしてこんな光景を眺《なが》めていたことがあるような気がした。

「おまえ、何だか元気がないじゃないか——？」

山口に指摘され、浩介は無理して微笑みを浮かべた。

「そんなことはないですよ」

「ほんとか？　シゲさんも、ちょっと気にしてたぞ。今度の事件のあと、浩介が少し変だとな……」

「——」

浩介は横に並んで立つ山口を見たが、山口のほうは景色に話しかけてでもいるかのように、前を向いたままだった。

何かが消えた……。あの夜、西沖に頭から水をぶっかけられたことで何かが吹っ切れたつもりでいたのだが、本当は、ただ、何かが自分の中から消えただけなのかもしれない。

「仕事とは、そういうものだ」

西沖が口にした一言を胸に刻み込み、黙々《もくもく》と警察官をつづけるつもりでいたのだ。いや、今だって、それは変わらないはずだ。しかし、胸の中から、何かが消えてしまった気がしてならなかった。

情熱。仕事への熱意。警察官としての正義感——。そんなふうに探してみても仕方がないのかもしれない。失ったことを感じながら、黙々と仕事をつづけるしかないのかもしれない……。それが、仕事というものなのだろう。山口だって、こうして日常の中へと戻ろうとしている……。

「ヤマさんこそ、大丈夫なんですか――？」

「俺は大丈夫だよ。去年、言っただろ。決して警官を辞めないとな」

「はい……」

「それが、あんなふうに亡くなった飯坂郁恵への供養でもある。あの日、あの子を守ってやれなかった後悔を、俺は一生背負って警官をつづけていくつもりだ」

浩介は、はっとした。

「ヤマさんは、事件の日の記憶が戻っていたんですか――？　それとも、本当は最初からなくしてなかったとか……」

「いいや、ほんとになくしてたさ。意識が回復した直後は、何もわからなかった。そんな状態が数日つづいた。だが、運がよかった」

「じゃあ、あの夜のことを――」

「ああ、思い出したよ。あの日、俺は飯坂郁恵に頼まれて、一緒に溝端智久の自宅を調べに行ったんだ。飯坂郁恵は、台風の夜に藤井が溝端の家に行き、そこで藤井の身に何かが起こった可能性を疑っていた。あの子は寝物語に藤井が金に困り、溝端が造っている《ラヴ・アフェア》を大量に手に入れたがっていることを聞いて知っていたのさ。だから、台風の夜、洪水警報を気にして急遽ホテルから引き上げた溝端が、盗みに入っている藤井と鉢合わせをし、何かが起こった可能性を考えた。そして、一緒に調べてほしいと俺に相談して来たんだ」

「しかし、飯坂郁恵は、ヤマさんに色仕掛けで取り入ろうとしていたと聞いたのですが――?」

「それは本当だよ。彼女自身の口から聞いたが、大津富雄と藤井一成のふたりから、色仕掛けで俺に迫るように言われていたそうだ。あのふたりは去年の出来事を根に持ち、俺に一泡《ひとあわ》吹かせようと企《たくら》んでいたんだ。しかしな、俺だって警察官だぜ。そんなことには引っかからないさ。だが、藤井の行方が知れなくなり、彼女は心配でならなくなった。それで、本当に俺に相談して来たんだ。あの時点で台風からすでに三日が経っていたので、もしも溝端の家で藤井の身に何かが起こったのだとしても、その証拠が残っている可能性はあまり期待できない気はしたが、俺は飯坂郁恵を連れて愛車のSUVでニコタマへ行き、念のために駅前交番で話も聞いた。そして、溝端がボランティアの支援を拒み、ひたすら自分だけで屋内の清掃を行なっていることを知った。避難所にも行かず、台風の翌日から家の前にテントを張り、ずっとそこで過ごしているということだった。どうもおかしい、何かがある……。地下室が浸水し、まだ泥水をそこから汲み上げられずにいることを知って、俺たちはそこに《ラヴ・アフェア》や、それを造るのに使った道具類、さらには藤井一成の死体が隠してあることなどを疑った。あの時点では、藤井の死体が多摩川の下流に流れ着いたことなど知らなかったので、急に浸水したため地下室から出せないでいる可能性を疑ったんだ。

それで溝端が買い物か何かに出た隙を狙い、ドライエリアにこっそりと下りて地下室の様子を窺おうとしたところ、運よく洪水の影響で窓が壊れていて中へ入れた。そして、合成ドラッグを造るのに使った道具類とともに、布にくるまれた死体を見つけた。だが、そこに溝端が帰宅し、郁恵が捕まってしまった。やつは、泥棒対策の赤外線センサーを自宅に仕掛けていたのさ。溝端は郁恵に包丁を突きつけ、言うとおりにしなければ女を殺すと脅し、無理やり俺たちに睡眠薬を飲ませたんだ。もしかしたらそれは、やつらが女の子に悪戯《いたずら》をする目的で調達していた薬かもしれない。仕方なく命じられるままに飲んだら、頭がクラッとして、じきに何もわからなくなってしまった……」

「じゃあ、その後、溝端の父親である佐藤智樹がヤマさんのＳＵＶを運転し、ふたりを飯坂郁恵の部屋へ連れて行ったことは――？」

浩介が少ししてそう尋ねると、山口は微かにうなずいた。

「声だけはな。溝端のやつは、あわてていたので、俺が完全に眠ったのかをよく確かめないまま携帯で連絡を始めた。最初の相手は大津富雄だったらしいが、手助けはできないと突っぱねられたようだった。それで、次に、父親にかけたんだ。『父さん』と呼びかけるのが聞こえたから、間違いない。そして、溝端は、自分の父親をほとんど脅迫するようにして呼び出した。俺にわかっているのは、そこまでだ……。そのあとは、目が覚めたら、病院のベッドで眠っていた……」

「でも、それでも、父親の佐藤智樹が事件に関与していたことを示す証拠にはなります。シゲさんたちと推測したんですが、台風の夜に藤井一成を殺害したのは、おそらく父親の佐藤智樹ですよ。佐藤は洪水警報が発令されたのを知り、息子の暮らす家が心配になって様子を見に行ったんです。ニコタマ付近のNシステムが、佐藤の所有する車を捉えていました。佐藤は、そこで、こっそり《ラヴ・アフェア》を盗もうとしていた藤井一成と出くわした。争いになり、偶発的に藤井を殺害してしまった。そこに、息子の溝端智久が帰って来たんです。父子は協力して藤井の死体を多摩川の濁流に棄《す》てた。だが、父親はそれ以降、息子の智久に弱みを握られた形になり、睡眠薬で眠らせたヤマさんと飯坂郁恵のふたりを運ぶことまで手伝わされたんです。ヤマさんの証言があれば、佐藤智樹の関与について、再捜査が始められるかもしれませんよ」

熱弁をつづける浩介は、山口の悲しげな顔に気がついた。

「浩介、それはもうやったんだ……。そして、現在のような形に落ち着いた。そういうことなんだよ、浩介」

「そんな……。しかし……」

「俺の証言は、取り上げられなかった。佐藤智樹自身、息子の智久から電話があったことは認めたさ。もちろん本庁の捜査陣だって、携帯の通話記録を調べている。しかし、ただ深夜に駆けつけて車を運転しろと頼まれただけで、そんな頼みは聞けないと断わったというのが、佐藤智樹の言い分だ」

「そんなことが――」

「そして、他ならぬ溝端智久が証言した。自分が無免許で俺と飯坂郁恵を彼女のマンションへ運んだ。全部、ひとりでやったことだとな」

「息子が父親を庇《かば》ったと……？」

「そういうことだ――」

「しかし、なぜ……。溝端智久は、父親が兄ばかり依怙贔屓《えこひいき》していたと思い、父親を恨《うら》んでいたと思うんです」

「ああ、俺もそう思う。だから、父親を庇うのは合点《がてん》がいかないとな。病院のベッドで横たわっていると何もやることがないので、俺は何度も考えた。そして、からくりがわかったよ。佐藤の一派の誰かが、溝端智久に入れ知恵したのさ。藤井一成は事故死と判断され、溝端の兄の佐藤智也については、死後、長い時間が経過したため、死因が特定できないとして起訴が見送られただろ」

「それじゃあ……」

「きっと溝端智久は、そのふたつの罪を見逃してもらう条件を提示された。つまり、藤井一成の死体遺棄と、実の兄である佐藤智也への殺人罪のふたつをだ。それと引き換《か》えに、父親の藤井殺しについては口をつぐみ、自分が無免許でSUVを運転し、父親はまったく無関係だと証言したんだ」

「そんな……、おそらく藤井一成を殺したのは佐藤智樹だし、飯坂郁恵が睡眠薬と合成ドラッグの過剰摂取で亡くなったことについても、佐藤智樹には大きな責任がありますよ。下手《へた》をすれば、ヤマさんだって死んでいたかもしれないんだ。それなのに……」

「警察は、そんな男を、全力で庇ったということだ。メンツを守るためにな。溝端と大津を捨《す》て駒《ごま》にして、のうのうと生きている人間が、この警察組織のしかも中枢《ちゆうすう》にいるんだ。そして、警察官である俺たちは、それに対して何もできない――」

「………」

「俺は、この事件を一生忘れられないよ……。飯坂郁恵、藤井一成、佐藤智也。三人が亡くなり、このうちのふたりの死には直接関わっていることが疑われるのにもかかわらず、何の罪にも問われなかった警察幹部がいることを、絶対に一生、忘れない」

「――――」

「この街の灯りを心に刻んでおけ」

「えっ……？　何です？」

「俺が花園裏交番に赴任《ふにん》して、しばらくした頃だった。今のおまえと同じように、警察官って仕事に疑問を持つことがあったんだ。そしたら、ある日、シゲさんが俺を西新宿の高層ビル街に連れて行った。やっぱり、ちょうどこんな日暮れどきだったよ。ビルの上から眺めると、新宿の街の灯りがひとつ、またひとつと灯る頃でな。空が段々暗くなるのにしたがって、反対に地上が明るくなっていくんだ。それを眺めながら、シゲさんに言われた。この街の灯りを心に刻んでおけと。あのひとつひとつの灯りの下には、ひとつひとつの暮らしがあることを忘れるな、とな。そして、警察の組織が信じられなくなったり、その組織が、自分の思う正義とは程遠いことをしていると思えてならないことがあったら、この街の灯りを思い出せと言われた。俺たち警察官は、あのひとつひとつの灯りを守るために仕事をしていることを思い出せと」

「ヤマさん……」

「浩介、俺たちは無力さ。上層部に刃向《はむ》かえる警官などいないし、警察っていうのは頑強《がんきょう》な官僚組織で、俺たち制服警官は、その最下層にいる。去年と今年の出来事で、俺はそのことをつくづく思い知らされたよ。だけどな、だからこそ俺は警察官を辞めない。警官をつづけていく。辞めたりなんかするもんか。だから、おまえも絶対に警官を辞めるな。街の灯りを守るために、毎日必死になって汗を流せるのは、それは俺たち現場の警官だけなんだ。そうだろ、浩介」

何かに取り憑《つ》かれたように話す山口は、じっと景色を見つめていた。

その視線を追うようにして、坂下浩介も街の灯りを見渡した。

わずかの間に太陽は西の空のほんの一部だけを照らすぐらいまで没し、すっかり宵闇が濃くなっていた。その分、街の灯りが、数も明るさも増していた。

「辞めません。俺だって辞めません」

浩介はひとつ息を吸った。怒りと決意を胸に刻み、改めて言った。

「辞めてたまるか」

注　本書はフィクションであり、登場する人物、および団体名は、実在するものといっさい関係ありません。月刊『小説ＮＯＮ』（祥伝社発行）令和四年七月号から一二月号まで連載され、著者が加筆、訂正した作品です。
——編集部

一〇〇字書評

切り取り線

購買動機（新聞、雑誌名を記入するか、あるいは○をつけてください）					
□（　　　　）の広告を見て					
□（　　　　）の書評を見て					
□ 知人のすすめで			□ タイトルに惹かれて		
□ カバーが良かったから			□ 内容が面白そうだから		
□ 好きな作家だから			□ 好きな分野の本だから		
・最近、最も感銘を受けた作品名をお書き下さい					
・あなたのお好きな作家名をお書き下さい					
・その他、ご要望がありましたらお書き下さい					
住所	〒				
氏名		職業		年齢	
Eメール	※携帯には配信できません		新刊情報等のメール配信を 希望する・しない		

この本の感想を、編集部までお寄せいただけたらありがたく存じます。今後の企画の参考にさせていただきます。Eメールでも結構です。

いただいた「一〇〇字書評」は、新聞・雑誌等に紹介させていただくことがあります。その場合はお礼として特製図書カードを差し上げます。

前ページの原稿用紙に書評をお書きの上、切り取り、左記までお送り下さい。宛先の住所は不要です。

なお、ご記入いただいたお名前、ご住所等は、書評紹介の事前了解、謝礼のお届けのためだけに利用し、そのほかの目的のために利用することはありません。

〒一〇一‐八七〇一
祥伝社文庫編集長　清水寿明
電話　〇三（三二六五）二〇八〇

祥伝社ホームページの「ブックレビュー」からも、書き込めます。
www.shodensha.co.jp/bookreview

祥伝社文庫

新宿《しんじゅく》花園裏交番《はなぞのうらこうばん》 街《まち》の灯《あか》り

令和 6 年 7 月 20 日　初版第 1 刷発行

著　者　香納諒一《かのうりょういち》
発行者　辻　浩明
発行所　祥伝社《しょうでんしゃ》
東京都千代田区神田神保町 3-3
〒 101-8701
電話　03（3265）2081（販売部）
電話　03（3265）2080（編集部）
電話　03（3265）3622（業務部）
www.shodensha.co.jp

印刷所　錦明印刷
製本所　積信堂
カバーフォーマットデザイン　芥　陽子

Printed in Japan ©2024, Ryouichi Kanou ISBN978-4-396-35064-2 C0193